ARTHUR C. DOYLE

Sherlock Holmes – Fünf Apfelsinenkerne

Arthur C. Doyle

Sherlock Holmes – Fünf Apfelsinenkerne

Roman

MIX
Papier aus verantwortungsvollen Quellen
FSC® C014496

Verlagsgruppe Random House FSC® N001967

Sonderausgabe der Verlagsgruppe Random House GmbH
Neumarkter Straße 28, 81673 München
Umschlaggestaltung: m-design, Köln
Umschlagbild: © shutterstock.com/tkemot
Druck und Einband: GGP Media GmbH, Pößneck
Alte deutsche Rechtschreibung
Printed in Germany 2019
ISBN: 978-3-8371-4702-5

Fünf Apfelsinenkerne.

Überblicke ich meine Berichte und Notizen über die von Sherlock Holmes behandelten Fälle aus den Jahren 1882–90, so treten mir so viele absonderliche, interessante Züge entgegen, daß es mir schwer wird, die besten auszusuchen. Indessen sind einige bereits durch die Zeitungen bekannt geworden, während andere zur Entfaltung gerade derjenigen Eigenschaften, welche meinen Freund in so hohem Grade auszeichneten, keine rechte Gelegenheit darboten. In einigen Fällen scheiterte sogar seine Kunst, und die Erzählung derselben würde sich nicht lohnen, während andere nur teilweise aufgeklärt worden sind, so daß ihre Lösung mehr auf Vermutung und Wahrscheinlichkeit beruht als auf jenem absolut logischen Beweis, an dem Sherlock Holmes seine ganz besondere Freude hatte. Einer dieser letzteren Kriminalfälle war jedoch in seinen Einzelheiten so merkwürdig, so schrecklich in seinen Folgen, daß ich davon berichten möchte, obwohl mancher Punkt darin nicht aufgeklärt wurde und sich wohl nie völlig aufklären wird.

Das Jahr 1887 war besonders reich an interessanten Fällen, über welche ich mir Aufzeichnungen gemacht habe. Ich finde darunter Berichte über die schwindelhafte Bettler-Gesellschaft, die einen luxuriösen Klub in den Kellerräumen eines Lagerhauses hatte, über die Tatsachen, die sich auf den Untergang des britischen Seglers ›Sophie Anderson‹ beziehen, über die merkwürdigen Erlebnisse der Patersons auf der Insel Uffa und schließlich über den Camberwellschen Giftmord. Bekanntlich hat Sherlock Holmes in dem letztgenannten Falle durch das Aufziehen der Uhr des Verstorbenen festzustellen vermocht, daß diese zwei Stunden vorher aufgezogen, und jener demnach um diese Zeit zu Bett gegangen war – ein Beweismittel, das sich zur Aufklärung des Tatbestandes von großer Wichtigkeit erwies. Auf alle diese Fälle komme ich vielleicht ein andermal ausführlicher zurück, aber kein einziger ist in seinem Verlauf so eigentümlich wie der, den ich mir für diesmal zur Wiedergabe ausgewählt habe.

Es war in den letzten Septembertagen, und die Herbststürme tobten mit ungewöhnlicher Macht. Vom Morgen an heulte der Wind, der Regen schlug dermaßen an die Fenster, daß wir auf Augenblicke von unserm gewohnten Tun und Treiben abgezogen wurden und uns selbst hier, inmitten des großen von Menschenhand erbauten London, gezwungen sahen, die Gewalt jener Naturkräfte anzuerkennen, welche durch die künstlichen Schranken der Zivilisation hindurch die Menschheit antoben und anbrüllen wie ungebändigte Tiere im Käfig.

Immer heftiger wurde der Sturm, als der Abend hereinbrach, und im Kamin seufzte und stöhnte es wie ein klagendes Kind. Verdrießlich saß Sherlock Holmes am Feuer und beschrieb die Rückenschilder seiner Kriminalakten, wahrend ich mich ihm gegenüber in einen der trefflichen Seeromane Clark Russells vertiefte. Das Toben draußen stimmte völlig mit dem Text überein, und im Prasseln des Regens wähnte ich das lang hingezogene Rollen der Meereswogen zu vernehmen. Meine Frau war bei ihrer Tante auf Besuch, und so hatte ich wieder einmal mein früheres Heim in der Bakerstraße bezogen.

»Was?« sagte ich, auf meinen Freund blickend, »es hat

wirklich geklingelt. Wer mag das sein heute abend? Vielleicht einer deiner Freunde?«

»Außer dir, Watson, habe ich keinen; ich lade niemand ein,« gab er zurück.

»So ist's ein Klient.«

»Ist's einer, so ist die Sache wichtig. Geringes führt keinen Menschen bei solchem Wetter und zu solcher Stunde her. Aber wahrscheinlich ist's eine alte Base der Wirtin.«

Sherlock Holmes hatte sich geirrt. Draußen ließen sich Schritte vernehmen, und es klopfte an die Tür. Er streckte den langen Arm aus, um das Lampenlicht von sich hinweg nach dem leeren Stuhl zu richten, auf den sich der Ankömmling setzen mußte.

»Herein,« rief er dann.

Der Eintretende, ein junger Mann von ungefähr 22 Jahren, war wohl gebaut, gut gekleidet, ja seine Erscheinung zeigte eine gewisse Gewandtheit und Eleganz. Der triefende Schirm in seiner Hand und der lange, glänzende Gummimantel legten vom Wetter draußen, das er nicht gescheut, beredtes Zeugnis ab. Er blickte, vom Lampenlicht geblendet, unruhig umher; seine Wangen waren blaß, und es lag ein Druck auf seinen Augen, wie das bei Menschen vorkommt, auf denen schwere Besorgnis lastet.

»Ich muß um Entschuldigung bitten,« sagte er und setzte seinen goldenen Klemmer auf. »Hoffentlich störe ich nicht. Ich bedaure, die Spuren des Wetters in Ihr behagliches Zimmer gebracht zu haben.«

»Geben Sie mir Schirm und Mantel,« bat Holmes, »hier am Kamin trocknet beides schnell, Sie kommen von Süd-West, wie ich sehe.«

»Ja, von Horsham.«

»Die Mischung von Ton und Kalk an Ihren Stiefelspitzen läßt daran nicht zweifeln.«

»Ich kam, mir Rat zu holen.«

»Den sollen Sie gern haben.«

»Auch Hilfe!«

»Die läßt sich nicht immer so leicht gewähren.«

»Ich hörte von Ihnen, Herr Holmes. Major Prendergast erzählte mir, wie Sie ihn aus dem Tankervilleklub-Skandal retteten.«

»Allerdings. Irrtümlich wurde er falschen Kartenspiels beschuldigt.«

»Er sagt, Sie bekämen alles heraus.«

»Da sagt er zuviel.«

»Sie ließen sich nie hinters Licht führen.«

»Viermal ist mir das passiert – dreimal von Männern, einmal von einer Frau.«

»Was ist das im Vergleich zu Ihren Erfolgen?«

»Allerdings hatte ich meist Erfolg.«

»Hoffentlich werden Sie den auch in meinem Fall haben.«

»Bitte, rücken Sie Ihren Stuhl näher an das Feuer, und teilen Sie mir gefälligst mit, um was es sich handelt.«

»Es ist nichts Alltägliches, was mich herführt.«

»In gewöhnlichen Fällen wendet man sich auch nicht an mich. Ich bin die letzte Instanz.«

»Und dennoch zweifle ich, ob Sie bei all Ihrer Berufserfahrung je einer dunkleren und unerklärlicheren Verkettung von Umständen begegneten, als die sind, welche ich aus meiner Familie zu berichten habe.«

»Sie wecken mein Interesse,« versetzte Holmes; »bitte, nennen Sie uns die Hauptpunkte von Anfang an, dann kann ich Sie über die Einzelheiten befragen, die mir am wichtigsten erscheinen.«

Der junge Mann rückte seinen Stuhl näher und streckte die nassen Füße nach dem Feuer aus.

»Mein Name,« hub er an, »ist John Openshaw, doch haben meine eigenen Verhältnisse mit der entsetzlichen Geschichte, soviel ich sehe, wenig zu tun. Es handelt sich um eine Erbschaftsangelegenheit, und so muß ich etwas zurückgreifen, um Ihnen die Sachlage zu erklären: Mein Großvater hatte zwei Söhne – meinen Oheim Elias und meinen Vater Joseph. Mein Vater besaß eine kleine Fabrik in Coventry, die er zur Zeit, wo das Radfahren aufkam, vergrößerte. Er war der Inhaber des Patents für die Openshawschen Sicherheits-Räder, was ihm großen Gewinn brachte, so daß er sein Geschäft verkaufen und von seinen Renten leben konnte.

»Mein Oheim Elias wanderte in jungen Jahren nach Amerika aus und wurde in Florida Pflanzer. Es soll ihm sehr gut gegangen sein. Während des Krieges kämpfte er in Jacksons Armee, dann unter Hood, wobei er zum Obersten avancierte. Als Lee die Waffen streckte, kehrte mein Oheim auf seine Plantagen zurück, wo er drei bis vier Jahre blieb. 1869 oder 70 kam er wieder nach Europa und kaufte ein kleines Anwesen in Sussex, in der Nähe von Horsham. Er hatte drüben in den Staaten ein sehr bedeutendes Vermögen erworben, verließ jedoch Amerika, weil er die Neger verabscheute und sich mit der republikanischen Politik, die ihnen die Freiheit gab, nicht befreunden konnte. Er war ein Sonderling, von heftigem und leidenschaftlichem Wesen und auffallend menschenscheu. Ich glaube kaum, daß er während der vielen Jahre, die er in Horsham lebte, je den Fuß in die Stadt setzte. Er hatte einen Garten und einige Felder am Hause; dort machte er sich die nötige Bewegung, verließ aber oft wochenlang nicht sein Zimmer. Er trank viel Branntwein, rauchte tüchtig, wollte keinen Menschen sehen, bedurfte keiner Freunde, ja, auch nicht seines eigenen Bruders. Gegen mich hatte er nichts, ja, er fand Gefallen an mir, als er mich als ungefähr zwölfjährigen Jungen zum erstenmal sah. Es mag dies wohl im Jahre 1878 gewesen sein, und er lebte damals schon seit 8–9 Jahren in England. Er bat meinen Vater, mich bei ihm wohnen zu lassen, und auf seine Weise zeigte er sich immer gut gegen mich. War er nüchtern, so spielte er gern Puff oder Dame mit mir. Dienstboten und Verkäufer wies er mit ihren Anliegen stets an mich, und so war ich mit 16 Jahren Herr im Hause.

»Ich hatte alle Schlüssel, konnte tun und lassen was ich wollte, wenn ich ihn nur nicht störte. Es gab hiervon nur eine einzige Ausnahme: oben auf dem Boden war eine stets verschlossene Rumpelkammer, deren Zutritt weder mir noch sonst jemand gestattet wurde. Mit knabenhafter Neugier guckte ich oft durchs Schlüsselloch, konnte aber nie etwas anderes erspähen als alte Koffer und Bündel, wie sie meist an solchem Ort vorhanden sind.

»Eines Tages – im März 1883 – lag ein Brief mit ausländischem Poststempel vor dem Teller des Obersten. Briefe erhielt er selten, denn seine Rechnungen bezahlte er bar, und Freunde irgend welcher Art hatte er nicht. ›Aus Indien!‹ sagte er, indem er den Brief nahm, ›der Stempel von Ponditscherri! Was kann das sein?‹ Er riß den Umschlag heftig auf, und fünf kleine, trockene Apfelsinenkerne fielen herab auf seinen Teller. Ich mußte darüber lachen, doch erstarb das Lachen auf meinen Lippen, als ich den Ausdruck in den Zügen meines Oheims gewahrte. Sein Mund war verzerrt, die Augen traten hervor, seine Farbe war aschgrau geworden, und noch immer starrte er auf den Umschlag in seiner zitternden Hand. ›K. K. K.!‹ stieß er hervor, ›mein Gott, meine Sünden kommen herab auf mein Haupt!‹

»›Was bedeutet das, Onkel?‹ rief ich aus.

»›Den Tod,‹ sagte er, stand auf, zog sich in sein Zimmer zurück und ließ mich entsetzt und schaudernd allein. Ich nahm den Umschlag und sah an der inneren Seite der Klappe, gerade über dem gummierten Strich, mit roter Tinte dreimal den Buchstaben *K* gekritzelt. Sonst war nichts darin als die fünf trockenen Kerne. Was mochte der Grund solch überwältigenden Schreckens sein? Ich verließ den Frühstückstisch, und als ich hinauf ging, kam mein Oheim die obere Treppe herab. In der einen Hand hielt er einen verrosteten, alten Schlüssel, der zu der Rumpelkammer gehören mußte, in der andern trug er ein Metallkästchen, das wie eine Geldkasse aussah.

»›Sie mögen tun, was sie wollen, ich führe sie alle ab!‹ rief er mit einem Fluch. ›Sage Mary, sie soll heute ein Feuer in meinem Zimmer machen, und schicke hinunter zu Fordam, dem Advokaten von Horsham.‹

»Ich tat, wie er befohlen; als der Advokat kam, wurde ich hinauf in das Zimmer gerufen. Das Feuer loderte hell, und auf dem Rost lag dicke, schwarze Asche wie von verbranntem Papier – daneben stand der Metallkasten offen und leer. Ich fuhr zusammen, als ich auf dem Deckel dasselbe dreifache *K* bemerkte, das ich am Morgen auf dem Briefumschlag gesehen.

»›John,‹ sagte mein Oheim, ›ich will mein Testament machen, und du sollst Zeuge sein. Ich vermache meinen Besitz mit all seinen Vor- und Nachteilen meinem Bruder, deinem Vater, der ihn zweifellos dereinst auf dich übergehen lassen wird. Kannst du das Erbe in Frieden genießen, so ist alles in Ordnung. Siehst du aber ein, daß das nicht geht, dann, mein Junge, höre auf mich, überlasse es deinem Todfeind. Es tut mir leid, dir solch ein zweifelhaftes Vermächtnis zu hinterlassen, doch weiß ich nicht, wie sich die Dinge gestalten werden. Bitte, unterzeichne das Papier, wo Herr Fordam es dir zeigt.‹

»Ich unterschrieb nach Wunsch, und der Advokat nahm das Schriftstück mit. Der merkwürdige Vorfall machte, wie Sie wohl denken können, einen tiefen Eindruck auf mich, und ich grübelte und grübelte, ohne mir darüber klar zu werden. Dennoch vermochte ich nicht, ein unbestimmtes Gefühl von Bangigkeit abzuschütteln, welches auch zurückblieb, obwohl sich diese Empfindung abschwächte, als Wochen verstrichen und nichts den gewohnten Gang unseres Lebens störte. Bei meinem Oheim nahm ich jedoch eine Veränderung wahr: er trank mehr denn je und zeigte sich jeglichem Verkehr noch abholder als sonst. Die meiste Zeit brachte er in seinem Zimmer hinter fest verschlossener Tür zu; dann und wann stürzte er, in einer Art trunkenen Wahnes, aus dem Hause in den Garten, hielt einen Revolver in der Hand und schrie dabei, ihm sei vor keinem Menschen bange, und keiner – auch nicht der Teufel – werde ihn wie ein Schaf in die Hürde sperren. Waren diese Anfälle vorüber, dann stürmte er wieder herein, schloß und verrammelte die Tür hinter sich, wie ein Mensch, der die Schrecken eines peinigenden Gewissens nicht länger zu ertragen vermag. In solchen Stunden war sein Gesicht, selbst an kalten Tagen, geradezu in Schweiß gebadet.

»Ich eile zum Schluß, um Ihre Geduld nicht zu sehr in Anspruch zu nehmen, Herr Holmes. Eines Nachts verfiel er wieder in solch einen trunkenen Wutanfall, aus dem er nicht wieder zu sich kam. Als wir nach ihm suchten, fanden wir ihn, mit dem Kopf nach unten, in einem kleinen, schmutzigen Teich, der am Ende des Gartens liegt. Kein Zeichen von Gewalttat ließ sich wahrnehmen; das Wasser war nur zwei Fuß tief, und so lautete der Wahrspruch der Geschworenen – in Anbetracht seiner bekannten Exzentrizität – auf Selbstmord.

»Mir aber fiel es schwer, mich von diesem Ausspruch überzeugen zu lassen, wußte ich doch, wie sehr ihm stets vor dem bloßen Gedanken an den Tod gegraut hatte. Doch, es blieb dabei; mein Vater erbte die Besitzung und ungefähr 14000 £, die zu seiner Verfügung auf der Bank lagen.«

»Einen Augenblick!« unterbrach ihn Holmes. »Ihr Bericht gehört, – so viel ist gewiß – zu den merkwürdigsten, die ich je vernommen. Geben Sie mir das Datum des Eingangs jenes Briefes an Ihren Oheim an, sowie das Datum seines vermutlichen Selbstmordes.«

»Der Brief traf am 10. März 1883 ein, sein Tod erfolgte sieben Wochen später, in der Nacht vom 2. Mai.«

»Danke; bitte weiter.«

»Damals, als mein Vater die Besitzung in Horsham übernahm, durchsuchte er, auf meine Bitte, die so sorgsam verschlossen gewesene Bodenkammer sehr genau. Wir fanden

den Metallkasten, obwohl der Inhalt vernichtet worden war. An der inneren Deckelseite klebte ein Zettel, abermals mit K. K. K.; darunter stand: »Briefe, Mitteilungen, Quittungen und Register« Offenbar waren dies die von meinem Onkel vernichteten Papiere. Im übrigen fand sich nichts von Wichtigkeit in der Kammer, es sei denn eine große Menge von Papieren und Notizbüchern, die sich auf das Leben meines Oheims in Amerika bezogen. Manche stammten aus der Kriegszeit und bewiesen, daß er seiner Pflicht treulich nachgekommen war und den Ruf eines tapfern Soldaten genossen hatte; andere, aus der Zeit des Wiederauflebens der südlichen Staaten, bezogen sich hauptsächlich auf Politik; augenscheinlich hatte er gegen die Wanderagitatoren, die vom Norden ausgesandt wurden, entschieden Partei ergriffen.

»Zu Anfang des Jahres 1884 war mein Vater nach Horsham gezogen, und nichts störte unser Zusammenleben bis zum Januar 1885. Am vierten Tage im neuen Jahr vernahm ich einen lauten Ausruf des Staunens von den Lippen meines Vaters, als wir eben frühstückten. Da saß er mit einem eben geöffneten Briefumschlag in der einen Hand und fünf trockenen Apfelsinenkernen auf der ausgestreckten Fläche der andern. Er hatte stets über ›mein Märchen vom Obersten,‹ wie er es nannte, gelacht, jetzt aber, als ihm dieselbe Geschichte passierte, sah er höchst befremdet und verwundert drein.

»Was in aller Welt soll das heißen, John?« stotterte er.

»Mein Herz stand still. ›Es ist dasselbe K. K. K.‹ sagte ich.

»Er blickte in den Umschlag. ›Wahrhaftig!‹ rief er aus. ›Da sind sie, die Buchstaben! Was aber steht hier darüber?‹

»›Legt die Papiere auf die Sonnenuhr,‹ las ich, über seine Schulter blickend.

»›Welche Papiere? welche Sonnenuhr?‹ fragte er.

»›Die Sonnenuhr im Garten; eine andere gibt es nicht‹ antwortete ich; ›die Papiere aber müssen die zerstörten sein‹

»Ach was!« meinte er, indem er sich zu fassen suchte. »Wir

leben hier in einem zivilisierten Land und können uns auf derartige Narrenspossen nicht einlassen. Woher kommt das Ding?«

»Von Dundee,« erwiderte ich, den Stempel betrachtend.

»›Irgend ein alberner Streich,‹ meinte er, »was habe ich mit Sonnenuhren und Papieren zu schaffen? Ich werde den Unsinn nicht weiter berücksichtigen‹

»›Es wäre wohl besser, die Sache anzuzeigen‹ schlug ich vor.

»›Und mich gründlich auslachen zu lassen. Nein – nichts davon‹

»›So laß mich es tun‹ bat ich.

»›Ich verbiete es dir,‹ gab er zurück. ›Wegen solcher Lappalie braucht kein Lärm geschlagen zu werden‹

»Weitere Erörterungen wären vergeblich gewesen, denn mein Vater war ein unbeugsamer Mann. Mich aber bedrückten schwere Ahnungen.

»Am dritten Tage nach Empfang des Briefes besuchte mein Vater einen alten Freund, Major Freebody, der auf einem der Forts auf Portsdown-Hill steht. Ich freute mich, daß er ging, denn mich dünkte stets, er sei auswärts weniger in Gefahr als daheim. Doch ich täuschte mich. Seit zwei Tagen war er fort, als ich vom Major telegraphisch gebeten wurde, sofort zu kommen. Mein Vater war in eine der vielen Kalkgruben der Umgegend gestürzt und lag besinnungslos mit zerschmetterter Hirnschale da. Ich eilte zu ihm, doch verschied er, ohne sein Bewußtsein wiedererlangt zu haben. Wie es scheint, war er in der Dämmerung von Fareham heimgegangen; er kannte die Gegend nicht, die Kalkgrube war nicht umzäunt, und so lautete der Wahrspruch der Geschworenen auf ›Tod durch Unglücksfall‹ So genau ich jede Einzelheit untersuchte, die auf den Tod meines Vaters Bezug hatte, so fand ich nicht das Geringste, was auf Mord schließen ließ. Kein Zeichen von Gewalt, keine Fußtapfen, kein Raub, kein Fremder, der auf den Wegen gesehen worden war. Und doch begreifen Sie wohl, daß ich mich bei dem Ausspruch nicht beruhigen konnte und überzeugt blieb, mein Vater sei einem verbrecherischen Anschlag zum Opfer gefallen.

»Auf diese unheimliche Weise gelangte ich zu meinem jetzigen Besitz. Sie werden vielleicht fragen, weshalb ich ihn nicht veräußert habe. Darum, weil ich fest überzeugt bin, daß unser Geschick irgendwie mit einem Vorfall im Leben meines Oheims verknüpft ist, und so bliebe die Gefahr in diesem wie in einem andern Haus dieselbe.

»Mein armer Vater starb im Januar 1885; zwei Jahre und acht Monate sind seitdem verflossen. Inzwischen lebte ich zufrieden in Horsham, und schon hoffte ich, der Fluch sei mit der vorigen Generation von unserer Familie gewichen. Ich hatte mich zu früh beruhigt; gestern morgen traf mich der verhängnisvolle Schlag, genau wie er meinen Vater getroffen hatte.«

Der junge Mann holte einen zerknitterten Umschlag aus seiner Brusttasche und schüttelte fünf kleine, trockene Apfelsinenkerne, die darin waren, auf den Tisch.

»Das ist der Umschlag,« fuhr er fort. »Der Stempel ist vom Ost-Londoner Postamt. Es steht dasselbe darauf wie bei der letzten Sendung an meinen Vater: ›K. K. K.‹ und ›Legt die Papiere auf die Sonnenuhr‹«

»Was haben Sie getan?« fragte Holmes.

»Nichts.«

»Nichts?«

»Offen gestanden« – er barg das Gesicht in seine zarten, weißen Hände – »ich fühle mich hilflos. Mir ist wie einem armen Kaninchen zu Mute, nach dem die Schlange den gierigen Rachen aufsperrt. Ich muß in der Hand eines unwiderruflichen, unwiderstehlichen Verhängnisses sein, das weder Vorsicht noch Sorge abzuwenden vermag.«

»Unsinn!« rief Sherlock Holmes, »handeln müssen Sie, junger Mann, sonst sind Sie verloren. Nur Energie vermag Sie zu retten. Zum Verzweifeln ist jetzt nicht die Zeit.«

»Ich habe die Sache bei der Polizei angezeigt.«

»So?«

»Dort hörten sie mir lächelnd zu. Ich weiß, man hält die Briefe für einen dummen Spaß, und die Todesfälle meiner Verwandten gelten dort nach dem Ausspruch der Gerichte für Unglücksfälle, die mit der Warnung in keinem Zusammenhang stehen.«

Holmes erhob seine gefalteten Hände: »Unerhörte Borniertheit!« rief er aus.

»Immerhin wurde mir ein Schutzmann zugewiesen, der mit mir im Hause bleiben darf.«

»Kam er heute abend mit Ihnen her?«

»Nein, sein Befehl lautet, im Hause zu bleiben.«

Wieder rang Holmes die Hände.

»Warum kamen Sie zu mir?« fragte er, »und vor allem, warum kamen Sie nicht gleich?«

»Ich wußte ja nichts von Ihnen. Erst heute sprach ich mit Major Prendergast, der mir riet, Sie aufzusuchen.«

»Es sind schon zwei Tage verflossen seit Empfang des Briefes. Wir hätten früher handeln sollen. Weitere Beweise haben Sie wohl nicht als die hier vorliegenden? – irgend etwas, das uns auf die Spur helfen könnte?«

»Doch, hier ist etwas,« sagte John Openshaw. Er durchsuchte seine Rocktasche, zog ein Stück bläulich gefärbtes Papier hervor und legte es auf den Tisch. »Ich erinnere mich dunkel, daß damals, als mein Oheim die Papiere verbrannte, die schmalen, unverkohlten Ränder in der Asche von solch eigentümlicher Farbe waren. Dieses einzelne Blatt fand ich am Boden in seinem Zimmer, und fast vermute ich, es könnte aus den Papieren herausgefallen und so der Zerstörung entgangen sein. Es sieht aus, als wäre es ein Blatt aus einem Tagebuch. Sie finden die Kerne darin erwähnt, sonst hat es wohl wenig Wert für uns. Die Schrift ist unbedingt die meines Oheims.«

Holmes zog die Lampe näher, und beide neigten wir uns auf das Blatt, dessen zerrissener Rand deutlich zeigte, daß es zu einem Heft gehört hatte. ›März 1869‹ stand obenan und darunter folgende rätselhafte Notizen:

»4. Hudson gekommen. Dieselbe alte Plattform.
»7. Die Kerne an Mc. Kauley, Paramore und John Swain von St. Augustine aufgegeben.
»9. Mc. Kauley erledigt.
»10. John Swain erledigt.
»12. Paramore besucht. Alles gut.«

»Danke,« sagte Holmes, faltete das Blatt und gab es dem jungen Mann zurück. »Und nun dürfen Sie um keinen Preis mehr einen Augenblick verlieren. Wir haben nicht einmal die Zeit, das Besprochene näher zu erörtern. Sie müssen sofort nach Hause und handeln.«

»Was soll ich tun?«

»Nur eines ist möglich, und das muß sofort geschehen: Dies Stück Papier, das Sie uns zeigten, muß in den Metallkasten kommen; Sie legen einen Zettel bei, der besagt, daß alle anderen Papiere von Ihrem Oheim verbrannt wurden und nur dieses zurückgeblieben ist. Sie müssen die Notiz so abfassen, daß sich an der Wahrheit Ihrer Aussage nicht zweifeln läßt. Dann stellen Sie das Kästchen auf die Sonnenuhr, wie verlangt wird. Haben Sie verstanden?«

»Vollkommen.«

»Denken Sie jetzt weder an Rache noch an sonst dergleichen. Das werden wir wohl später auf gesetzlichem Wege erlangen können. Für jetzt haben wir unser Netz noch zu spinnen, während der Feind bereits seine Beute umgarnt hat. Vor allem gilt es, der großen Gefahr zu entgehen, die Sie bedroht. Dann muß der Schleier gelüftet werden, und die Schuldigen finden ihre Strafe. Wie kehren Sie zurück?«

»Mit dem Zuge vom Waterloobahnhof.«

»Es ist noch nicht neun Uhr. Die Straßen sind jetzt belebt,

und so hoffe ich, Sie sind sicher. Doch können Sie nicht vorsichtig genug sein.«

»Ich bin bewaffnet.«

»Das ist recht. Morgen nehme ich Ihren Fall in Angriff.«

»So darf ich Sie in Horsham erwarten?«

»Nein, Ihr Geheimnis liegt in London verborgen; hier muß ich danach forschen.«

»So werde ich Sie in den allernächsten Tagen aufsuchen und Ihnen über Kasten und Papiere berichten. Ihr Rat soll genau befolgt werden.«

Er reichte uns die Hand und verabschiedete sich. Draußen heulte der Wind noch immer, und der Regen schlug an die Fenster. Es war, als hätten die entfesselten Elemente diese merkwürdige Begebenheit zu uns hereingeweht – wie einen von den Wogen angeschwemmten Büschel Seetang, den nun das tobende Meer wieder verschlang.

Schweigend saß Sherlock Holmes und starrte sinnend in die rote Feuerglut. Dann steckte er seine Pfeife an, lehnte sich bequem zurück und blickte den einzelnen Rauchringen nach, die zur Decke emporstiegen.

»Mich dünkt, Watson,« bemerkte er endlich, »ein so phantastischer Fall ist uns noch nicht vorgekommen.«

»Höchstens der des ›Zeichen der Vier‹.

»Nun ja, den nehme ich aus. Und doch glaube ich, daß John Openshaw in noch größerer Gefahr schwebt, als damals die Scholtos.«

»Hast du irgend welche bestimmte Vermutung über die Art dieser Gefahr?«

»Darüber ist kein Zweifel möglich.«

»So sprich! Wer ist dieser *K. K. K.*, und warum verfolgt er die unglückliche Familie?«

Sherlock Holmes schloß die Augen, stützte die Ellenbogen auf die Lehnen seines Stuhles und legte die Fingerspitzen aneinander. »Der vollendete Denker,« sagte er, »müßte eigentlich imstande sein an der Hand einer einzigen Tatsache, welche ihm in allen ihren Beziehungen klar geworden ist, sowohl die Begebenheiten, die daraus folgten, als auch diejenigen, welche vorausgingen, zu ermitteln. Genau so, wie Cuvier den Bau eines ganzen Tieres bei der Betrachtung eines einzigen Knochen festzustellen vermochte. Wir sind uns noch viel zu wenig bewußt, was wir alles durch bloße Geistesarbeit erreichen können. Mit Hilfe des Studiums vermag man Probleme zu lösen, an welchen diejenigen verzweifeln, die die Lösung nur vermittelst ihrer fünf Sinne zu finden trachten. Der Höhepunkt der Kunst läßt sich jedoch nur erreichen, wenn der Forscher es versteht, alle Fakta zu benutzen, die zu seiner Kenntnis gelangen. Das hat aber ein so universelles Wissen zur Voraussetzung, wie es selbst in unserer Zeit freier und allgemeiner Bildung nur wenigen zugänglich ist. Dagegen scheint es mir nicht so ganz unmöglich, daß ein Mensch alles Wissen besitzt, das ihm in seinem Fach nützlich werden kann, und dies zu erwerben habe ich mich redlich bemüht. Entsinne ich mich recht, so hast du einmal in den Tagen unsrer frühsten Freundschaft die Grenzen meiner Fähigkeiten sehr genau verzeichnet.«

»Jawohl,« erwiderte ich lachend, »es war eine gelungene Liste. Philosophie, Astronomie und Politik waren darin – wenn ich mich recht erinnere – mit einer *Null* versehen. In Botanik warst du ungleich, in Geologie dagegen sehr gründlich, namentlich mit Bezug auf Dreckspuren aus jeder beliebigen Gegend im Umkreis von London; mit Chemie stand's brillant; Kenntnisse in Anatomie unsystematisch; in Kriminallitteratur ein hervorragender Kenner. Im übrigen guter Boxer, Fechter, Jurist. So lauteten wohl die Hauptpunkte meiner Analyse.«

Holmes lachte. »Und ich sage heute wie damals: Der Mensch soll seine kleinen Gehirnkammern mit dem füllen, was er voraussichtlich brauchen wird, das übrige kann er in den dunkelsten Winkel seiner Bibliothek stecken, wo er es im Notfall findet. In einem Fall, wie der uns heute abend vorgelegte, gilt es eine Musterung von allem, was uns nur irgend zu Gebote steht. Bitte, reiche mir den Buchstaben K der Amerikanischen Encyklopädie, die aus dem Regal hinter dir steht. – Danke. – Nun laß uns die Sache näher betrachten und sehen, was man daraus folgern kann. Vor allem ist mit ziemlicher Gewißheit anzunehmen, daß Oberst Openshaw einen sehr triftigen Grund hatte, Amerika zu verlassen. Männer seines Alters ändern nicht leicht ihre Gewohnheiten und vertauschen nicht gern das liebliche Klima Floridas gegen das einsame Leben einer englischen Provinzialstadt. Seine übergroße Zurückgezogenheit in England läßt uns vermuten, daß er sich vor jemand oder vor etwas fürchtete, und daß ihn diese Furcht aus Amerika vertrieben hat. Was dies Befürchtete war, können wir uns aus den schrecklichen Briefen folgern, die er und seine Familie erhielten. Hast du die Postzeichen auf den Briefen bemerkt?«

»Der erste kam aus Ponditscherri, der zweite aus Dundee und der dritte aus London.«

»Aus Ost-London. Was folgerst du daraus?«

»Es sind drei Seehäfen. Also war der Schreiber an Bord.«

»Vortrefflich. Da halten wir schon einen Faden. Es ist unbedingt anzunehmen – ja, fast zweifellos, daß der Schreiber an Bord eines Schiffes ist. Und nun ein zweiter Punkt: Nach dem Brief aus Ponditscherri verstrichen sieben Wochen zwischen Warnung und Ausführung, nach dem aus Dundee nur drei bis vier Tage. Gibt uns das keinen Anhalt?«

»Im ersteren Fall war eine größere Entfernung zurückzulegen.«

»Aber dies gilt auch von dem Brief.«

»Dann werde ich nicht klug daraus.«

»Es liegt wenigstens die Vermutung nahe, daß der Mann oder die Männer an Bord eines Seglers sind. Fast scheint es, sie schicken ihre eigentümliche Warnung oder ihr Zeichen voraus, sobald sie sich auf den Weg machen, um ihre Absicht auszuführen. Du siehst, wie rasch die Tat auf den Brief aus Dundee folgte. Wären die Leute auf einem Dampfer von Ponditscherri gekommen, so würden sie fast zugleich mit ihrem Brief angelangt sein. Es steht aber fest, daß sieben Wochen dazwischen verstrichen. Mir scheint, diese sieben Wochen bilden den Unterschied in der Zeit zwischen der Fahrt des Postdampfers, der den Brief beförderte, und dem Segler, der den oder die Schreiber brachte.«

»Das ist möglich.«

»Mehr als das – es ist wahrscheinlich. Und nun begreifst du die Dringlichkeit dieses neuen Falles und weshalb ich den jungen Openshaw zur Vorsicht ermahnte. Der Schlag fiel stets, wenn die Zeit um war, deren der Absender bedurfte, um selbst die Entfernung zurückzulegen. Der letzte Brief kommt aus London, und so ist nicht auf Aufschub zurechnen.«

»Großer Gott!« rief ich aus, »was mag diese erbarmungslose Verfolgung bedeuten?«

»Sichtlich sind die Papiere, welche Openshaw besaß, der Person oder den Personen auf dem Segler von größter Wichtigkeit. Offenbar sind es ihrer mehrere. Ein Mann allein hätte schwerlich zwei derartige Mordtaten auszuführen vermocht. Es müssen entschlossene, verwegene Leute sein. Sie wollen ihre Papiere – mag sie haben, wer da will. Wie mir scheint, sind diese drei K nicht sowohl die Anfangsbuchstaben eines Einzelnen, als das Kennzeichen einer Verbindung – aber welcher Verbindung? – Hast du nie,« fragte Sherlock Holmes, sich vorbeugend und leiser sprechend, »vom *Ku-Klux-Klan* reden hören?«

»Niemals.«

Holmes blätterte in dem Buche auf seinem Knie. »Da ist's«, sagte er:

Ku-Klux-Klan. Das Wort kommt von der sonderbaren Ähnlichkeit seines Klanges mit dem Spannen einer Feuerwaffe. Dieser schreckliche Geheimbund wurde von einigen exkonföderierten Soldaten in den Südstaaten nach dem Bürgerkrieg geschlossen, und schnell verzweigte er sich in verschiedenen Gegenden, besonders in Tennessee, in Louisiana, Carolina, Georgia und Florida. Seine Macht diente politischen Zwecken, hauptsächlich dazu, die Neger-Wähler, welche für die Stimmberechtigung der Neger eintraten, zu terrorisieren und diejenigen zu morden oder aus dem Lande zu treiben, die sich den Prinzipien der geheimen Gesellschaft widersetzten. Ihren Gewalttaten ging meist eine Warnung an das ausersehene Opfer voraus, ein phantastisches, leicht zu erkennendes Zeichen – ein Büschel Eichenlaub in manchen Gegenden, in anderen Melonen- oder Apfelsinenkerne. Nach Empfang solcher Warnung mußte der Betreffende entweder seine Gesinnung ändern oder die Gegend schleunigst verlassen. Bot er Trotz, so war er unrettbar verloren, und der Tod ereilte ihn meist auf sonderbare, unerwartete Weise. Die Organisation der Verbindung war so vollendet, ihre Methode so systematisch, daß sich kaum von einem Fall berichten läßt, wo es einem Menschen gelungen wäre, sich ihr ungestraft zu widersetzen oder die Urheber zu ermitteln. Viele Jahre hindurch nahm der Bund einen immer größeren Aufschwung trotz aller Anstrengungen der Regierung wie der angesehensten Bürger im Süden. Im Jahr 1869 geriet er aber ganz plötzlich in Verfall, und nur vereinzelt kamen von jener Zeit an noch durch ihn verübte Gewalttätigkeiten vor.

»Beachte wohl,« sagte Holmes, das Buch beiseite legend, »daß das plötzliche Aufhören dieses Geheimbundes mit der Zeit zusammenfällt, wo Openshaw mit jenen Papieren Amerika verließ. Wer weiß, ob nicht Ursache und Wirkung hier nahe bei einander liegen. Da wäre es kein Wunder, wenn einzelne der Unversöhnlichsten es auf ihn und seine Familie abgesehen hätten. Du begreifst, was von diesen Registern und Notizen für manche hochgestellte Persönlichkeit in den Südstaaten abhängen kann, und daß da mancher nicht ruhig schläft, ehe die Papiere wieder herbeigeschafft sind.«

»Demnach enthielte das Blatt, das wir gesehen haben ...«

›Was zu erwarten stand. Irre ich nicht, so hieß es dort: ›Die Kerne wurden zugestellt an A, B und C,‹ – das bedeutet so viel wie: die Warnung der Verbindung wurde ihnen zugeschickt. Dann folgten Angaben, wonach sich A und B rechtfertigten oder auswanderten, C aber nahm, wie ich fürchte, ein schlimmes Ende. Ich hoffe, Doktor, es wird uns gelingen, den Schleier dieser dunkeln Geschichte zu lüften; einstweilen aber kann der junge Openshaw nichts tun, als was ich ihm riet. Heute ist alles weitere Reden und Handeln überflüssig – darum reiche mir meine Geige! Wir wollen versuchen, auf eine halbe Stunde das garstige Wetter und das noch garstigere Gebaren unserer Mitmenschen zu vergessen.«

*

Der Himmel hatte sich am nächsten Morgen aufgehellt, und in gedämpfter Klarheit schien die Sonne durch den grauen Schleier, der gewöhnlich über der Großstadt schwebt.

Sherlock Holmes frühstückte bereits, als ich herabkam.

»Entschuldige, daß ich nicht gewartet habe,« sagte er, »voraussichtlich bekomme ich heute für den jungen Openshaw tüchtig zu tun.«

»Was sind deine ersten Schritte?«

»Die hängen vom Ergebnis meiner ersten Erkundigung ab. Vielleicht muß ich doch nach Horsham.«

»So fängst du nicht damit an?«

»Nein, mein erster Weg ist nach der City. – Klingle gefälligst. Das Mädchen bringt dir den Kaffee.«

Während ich wartete, warf ich einen Blick in die noch ungelesene Zeitung; er fiel auf einen Bericht, bei dem es mich kalt überlief.

»Holmes!« rief ich aus, »du kommst zu spät.«

»Was?« sagte er und stellte die Tasse hin. »Ich befürchtete es schon! Wie ist's geschehen?« Er sprach gelassen, doch sah ich, daß er tief erschüttert war.

Ich hatte den Namen Openshaw gelesen und darüber stand: *»Tragödie an der Waterloo-Brücke«* Da ist der Bericht.

Gestern abend zwischen neun und zehn Uhr vernahm der Schutzmann Cook von der Division H., bei der Waterloo-Brücke stationiert, einen Hilferuf und einen Fall ins Wasser. Die Nacht war so stürmisch und finster, daß trotz der Hilfe mehrerer Vorübergehenden jegliche Rettung unmöglich blieb. Die Stadtpolizei wurde alarmiert, und es gelang, den Körper herauszuziehen. Der Ertrunkene ist ein junger Mann, Namens John Openshaw, wohnhaft zu Horsham, wie sich aus einem Briefumschlag erwies, den er in seiner Tasche trug. Es ist anzunehmen, daß er zum letzten Zug an die Waterloo-Station wollte: bei seiner Hast und der außerordentlichen Dunkelheit hat er wohl den Weg verfehlt und ist auf einen der schmalen Stege geraten, die den Flußdampfern zur Landung dienen. Der Leichnam trug keine Zeichen der Gewalttat, und so war der Verstorbene also offenbar das Opfer eines Unglücksfalles, durch den sich die Behörden veranlaßt sehen sollten, ihre Aufmerksamkeit auf den Zustand der Landungsstellen am Fluß zu lenken.«

Stumm saßen wir beisammen, Holmes war niedergedrückter, als ich ihn je gesehen.

»Das verletzt meinen Stolz, Watson,« sagte er endlich. »Es mag ein kleinliches Gefühl sein – aber es verletzt meinen Stolz. Jetzt betrachte ich die Sache als meine persönliche Angelegenheit, und erhält mich Gott gesund, so soll mir diese Bande nicht entgehen. – Bei mir suchte er Hilfe, und ich – ich schicke ihn in den Tod!« Er sprang auf und rannte erregt im Zimmer hin und her; seine fahlen Wangen waren gerötet, und mit nervösem

Zucken öffneten und schlossen sich seine langen, schmalen Hände.

»Das müssen verschmitzte Teufel sein!« rief er endlich aus. »Wie vermochten sie ihn dort hinunter zu locken? Der Landungsplatz liegt nicht auf dem direkten Wege nach der Station. Gewiß war die Brücke, selbst in solcher Nacht, zu belebt für ihr Vorhaben. Aber, Watson, wir wollen sehen, wer von uns den kürzeren zieht. Ich gehe jetzt aus.«

»Auf die Polizei?«

»Nein. Ich will selbst meine Polizei sein. Die mag die Fliegen fangen, wenn ich das Netz gesponnen habe. Vorher nicht.«

Den ganzen Tag hatte ich in meinem Beruf zu tun, und erst am späten Abend kam ich nach der Bakerstraße zurück. Sherlock Holmes war noch nicht heimgekehrt. Kurz vor zehn trat er blaß und müde ein. Er ging nach dem Büffet, brach ein Stück Brot ab, verschlang es gierig und spülte es mit einem Trunk Wasser hinunter.

»Du bist hungrig,« bemerkte ich.

»Ganz ausgehungert. Ich habe noch gar nicht daran gedacht. Seit dem Frühstück habe ich nichts zu mir genommen.«

»Nichts?«

»Keinen Bissen. Mir fehlte die Zeit, daran zu denken.«

»Und was hast du erreicht?«

»Viel.«

»Bist du den Spitzbuben auf der Spur?«

»Ich halte die Kerle fest. Lange soll John Openshaw nicht auf Rache warten. Ihr eigenes Teufelszeichen wollen wir ihnen aufdrücken, Watson. Es ist gut ausgedacht!«

»Was meinst du?«

Er nahm eine Apfelsine aus dem Schrank, brach sie auseinander und drückte die Kerne heraus auf den Tisch. Fünf davon steckte er in einen Umschlag. Auf die Innenseite des Verschlusses schrieb er: ›S.H. für J.O.‹ dann siegelte er und adressierte an: »Kapitän James Calhoun, Barke ›Lone Star‹,

Savannah. Georgia.« »Das soll ihn bei der Einfahrt in den Hafen erwarten,« sagte er höhnisch. »Es mag ihm eine schlaflose Nacht bringen und wird ihm ein so sicherer Vorbote seines Geschickes sein, wie sein Brief für Openshaw gewesen ist.«

»Wer ist dieser Kapitän Calhoun?«

»Der Anführer der Rotte. Die anderen kriege ich nachher. Erst muß er dran.«

»Wie kamst du ihm auf die Spur?«

Holmes zog einen großen Bogen aus der Tasche, der mit Namen und Daten bedeckt war.

»Den ganzen Tag durchsuchte ich Akten und Register des Lloyd und folgte dem Kurs aller Schiffe, die im Januar und Februar 1883 Ponditscherri berührten. 36 Schiffe guter Löschung liefen während dieser Monate dort ein; unter diesen fesselte eines, der ›Lone Star‹, sofort meine Aufmerksamkeit. Nach dem Bericht wäre es nämlich von London ausgelaufen, während es in Wirklichkeit von einem amerikanischen Staate kommt.«

»Wahrscheinlich aus Texas.«

»Ich bin dessen nicht sicher, so viel aber steht fest, daß das Schiff amerikanischer Herkunft sein muß.«

»Was weiter?«

»Ich forschte dann in den Berichten von Dundee nach, und als ich fand, daß der ›Lone Star‹ im Januar 1885 dort lag, wurde mein Verdacht zur Gewißheit. Ich erkundigte mich nach den Schiffen, die jetzt im Hafen von London find. Der ›Lone Star‹ war vorige Woche hier angekommen. – Ich ging nach dem Albert-Dock und erfuhr, das Schiff sei mit der Morgenflut ausgelaufen und auf dem Heimweg nach Savannah begriffen. Ich telegraphierte nach Gravesend. Es war bereits vorüber gesegelt; der Wind weht von Ost, also muß es unbedingt über die Sandbank von Godwin hinaus sein und nicht weit von der Insel Wight.«

»Und nun?«

»Nun halte ich ihn unter dem Daumen. Nur er und zwei Matrosen an Bord sind geborene Amerikaner; die übrigen sind Deutsche und Finnländer. Auch erfuhr ich, daß sie vorige Nacht alle drei nicht auf dem Schiff waren. Der Stauer, der die Ladung löschte, hat es mir gesagt. Bei der Einfahrt des Schiffes in Savannah wird der Postdampfer bereits diesen Brief abgeliefert haben, und die Polizei von Savannah hat durch das Kabel schon erfahren, daß auf die drei Herren von hier aus eines Mordes wegen gefahndet wird.« –

Wie schlau der Mensch aber auch seine Pläne ersinnen mag, sie werden doch oft vereitelt. John Openshaws Mörder sollten nie und nimmer die fünf Kerne erhalten, die ihnen bewiesen hätten, daß ein anderer, der nicht minder verschmitzt und entschlossen war wie sie selbst, ihnen auf die Spur gekommen sei.

Die Äquinoktalstürme waren in diesem Jahr besonders heftig und unheilvoll. Vergeblich warteten wir lange Zeit auf Nachrichten über den ›Lone Star‹ aus Savannah.

Endlich hörten wir, daß irgendwo, weit draußen im Atlantischen Ozean, ein zerbrochener Hintersteven mit den Buchstaben L. S. gezeichnet, den die Wogen umhertrieben, aufgefunden wurde, – Das ist alles, was je vom Schicksal des ›Lone Star‹ zu uns gedrungen ist.

Der Katechismus der Familie Musgrave.

Unter den mancherlei Widersprüchen im Charakter meines Freundes Sherlock Holmes war mir einer immer besonders auffallend. Es gab wohl in geistiger Beziehung keinen methodischeren Menschen auf Erden als ihn, und auch was den Anzug betraf, trug er stets eine gewisse Genauigkeit und Pünktlichkeit zur Schau. Trotzdem war er aber im täglichen Leben so unordentlich, daß es seinen Stubengefährten zur Verzweiflung treiben konnte.

Ich selbst hänge durchaus nicht zu sehr an Äußerlichkeiten. Das rauhe, harte Leben in Afghanistan, vereint mit meinem natürlichen Hang zur Ungebundenheit, hat mich in manchen Dingen weit nachlässiger gemacht, als es sich eigentlich für einen Mediziner schickt. Aber immerhin beobachte ich gewisse Grenzen, und wenn ich mit jemand zusammenwohne, der seine Zigarren im Kohlenkasten und den Tabak in einem persischen Pantoffel aufbewahrt und der seine unbeantworteten Briefe mit dem Jagdmesser einfach an dem hölzernen Kaminsims aufspießt, dann komme ich mir, im Vergleich zu ihm, musterhaft ordentlich vor. Auch bin ich stets der Meinung gewesen, daß, wer sich im Pistolenschießen üben will, es draußen im Freien tun sollte; wenn sich daher Holmes in einer seiner wunderlichen Stimmungen mit der Schießwaffe und hundert Stück Patronen in den Lehnstuhl setzte und auf die Wand gegenüber, als Verzierung, seinen Namenszug mit Kugelnarben einschrieb, so wurde dadurch, meiner Überzeugung nach, weder die Luft noch das Aussehen unseres Zimmers verbessert.

Unsere Wohnung war voller Chemikalien und allerlei Andenken an Kriminalfälle, die sich überall herumtrieben und oft in der Butterdose oder an noch unpassenderen Orten auftauchten. Mein größtes Kreuz waren aber seine Papiere. Ein Schriftstück zu vernichten widerstand ihm im höchsten Grade, besonders wenn es sich auf einen seiner interessanten Fälle bezog, und doch brachte er es höchstens einmal alle Jahre zu dem Entschluß, die Sachen durchzusehen und zu ordnen. Wie ich schon öfters erwähnt habe, folgten bei ihm auf die Tage leidenschaftlicher Erregung, in denen er die merkwürdigen Taten vollbrachte, die seinen Namen berühmt gemacht haben, Zeiten völliger Erschlaffung. Er lag dann meist mit der Geige und seinen Büchern auf dem Sofa und rührte sich kaum vom Fleck, außer um sich zur Mahlzeit an den Tisch zu setzen. So häuften sich also seine Papiere von einem Monat zum andern auf, bis es keinen Winkel des Zimmers mehr gab, in dem nicht Bündel von Manuskripten umherlagen, die unter keiner Bedingung verbrannt werden durften und über die, außer ihrem Eigentümer, niemand verfügen konnte.

Als wir einmal an einem Winterabend miteinander beim Kamin saßen, erlaubte ich mir die Bemerkung, er werde nun wohl genug Auszüge von Kriminalakten in sein Sammelbuch geklebt haben und solle die nächsten zwei Stunden dazu verwenden, unser Wohnzimmer nur einigermaßen aufzuräumen und einen menschlichen Zustand herzustellen. Daß mein Verlangen vollständig gerechtfertigt war, ließ sich nicht leugnen; so begab sich denn Holmes mit einem sehr langen Gesicht in seine Schlafstube, und als er gleich darauf wiederkam, schleifte er einen großen Blechkoffer hinter sich drein. Er stellte ihn mitten ins Zimmer, kauerte sich auf einen Schemel daneben und schlug den Deckel zurück. Der Koffer war etwa zu einem Drittel mit vielen einzelnen rotverschnürten Papierbündeln angefüllt.

»Hier gibt's Fälle im Überfluß, Watson,« sagte mein Freund mit schlauem Lächeln. »Wenn du wüßtest, was ich alles in diesem Koffer habe, du bätest mich vielleicht, ein paar Pakete herauszunehmen, statt noch mehr hineinzulegen.«

»Das find wohl die Akten über deine älteren Sachen?« fragte ich. »Schon oft habe ich mir gewünscht, Auszüge davon zu besitzen.«

»Jawohl, mein Junge, das sind lauter Arbeiten, die ich allzu früh unternommen habe, ehe noch mein Biograph erschien, um meinen Ruhm zu verkünden.«

Er nahm ein Bündel nach dem andern heraus und betrachtete es mit fast zärtlichen Blicken. »Nicht alles ist mir gelungen, Watson,« sagte er, »aber es sind einige ganz hübsche kleine Probleme darunter. Hier sind die Aufzeichnungen über den Mord in Tarleton, die Geschichte des Weinhändlers Bamberry, das Abenteuer der alten Russin, das sonderbare Vorkommnis mit der Aluminium-Krücke, ferner ein langer Bericht über Ricoletti mit dem Klumpfuß und sein abscheuliches Weib. Und hier – ja, das ist wirklich etwas ganz Auserlesenes.«

Er holte aus der Tiefe des Koffers ein kleines hölzernes Kistchen mit einem Schiebedeckel hervor, das wie eine Spielzeugschachtel aussah. Darin lag ein zerknittertes Stück Papier, ein altmodischer bronzener Schlüssel, ein Holzpflock, um den ein Knäuel Bindfaden gewickelt war, und drei verrostete Metallplättchen.

Holmes lächelte über mein verwundertes Gesicht.

»Nun, mein Junge, was sagst du zu diesem Kram?«

»Es ist eine merkwürdige Sammlung.«

»Ja, sehr merkwürdig, und die Geschichte, die damit zusammenhängt, würde dir noch absonderlicher vorkommen.«

»Also es knüpft sich eine Geschichte daran?«

»Ja, sogar ein Stück Weltgeschichte.«

»Wie ist das möglich?«

Holmes nahm die Gegenstände nacheinander heraus und legte sie in einer Reihe auf den Tisch. Tann zog er einen Stuhl heran, setzte sich und betrachtete sie mit befriedigten Blicken.

»Dies,« sagte er, »ist alles, was mir zum Andenken an die merkwürdige Begebenheit übrig geblieben ist, die sich auf den Katechismus der Familie Musgrave bezieht.«

Ich hatte ihn schon öfters von dem Fall reden hören, doch war es mir nie gelungen, etwas Näheres darüber zu erfahren. »Du tätest mir einen großen Gefallen,« sagte ich, »wenn du mir die Sache einmal erzählen wolltest.«

»Dann bliebe ja all der Krimskrams hier doch wieder liegen. Wie verträgt sich denn das mit deiner Ordnungsliebe, Watson?« erwiderte er, mich schalkhaft anblinzelnd. »Aber, es wäre mir wirklich lieb, wenn du den Fall unter deine Berichte aufnehmen wolltest, weil Dinge dabei vorkommen, wie sie weder in der Verbrecherchronik unseres Landes, noch in irgend einer anderen verzeichnet sind, soviel ich weiß. Deine Schilderung meiner geringen Taten würde höchst unvollständig sein, wenn dieser sonderbare Vorgang dabei fehlte.

»Alle Welt kennt jetzt meinen Namen, und nicht nur das Publikum, sondern auch die Polizei betrachtet mich als die letzte Berufungsinstanz bei zweifelhaften Fällen. Schon damals, als wir beide zuerst miteinander bekannt wurden, hatte ich eine Menge Beziehungen angeknüpft, die freilich nicht gerade sehr einträglich waren. Aber du machst dir keinen Begriff davon, mit welchen Schwierigkeiten ich anfänglich zu kämpfen hatte und wie lange ich warten mußte, bis ich nur einigermaßen vorwärts kam.

»Meine erste Wohnung in London war in der Montague-Straße, ganz nahe beim Britischen Museum. Dort saß ich, wartete auf Klienten und benützte zugleich meine überreichliche

Muße zum Studium von mancherlei Wissenschaften, die in mein Fach schlugen. Dann und wann wurden mir, hauptsächlich durch Vermittlung früherer Universitätsfreunde, allerlei Probleme vorgelegt; denn während meiner letzten Studienjahre war unter den Studenten viel von mir und meiner Methode die Rede gewesen. Von diesen ersten Fällen hat keiner ein so allgemeines Interesse erregt und ist mir dadurch auch für mein späteres Fortkommen so nützlich gewesen, wie die Geschichte vom Katechismus der Familie Musgrave mit ihrer sonderbaren Verkettung der Umstände, die zu einem höchst denkwürdigen Ergebnis führten.

»Reginald Musgrave war zugleich mit mir auf der Universität gewesen, doch wurden wir damals nur flüchtig bekannt. Er galt für hochmütig bei den jüngeren Studenten, vielleicht mit Unrecht, denn mir schien, daß er die stolze Miene nur zur Schau trug, um seinen großen Mangel an Selbstvertrauen zu verbergen. Sein Äußeres machte einen hochadligen Eindruck; der schmale Nasenrücken, die großen Augen, die schlanke Gestalt mit den schlaffen Bewegungen und den höfischen Manieren, alles verriet den geborenen Aristokraten. Er war auch wirklich der Abkömmling einer der ältesten Familien des Königreichs, das heißt er stammte aus der jüngeren Linie, die sich im 16. Jahrhundert von den im Norden ansässigen Musgraves getrennt und im westlichen Sussex niedergelassen hatte, wo ihr Schloß in Hurlstone vielleicht das älteste noch bewohnte Gebäude der ganzen Grafschaft ist. Wenn ich die stolze Haltung des Mannes und sein bleiches, scharfgeschnittenes Gesicht betrachtete, mußte ich unwillkürlich an graue Torgewölbe, steinerne Bogenfenster und den ganzen ehrwürdigen Bau einer mittelalterlichen Burg denken. Hier und da unterhielten wir uns miteinander, und ich erinnere mich, daß er mehrmals ein großes Interesse für meine Beobachtungen und Schlußfolgerungen äußerte.

»Seit vier Jahren hatte ich nichts von ihm gesehen, als er eines Tages in der Montague-Straße bei mir eintrat. Er war wenig verändert, ging sehr modisch gekleidet – er legte von jeher großen Wert auf seinen Anzug – und sein Wesen war noch ebenso gemessen und verbindlich wie damals.

»›Wie ist es Ihnen die Zeit über ergangen, Musgrave?‹ fragte ich, nachdem wir uns freundlich die Hand geschüttelt.

»›Sie werden wohl gehört haben, daß mein Vater vor zwei Jahren gestorben ist,‹ versetzte er. ›Seitdem mußte ich natürlich das Gut in Hurlstone verwalten, und da ich zugleich Abgeordneter des Bezirks bin, führe ich ein vielbeschäftigtes Leben. – Ist es wahr, was man mir sagt, Holmes, daß Sie Ihr Talent, mit dem Sie uns so oft in Erstaunen gesetzt haben, nunmehr zu praktischen Zwecken verwerten?‹

»›Jawohl, ich will mir dadurch meinen Lebensunterhalt erwerben.‹

»›Das freut mich außerordentlich, denn Ihr Rat wäre mir jetzt von ungeheuerm Wert. Bei uns in Hurlstone sind wunderliche Dinge geschehen, und die Polizei ist außer stande, Licht in das Dunkel zu bringen. Es ist wirklich ein höchst seltsames und unerklärliches Vorkommnis.‹

»Du kannst dir denken, Watson, mit welcher Begierde ich seinen Worten lauschte; endlich schien sich mir die günstige Gelegenheit bieten zu wollen, nach der ich während all der langen untätigen Monate geschmachtet hatte. Was andern mißglückte, würde mir gelingen, davon war ich fest überzeugt; es galt nur noch eine Probe meiner Befähigung abzulegen.

»›Bitte, Musgrave, erzählen Sie mir alles Nähere,‹ rief ich.

»Er nahm mir gegenüber Platz und zündete sich eine Zigarette an, die ich ihm hingeschoben hatte.

»›Vor allem muß ich Ihnen sagen,‹ begann er, ›daß ich zwar unverheiratet bin, aber doch in Hurlstone eine zahlreiche Dienerschaft habe, denn das Schloß ist ein weitläufiger alter Bau und schwer in Ordnung zu halten. Auch ein Wildpark gehört dazu, und um die Zeit der Fasanenjagd sind alljährlich viele Gäste im Hause, so daß für genügende Bedienung gesorgt sein muß. Alles in allem hatte ich acht Dienstmädchen, den Koch, den Hausmeister, zwei Diener und einen Laufburschen. Für den Garten und die Ställe sind natürlich noch besondere Leute da.

»›Von allen Dienern hatten wir Brunton, den Hausmeister, am längsten bei uns. Als er zuerst bei meinem Vater eintrat, war er eigentlich Schullehrer, aber ohne Stelle; durch große Umsicht und Tatkraft machte er sich bald in der Haushaltung vollständig unentbehrlich. Er ist ein schöner Mann von hohem Wuchs, mit prächtiger Stirne, und wird jetzt kaum vierzig Jahre alt sein, obgleich er bereits seit zwanzig Jahren in unserem Dienste steht. Bei seinen äußeren Vorzügen und seiner ungewöhnlichen Begabung – er spricht mehrere Sprachen, ist sehr musikalisch und spielt fast alle Instrumente – ist es schwer begreiflich, wie ihm die Stellung in unserem Hause so lange genügen konnte. Er muß sich wohl zu behaglich gefühlt haben, um den Gedanken an einen Wechsel überhaupt aufkommen zu lassen. Der Hausmeister von Hurlstone machte auf meine Gäste stets einen unvergeßlichen Eindruck.

»›Allein dieser Ausbund von Vortrefflichkeit hatte einen Fehler. Er war eine Art Don Juan, und Sie können sich vorstellen, daß ein Mann wie er diese Rolle in einem kleinen stillen Landbezirk ohne Schwierigkeit durchführte.

»›Solange er verheiratet war, ging alles gut; aber seit er Witwer ist, kommen wir aus der Not mit ihm gar nicht heraus. Vor einigen Monaten schmeichelten wir uns mit der Hoffnung, er werde nun Frieden halten, denn er verlobte sich mit dem zweiten Hausmädchen, Rahel Howells; seitdem hat er ihr aber den Laufpaß gegeben und sich Janet Tregellis zugewandt, der Tochter des obersten Wildhüters. Rahel ist Walliserin von Geburt, ein treffliches Mädchen, aber von sehr leidenschaftlicher Gemütsart; sie verfiel in ein Nervenfieber und geht jetzt – oder ging vielmehr bis gestern, nur noch wie der Schatten von ihrem früheren Selbst im Hause umher. Das war unser erstes

Trauerspiel in Hurlstone, aber bald darauf folgte ein zweites, dem die schimpfliche Entlassung des Hausmeisters Brunton voranging.

»›Die Sache hat sich folgendermaßen zugetragen: Ich erwähnte bereits, daß der Mann ungewöhnlich begabt war, aber gerade seine Klugheit hat ihn ins Verderben gestürzt, denn sie scheint in ihm eine unersättliche Neugier nach Dingen erzeugt zu haben, die ihn nicht im geringsten angehen. Ich hatte keine Ahnung, wie weit ihn das führen würde, bis der reinste Zufall mir endlich die Augen öffnete.

»›Letzte Woche – es war am Donnerstag, wenn Sie es ganz genau wissen wollen – konnte ich einmal nachts durchaus nicht einschlafen, weil ich törichterweise eine Tasse starken schwarzen Kaffees nach Tische getrunken hatte. Bis zwei Uhr versuchte ich es auf alle Art, da aber der Schlaf durchaus nicht kommen wollte, stand ich endlich auf und zündete mir ein Licht an, um einen angefangenen Roman weiter zu lesen. Das Buch war jedoch im Billardzimmer liegen geblieben, und so zog ich denn meinen Schlafrock an und ging, es mir zu holen.

»›Um ins Billardzimmer zu gelangen, mußte ich in dem weitläufigen Gebäude erst eine Treppe hinunter und über den Gang gehen, der nach der Bibliothek und der Gewehrkammer führt. Nun denken Sie sich mein Erstaunen, als ich diesen Gang betrat und am Ende desselben einen Lichtschimmer gewahrte, der aus der offenen Tür der Bibliothek kam. Ehe ich zu Bette ging, hatte ich dort mit eigener Hand die Lampe gelöscht und die Tür geschlossen. Natürlich dachte ich zuerst an Einbrecher. Die Wände in den Korridoren von Hurlstone sind reich mit alten Waffen verziert; ich nahm eine Streitaxt vom Nagel, ließ mein Licht zurück, schlich auf den Zehen den Gang hinunter und blickte verstohlen durch die offene Tür hinein.

»›Brunton, der Hausmeister, war in der Bibliothek. Er saß ganz angezogen in einem Lehnstuhl, hatte ein Blatt Papier wie eine Karte auf seinem Knie ausgebreitet und den Kopf in die

Hand gestützt, als wäre er tief in Gedanken; eine dünne Kerze, die auf dem Tisch brannte, verbreitete nur einen schwachen Schein. Ich stand stumm vor Staunen im Dunkeln da, meinen Diener beobachtend. Plötzlich erhob er sich, ging nach dem Schreibtisch an der Wand, schloß ihn auf, nahm aus einer Schublade ein Blatt Papier, kehrte damit zu seinem Sitz zurück, legte es auf den Tisch neben die Kerze und begann es mit der größten Aufmerksamkeit zu lesen. In meiner Entrüstung über sein freches Durchstöbern unserer Familienurkunden tat ich einen Schritt vorwärts. Brunton blickte auf. Als er mich in der Türöffnung stehen sah, wurde sein Gesicht aschfahl vor Schrecken, und blitzschnell steckte er das kartenähnliche Papier, das er zuerst besichtigt hatte, in seine Brusttasche.

»›– Das also‹ rief ich, ›ist Ihr Dank für das Vertrauen, welches wir in Sie gesetzt haben! – Gleich morgen verlassen Sie meinen Dienst!‹

»›Er war wie vernichtet und schritt mit gesenktem Kopf an mir vorüber, ohne ein Wort zu erwidern. Die Kerze brannte noch auf dem Tisch und ich warf einen Blick auf das Papier, welches Brunton aus dem Schreibtisch genommen hatte. Zu meiner Überraschung enthielt es gar nichts Wichtiges, sondern war nur eine Abschrift des sogenannten ›Katechismus der Musgraves‹ mit seinen sonderbaren Fragen und Antworten, an die sich ein alter Brauch in unserer Familie knüpft, den seit Jahrhunderten jeder Musgrave bei seiner Großjährigkeit durchmachen muß. Er hat weder ein allgemeines Interesse noch irgend welchen praktischen Nutzen außer vielleicht für den Altertumsforscher, ähnlich wie unsere Adelsschilde und Wappenbilder.‹«

»›Auf das Papier wollen wir lieber später zurückkommen,‹ sagte ich.

»›Wenn Sie es für nötig halten,‹ antwortete er zögernd. – ›Ich fahre also in meinem Bericht fort: Nachdem ich den Schreibtisch, in welchem noch der Schlüssel steckte, wieder zugeschlossen hatte, wollte ich eben das Zimmer verlassen, als ich zu meiner Überraschung den Hausmeister wieder vor mir stehen sah.

»›– Herr Musgrave‹ sagte er, und seine Stimme klang heiser vor innerer Bewegung, ›ich kann die Schande nicht ertragen. Von jeher bin ich stolz auf meinen Stand gewesen, und die Schmach überlebe ich nicht. Sie jagen mich in den Tod, Herr, glauben Sie es mir, wenn Sie mich zur Verzweiflung treiben. Können Sie mich, nach dem, was vorgefallen ist, nicht länger im Dienst behalten, so geben Sie mir eine Kündigungsfrist und lassen Sie mich nächsten Monat fortgehen, als ob ich es freiwillig täte. Vor allen Leuten, die ich so gut kenne, fortgejagt zu werden, das könnte ich nicht ertragen.‹

»›– Sie verdienen durchaus keine Schonung, Brunton‹ entgegnete ich; ›ganz ehrlos haben Sie gehandelt! Doch will ich Sie nicht der öffentlichen Schande preisgeben, weil Sie so lange in unserer Familie waren. Von einem Monat kann aber keine Rede sein. Machen Sie, daß Sie in einer Woche fortkommen; welche Gründe Sie dafür angeben wollen, ist mir gleich.‹

»›– Nicht mehr als eine Woche, Herr?‹ rief er verzweiflungsvoll. ›Wenigstens vierzehn Tage – gewähren Sie mir vierzehn Tage!‹

»›– Eine Woche,‹ wiederholte ich. ›Sie sind dann noch viel zu glimpflich fortgekommen.‹

»›Er ließ den Kopf auf die Brust sinken und schlich wie gebrochen hinaus; ich aber löschte das Licht und kehrte in mein Zimmer zurück.

»›Während der nächsten zwei Tage war Brunton sehr eifrig in seinem Dienst. Ich erwähnte das Vorgefallene mit keiner Silbe und wartete nicht ohne Spannung, wie er es anstellen würde, seine Schmach zu verheimlichen. Am dritten Morgen erschien er nicht wie gewöhnlich nach dem Frühstück, um meine Befehle für den Tag entgegenzunehmen. Als ich das Eßzimmer verließ, traf ich zufällig das Dienstmädchen Rahel Howells. Sie war, wie gesagt, erst kürzlich von einer schweren Krankheit genesen und sah so entsetzlich bleich aus, daß ich sie schalt, weil sie sich zu früh an die Arbeit begeben hatte.

›– Gehen Sie gleich zu Bett‹ sagte ich, ›und nehmen Sie Ihre Pflichten erst wieder auf, wenn Sie stark genug sind.‹

»›Sie sah mich mit so seltsamen Blicken an, daß ich fürchtete, ihr Verstand habe gelitten.

»›– Ich fühle mich stark genug, Herr Musgrave,‹ versetzte sie.

»›– Wir wollen sehen, was der Doktor sagt. Jedenfalls arbeiten Sie jetzt nicht weiter, und wenn Sie hinuntergehen, schicken Sie Brunton zu mir, ich will ihn sprechen.‹

»›– Der Hausmeister ist fort,‹ sagte sie.

»›– Fort! Wohin?‹

»›– Er ist fort. Niemand hat ihn gesehen. In seinem Zimmer ist er auch nicht. Jawohl, er ist fort – ganz fort.‹ Sie lehnte sich gegen die Wand, brach in ein gräßliches Gelächter aus und verfiel dann in krampfhaftes Schluchzen. Entsetzt über diesen plötzlichen hysterischen Anfall, stürzte ich nach der Klingel, um Hilfe herbeizurufen. Das Mädchen wurde, noch immer schreiend und schluchzend, auf ihr Zimmer gebracht, und ich zog nun selbst Erkundigungen über Brunton ein. Kein Zweifel, er war verschwunden. Sein Bett fand man unberührt, und seit dem letzten Abend war er von niemand mehr gesehen worden. Wie er jedoch das Haus hatte verlassen können, blieb ein Rätsel, da sämtliche Fenster und Türen am Morgen noch fest verwahrt waren. Seine Kleider, seine Uhr, sogar sein Geld fand man im Zimmer vor, es fehlte nur der schwarze Anzug, den er gewöhnlich trug. Auch die Pantoffeln waren fort und die Stiefel zurückgeblieben. Kein Mensch wußte sich zu erklären, wohin der Hausmeister in jener Nacht gegangen sein könne und was aus ihm geworden sei.

»›Wir durchsuchten das ganze Haus und alle Nebengebäude, ohne eine Spur von ihm zu entdecken. Es ist, wie gesagt, ein förmliches Labyrinth, besonders der älteste Flügel, der jetzt fast unbewohnt daliegt; überall forschten wir nach dem Verschwundenen, aber ohne jeden Erfolg. Daß er mit Hinterlassung seines Eigentums fortgegangen sein sollte, schien mir unglaublich – und doch, wo konnte er sein? Ich wandte mich an die Ortspolizei, auch ihre Bemühung war vergeblich. Es hatte die Nacht zuvor geregnet; wir besichtigten den Rasenplatz und alle Gänge und Wege, es fanden sich aber keine Fußspuren. So standen die Dinge, als ein neues Ereignis unsere Gedanken von dem ursprünglichen Rätsel ablenkte.

»›Zwei Tage lang war Rahel Howells sehr krank gewesen; bald raste sie in Fieberphantasien, bald verfiel sie in einen hysterischen Zustand, so daß eine Pflegerin nachts bei ihr wachen mußte. In der dritten Nacht wurde die Kranke ruhiger, und sobald die Wärterin sah, daß sie sanft schlief, nickte auch sie im Lehnstuhl ein. Als sie früh am Morgen erwachte, stand das Fenster offen, das Bett war leer und von der Kranken nirgends eine Spur. Man weckte mich sofort, und ich machte mich mit zwei Dienern auf, um nach dem Mädchen zu suchen. Die von ihr eingeschlagene Richtung war leicht zu finden, wir konnten ihre Fußtritte vom Fenster aus über den Rasen bis an den Rand des Weihers verfolgen, wo sie plötzlich dicht neben dem Kiespfad aufhörten, der aus den Anlagen führt. Der See ist an dieser Stelle über acht Fuß tief, und Sie können sich unseren Schrecken denken, als wir sahen, daß sich die Spur der armen Geisteskranken dort am Ufer verlor. Natürlich ließ ich den See gleich ausfischen, aber der Leichnam fand sich nicht. Statt dessen wurde ein höchst seltsamer Gegenstand an die Oberfläche befördert. Es war ein Leinwandsack, der einen formlosen, verbogenen Gegenstand aus verrostetem und schwarz angelaufenem Metall enthielt, nebst mehreren Kieseln oder Glasstücken von matter Farbe. Außer diesem merkwürdigen Fund hat man aus dem Weiher nichts herausgezogen. Obwohl wir nun aber seit gestern alle möglichen Erkundigungen und Nachforschungen angestellt haben, sind wir über das Schicksal von Rahel Howells und Richard Brunton vollständig im

Dunkeln geblieben. Die Polizei der Grafschaft ist mit ihrem Latein zu Ende, und als letzte Hilfe habe ich Sie aufgesucht«

»Du kannst dir vorstellen, Watson, wie begierig ich auf diesen seltsamen Bericht lauschte, und wie eifrig ich bemüht war, die einzelnen Teile zusammenzufügen und nach einem Faden zu suchen, der sie untereinander verbände.«

»Der Hausmeister war fort, das Mädchen nicht zu finden. Rahel hatte Brunton geliebt und dann Grund gehabt ihn zu hassen. Sie war feurig und leidenschaftlich und befand sich unmittelbar nach seinem Verschwinden in der schrecklichsten Aufregung. Der Sack mit dem sonderbaren Inhalt war von ihr in den See geworfen worden. – Alle diese Einzelheiten mußten wohl in Betracht gezogen werden, aber durch keine derselben kam man der Sache auf den Grund. Von welchem Punkt war die Verwicklung ausgegangen? Wo steckte das Ende des verwirrten Knäuels? –«

»›Ich muß jenes Papier sehen, Musgrave‹ sagte ich, ›das Ihr Hausmeister, selbst auf die Gefahr hin, seine Stellung zu verlieren, sich verschafft hat.‹

»›Dieser sogenannte Katechismus unserer Familie ist ein höchst abgeschmacktes Schriftstück,‹ erwiderte er, ›das keinen andern Wert hat als sein hohes Alter. Ich habe eine Abschrift bei mir, wenn Sie einmal einen Blick darauf werfen wollen.‹

»Er händigte mir dies Blatt ein, das du hier vor dir siehst, Watson; die sonderbaren Fragen und Antworten, die jeder Musgrave hersagen mußte, sobald er volljährig war, lauteten:

»›Wem gehörte sie?

»›Dem, der nicht mehr ist.

»›Wer soll sie haben?

»›Der, welcher kommt.

»›Welcher Monat war es?

»›Der sechste vom ersten.

»›Wo war die Sonne?

»›Über der Eiche.

»›Wo war der Schatten?

»›Unter der Ulme.

»›Wie maß man ihn aus?

»›Nach Norden zehn und zehn, nach Osten fünf und fünf, nach Süden zwei und zwei, nach Westen eins und eins und darunter.

»›Was sollen wir dafür geben?

»›All unser Gut.

»›Weshalb geben wir es hin?

»›Weil uns das Pfand vertraut ward.‹

»›Das Original trägt kein Datum, aber der Schreibweise nach muß es aus der Mitte des siebzehnten Jahrhunderts stammen‹ bemerkte Musgrave. ›Ich fürchte jedoch, es wird Ihnen zur Lösung jenes Rätsels kaum behilflich sein können.‹

»›Es enthält jedenfalls ein zweites Geheimnis‹ sagte ich, ›das mir noch weit interessanter zu sein scheint, als das erste. Möglich, daß uns auch dieses klar wird, sobald wir jenes gelöst haben. – Nichts für ungut, Musgrave, aber Ihr Hausmeister muß ein sehr kluger Mann gewesen sein, wenigstens hat er mehr Scharfsinn bewiesen, als zehn Generationen seiner Herren‹

»›Ich verstehe Sie nicht recht‹ meinte Musgrave, ›das Papier scheint mir doch keinerlei praktischen Zweck zu haben.‹

»›Das möchte ich bestreiten, mir scheint es ein Dokument von ungewöhnlicher Wichtigkeit, und Brunton war ohne Zweifel derselben Ansicht. Vermutlich hat er es schon früher gesehen als in jener Nacht, da Sie ihn ertappten.‹

»›Wohl möglich; wir gaben uns keine Mühe, es zu verbergen.‹

»›Er wollte sich bei jener letzten Gelegenheit nur noch einmal alles ins Gedächtnis zurückrufen, wie mir scheint. – Sie erwähnten ja auch eine Art Karte oder einen Plan, den er bei Ihrem Erscheinen in die Tasche steckte, nicht wahr?‹

»›Ganz recht. Aber was ging denn Brunton unser alter Familienbrauch an, und was soll das Kauderwelsch überhaupt bedeuten?‹ –

»›Das würde man wohl ohne allzu große Schwierigkeit herausfinden können,‹ sagte ich. ›Wenn Sie nichts dagegen haben, fahren wir mit dem ersten Zug zusammen nach Sussex, um die Sache an Ort und Stelle etwas genauer zu untersuchen.‹

*

»Noch am selben Nachmittag trafen wir in Hurlstone ein. Vielleicht hast du einmal eine Abbildung des berühmten alten Schlosses gesehen und eine Beschreibung davon gelesen. Ich erwähne nur, daß es in Form eines lateinischen L gebaut ist; der lange Arm ist der neuere Teil, während der kürzere den alten Bau als Flügel darstellt, an den das andere angebaut wurde. Über dem niedrigen, schweren Türgerüst in der Mitte des Flügels ist die Jahreszahl 1607 eingemeißelt, aber alle Sachverständigen stimmen darin überein, daß Balken und Mauerwerk in Wirklichkeit bedeutend älter sind. Die furchtbar dicken Wände und die winzigen Fenster des alten Schlosses veranlaßten die Familie im letzten Jahrhundert den Neubau zu unternehmen; der alte Flügel wurde überhaupt nur noch als Vorratshaus und Keller benützt. Ein prachtvoller Park mit herrlichen alten Bäumen umgab das Haus; der Weiher, von dem mein Klient gesprochen hatte, lag dicht an der breiten Allee, etwa zweihundert Meter vom Wohngebäude.

»Ich war bereits fest überzeugt, Watson, daß die drei Rätsel im Grunde nur ein einziges waren und wir bloß den Musgrave-Katechismus richtig zu verstehen brauchten, um Aufschluß darüber zu erhalten, was aus Rahel Howells und dem verschwundenen Hausmeister geworden sei. – So wandte ich denn meine ganze Aufmerksamkeit dem seltsamen Schriftstück zu. Warum lag wohl dem langjährigen Diener der Familie so viel daran, die alte Formel zu untersuchen? Offenbar, weil er etwas darin sah, was allen Gliedern dieses Adelsgeschlechts seit Jahrhunderten entgangen war und wovon er sich einen persönlichen Vorteil versprach. Was konnte das sein und welchen Einfluß hatte es auf sein Geschick gehabt?

»Beim Lesen des Katechismus war mir gleich klar geworden, daß die angegebenen Maße sich auf einen Platz beziehen müßten, auf den der übrige Inhalt der Urkunde hinwies. Ließ sich dieser Platz finden, so kam man vielleicht dem Geheimnis auf die Spur, welches die alten Musgraves auf so absonderliche Art verewigt hatten. Zwei Wegweiser halfen uns von Anbeginn der Untersuchung – eine Eiche und eine Ulme. In Bezug auf die Eiche war kein Zweifel möglich. Gerade dem Hause gegenüber, links von der Allee, erhob sich ein wahrer Patriarch unter den Bäumen, die herrlichste Eiche, die ich je gesehen habe.

»›Sie wuchs gewiß schon hier, als der Katechismus aufgesetzt wurde,‹ äußerte ich im Vorbeifahren.

»›Vermutlich schon vor der Eroberung Englands durch die Normannen,‹ versetzte mein Klient, ›der Baum hat einen Umfang von 23 Fuß.‹

»Das war ein fester Punkt, von dem ich ausgehen konnte.

»›Haben Sie auch ebenso alte Ulmen?‹ fragte ich.

»›Eine uralte Ulme stand dort drüben, aber vor zehn Jahren wurde sie vom Blitz getroffen, und man hat den Stumpf abgehauen.‹

»›Kann man die Stelle noch sehen?‹

»›Jawohl.‹

»›Andere Ulmen gibt es nicht?‹

»›Nein, aber eine Menge Buchen.‹

»›Bitte, zeigen Sie mir den Standort jener Ulme.‹

»Wir fuhren in unserem leichten Jagdwagen am Schlosse vor, und Musgrave ging mit mir nach dem Platz auf dem Rasen, wo die Ulme früher gestanden hatte; es war halbwegs zwischen dem Haus und der Eiche. Meine Untersuchung machte entschiedene Fortschritte.

»›Wäre es wohl möglich, herauszufinden, wie hoch die Ulme gewesen ist?‹ fragte ich.

»›Das kann ich Ihnen gleich sagen. Sie war 64 Fuß hoch.‹

»›Woher wissen Sie das?‹ fragte ich erstaunt.

»›Mein alter Lehrer ließ mich bei den Aufgaben in der Trigonometrie immer Höhenmessungen anstellen. Als Knabe habe ich die Höhe eines jeden Baumes und sämtlicher Gebäude auf dem Gute ausgerechnet.‹

»Dies war ein unerwarteter Glücksfall. Ich hatte kaum gehofft, die Tatsachen so rasch ermitteln zu können.

»›Bitte, sagen Sie mir, ob der Hausmeister je eine derartige Frage an Sie gestellt hat.«

»Musgrave sah mich verwundert an. ›Nun Sie mich daran erinnern, fällt mir ein, daß Brunton mich wirklich vor einigen Monaten um die Höhe jenes Baumes befragt hat; er hatte sich mit dem Stallknecht darüber gestritten.‹

»Dies war mir eine willkommene Nachricht, Watson, ein Beweis, daß ich den rechten Weg gefunden hatte. Ich blickte nach der Sonne, die schon tief am Himmel stand, und berechnete, daß sie in etwa einer Stunde gerade die höchsten Äste der alten Eiche treffen würde. *Eine* Bedingung im Katechismus war dann erfüllt. Mit dem Schatten der Ulme mußte das äußerste Ende des Schattens gemeint sein, sonst hätte man den Stamm zur Richtschnur genommen. Es galt demnach herauszufinden, bis wohin der Schatten fallen würde, sobald die Sonne die Eiche berührte.«

»Das muß recht schwierig gewesen sein, Holmes; die Ulme war ja nicht mehr da.«

»Hatte Brunton es zu Wege gebracht, so mußte es mir auch gelingen. In Wirklichkeit war es leichter, als es den Anschein hat. Ich ging mit Musgrave in sein Studierzimmer, schnitzte mir den Holzpflock, den du hier siehst, und knüpfte diesen langen Strick daran fest, bei dem ich jeden Meter durch einen Knoten bezeichnete. Dann band ich zwei Angelruten aneinander, deren Länge genau sechs Fuß betrug, und ging mit meinem Klienten wieder an die Stelle, wo die Ulme gestanden hatte. Die Sonne streifte eben die höchsten Wipfel der Eiche. Ich steckte die Angelrute aufrecht in den Boden, sah, wohin ihr Schatten fiel, und maß ihn ab. Er war gerade neun Fuß lang. »Natürlich ließ sich die Rechnung jetzt leicht machen. Wenn eine Rute von sechs Fuß einen neun Fuß langen Schatten warf, so mußte ein 64 Fuß hoher Baum einen 96 Fuß langen Schatten werfen, und die Richtung beider konnte nur die gleiche sein. Ich maß die Strecke aus, kam dabei fast bis an die Mauer des Hauses und steckte meinen Holzpflock dort fest. Nun stelle dir mein Entzücken vor, Watson, als ich kaum zwei Zoll von meinem Pflock entfernt eine trichterförmige Vertiefung im Boden bemerkte. Es war das Zeichen, welches sich Brunton bei seinen Messungen gemacht hatte. Also war ich noch immer auf seiner Fährte.

»Von diesem Ausgangspunkt begann ich nun die Maße abzuschreiten, nachdem ich zuerst mit meinem Taschenkompaß die Himmelsrichtungen festgestellt hatte. Zehn Schritte mit jedem Fuß führten mich längs der Hausmauer hin, und ich bezeichnete den Punkt wieder durch einen Pflock. Nun tat ich genau je fünf Schritte nach Osten und je zwei nach Süden. Dadurch gelangte ich bis dicht an die Schwelle der alten Tür. Die zwei Schritte nach Westen mußte ich auf den Steinfliesen des Hausflurs machen, und damit hatte ich die im Katechismus bezeichnete Stelle erreicht.

»Hier stand ich; aber wie groß meine Enttäuschung war, läßt sich nicht beschreiben, Watson. Im ersten Augenblick war ich fest überzeugt, daß ich mich bei meiner Berechnung gründlich geirrt haben müsse. Die untergehende Sonne schien hell in den Hausflur hinein, und ich sah, daß das alte ausgetretene graue Steinpflaster fest zusammengekittet und sicherlich seit langen Jahren nicht aufgerissen worden war. Brunton hatte hier nicht nachgegraben. Ich klopfte auf den Boden, aber es klang überall gleich, auch zeigte sich nirgends ein Riß oder eine Spalte. Zum Glück hatte aber jetzt auch Musgrave angefangen, die Bedeutung meiner Forschungen einzusehen, und seine Erregung war ebenso groß wie die meinige. Er holte das Papier heraus, um noch einmal alles nachzurechnen.

»›*Und darunter,*‹ rief er, ›*und darunter* – das haben Sie fortgelassen!‹

»Ich hatte gedacht, man sollte ein Loch graben, aber jetzt sah ich plötzlich meinen Irrtum ein.

»›Es ist also ein Keller darunter?‹ rief ich.

»›Freilich; er ist ebenso alt wie das Gebäude; durch die Tür dort geht's hinab.‹

»Wir stiegen eine Wendeltreppe hinunter; mein Gefährte strich ein Zündholz an und machte Licht in einer großen Laterne, die auf einem Faß in der Ecke stand. Sofort war uns beiden klar, daß wir den richtigen Platz entdeckt hatten, den auch vor uns schon andere Leute kürzlich besucht haben mußten.

»Der Keller war als Holzstall benützt worden, aber die Scheiter, die offenbar zuvor zerstreut auf dem Boden umhergelegen hatten, waren jetzt an beiden Seiten aufgeschichtet, so daß der mittlere Raum frei blieb. Unser Blick fiel auf eine große schwere Steinplatte, mit einem verrosteten Eisenring in der Mitte, an welchem ein wollenes kariertes Halstuch festgebunden war.

»›Das ist ja Bruntons Tuch,‹ rief mein Klient, ›ich habe es ihn tragen sehen, das kann ich beschwören. Was hat der Schurke hier unten vorgehabt?‹

»Auf meinen Vorschlag wurden ein paar Leute von der Ortspolizei herbeigerufen, und dann versuchte ich, die Steinplatte mit Hilfe des Halstuchs in die Höhe zu ziehen. Ich konnte sie nur wenig von der Stelle bewegen, erst als einer der Polizisten mir seinen Beistand lieh, gelang es uns mit vereinten Kräften, sie fortzuschieben. Ein schwarzes Loch gähnte zu unsern Füßen, und als Musgrave mit der Laterne hinunterleuchtete, sahen wir eine etwa sieben Fuß tiefe Kammer, die ungefähr fünf Fuß im Geviert maß. Auf einer Seite stand ein flacher, eisenbeschlagener Holzkoffer, an dessen zurückgeschlagenem Deckel ein seltsam geformter altmodischer Schlüssel steckte.

Eine dicke Staubschicht lag darauf, und von dem Gewürm und der Feuchtigkeit war das Holz so zerfressen und verfault, daß sich drinnen Schwämme und Pilze in Menge angesiedelt hatten. Verschiedene runde Metallstücke – vermutlich alte Münzen – wie ich hier einige habe, lagen auf dem Boden des Koffers verstreut; etwas anderes enthielt er nicht. »In jenem Augenblick dachten wir jedoch nicht an den alten Koffer, wir starrten nur auf die Gestalt, die davor kauerte. Es war ein Mann in schwarzem Anzug, der die Arme nach beiden Seiten ausstreckend, mit dem Kopf auf dem Rande des Koffers lag. In dieser Stellung war ihm alles stockende Blut ins Gesicht getreten, und das verzerrte blaurote Antlitz war ganz unkenntlich; doch seine Größe, sein Haar und sein Anzug genügten, um meinem Klienten den Beweis zu liefern, daß es der verschwundene Hausmeister war. Wir zogen ihn herauf; er war schon seit mehreren Tagen eine Leiche, aber es fand sich keine Wunde oder sonstige Verletzung an seiner Person, die auf ein gewaltsames Ende schließen ließ. Als man den Leichnam zum Keller hinausgeschafft hatte, standen wir abermals einem schauerlichen Rätsel gegenüber.

»Ich muß gestehen, daß ich dies Ergebnis meiner Forschung als eine schwere Enttäuschung empfand. Nach meiner Berechnung sollte das Problem gelöst sein, sobald ich den Ort gefunden hatte, auf den der Katechismus hinwies; aber jetzt war ich anscheinend noch ebensoweit davon entfernt, zu ergründen, was wohl die alten Musgraves mit so außerordentlicher Vorsicht hier verbergen wollten. Zwar den unglücklichen Brunton hatte ich aufgefunden, doch galt es noch, sein Geschick zu enträtseln und zu ermitteln, welche Rolle das verschwundene Mädchen dabei gespielt hatte.

»Ich setzte mich auf ein Faß, das im Winkel stand, und überlegte die Sache aufs gründlichste. Du kennst meine Methoden, Watson. Ich suche mich an die Stelle des Menschen zu versetzen, um den es sich handelt, und einen Maßstab für seine geistigen Fähigkeiten zu gewinnen; dann frage ich mich, was ich selbst unter den obwaltenden Umständen getan haben würde. Daß ich auf Bruntons scharfen Verstand zählen konnte, erleichterte mir die Sache wesentlich; ich brauchte nun nur von meinem eigenen Standpunkt auszugehen. Er wußte, es war etwas Wertvolles verborgen; den Ort hatte er entdeckt, aber der Stein, der ihn verschloß, war zu schwer, als daß ein Mann ihn allein aufheben konnte. Was war nun zu tun? Sollte er sich Hilfe von außen verschaffen? – Selbst wenn diese noch so zuverlässig war, hätte er doch die Türen aufschließen müssen, und das würde leicht zu einer Entdeckung geführt haben. Weit besser war es, wenn ihm ein Bewohner des Hauses Beistand leistete. Aber wen konnte er darum angehen? – Das Mädchen war ihm treu ergeben gewesen. Nun vermag ein Mann sich aber nur schwer vorzustellen, daß er die Liebe eines Weibes unwiederbringlich verloren haben soll, und wenn er es noch so schlecht behandelt hat. Er beschloß, der Rahel Howells ein paar Aufmerksamkeiten zu erweisen, sich mit ihr zu versöhnen und sie zu bestimmen, ihn bei seinem Vorhaben zu unterstützen. Sie gingen zur Nachtzeit miteinander in den Keller, und ihrer vereinten Anstrengung gelang es, die Steinplatte abzuheben. So weit konnte ich ihnen folgen, als hätte ich ihr Tun selbst mit angesehen.

»Für zwei Leute, einen Mann und ein Mädchen, mußte es eine schwere Arbeit gewesen sein, den Stein fortzuschaffen; wir hatten uns dabei sehr anstrengen müssen, ich und der starke Polizist. Womit konnten sie sich helfen? – Was ich an ihrer Stelle getan hätte, wußte ich wohl. Ich stand auf und untersuchte die Holzstücke, die auf dem Boden umherlagen. Bald fand ich, was ich erwartete. Ein etwa drei Fuß langes Holzscheit war an einem Ende zusammengepreßt und mehrere waren platt gedrückt, als habe eine bedeutende Last darauf gelegen. Offenbar hatten sie den Stein verschoben und die Holzstücke in den Spalt gesteckt, bis sie endlich, sobald die Öffnung groß genug war, um durchzukriechen, das Scheit der Länge nach dazwischen geklemmt hatten, damit sich das Loch nicht schließen könne. Bis dahin ging ich noch sicher in meinen Folgerungen.

»Aber, wie sollte ich mir nun den Fortgang des nächtlichen Trauerspiels denken? Natürlich konnte nur einer in das Loch hinuntersteigen, und das war Brunton. Das Mädchen mußte oben gewartet haben. Brunton schloß den Koffer auf, reichte den Inhalt vermutlich seiner Helfershelferin – und was geschah dann? –

»War das glimmende Feuer der Rachsucht plötzlich in der leidenschaftlichen Walliserin entflammt, als sie den Mann in ihrer Gewalt sah, der sie betrogen und ihr vielleicht ein größeres Unrecht angetan hatte, als wir ahnten? – War das Scheit aus Zufall abgerutscht, so daß die Steinplatte niederfiel und dadurch Brunton sein schauerliches Grab bereitete? Hatte Rahel nur durch ihr Schweigen seinen Tod verschuldet? Oder hatte sie durch einen plötzlichen Stoß mit eigner Hand die Stütze fortgeschleudert, so daß die Platte von selbst zufiel? Wie es sich auch zugetragen – mir war, als sähe ich die Gestalt in wilder Hast die Treppe hinauf entfliehen, während ihre Hände den geraubten Schatz umklammert hielten. In den Ohren gellte ihr fort und fort das dumpfe Angstgeschrei, das ihr treuloser Geliebter ihr nachschickte; sie hörte ihn wie wahnsinnig mit aller Kraft gegen die Steinplatte hämmern, die ihn abschloß von Luft und Leben.

»Deshalb ihr totenbleiches Gesicht, ihre zerrütteten Nerven, ihr hysterisches Gelächter am nächsten Morgen. – Aber was war in dem Kasten gewesen? Was hatte sie damit getan? – Es konnte nichts anderes sein, als das alte Metall und die Kiesel, die mein Klient aus dem Weiher aufgefischt hatte. Sie mußte den Leinwandsack bei der ersten Gelegenheit hineingeworfen haben, um die letzte Spur ihres Verbrechens zu tilgen.

»Wohl zwanzig Minuten lang hatte ich regungslos dagesessen. Musgrave stand noch immer mit bleicher Miene vor mir, schwang die Laterne hin und her und starrte in das Loch hinunter.

»›Das sind Münzen aus Karls I. Zeit,‹ sagte er mir einige der Metallstücke hinhaltend, die im Koffer zurückgeblieben waren. ›Sie sehen, daß wir die Entstehungszeit des Katechismus ganz richtig angegeben haben.‹

»›Vielleicht findet sich noch etwas anderes, das Karl I. angehört,‹ rief ich, als mir die Bedeutung der beiden Fragen des Katechismus plötzlich aufdämmerte. ›Lassen Sie mich den Inhalt des Sackes sehen, den Sie aus dem See herausgeholt haben.‹

»Wir begaben uns in sein Studierzimmer, und dort zeigte er mir die einzelnen Stücke. Daß er dem Pfunde keine Wichtigkeit beigelegt hatte, begriff ich wohl, als ich einen Blick darauf warf; das Metall war fast schwarz und die Steine matt und glanzlos. Ich rieb jedoch einen derselben auf meinem Ärmel, und er strahlte wie ein Feuerfunke in meiner halb geschlossenen Hand. Das Metall hatte die Form eines doppelten Ringes, war aber ganz krumm und verbogen, so daß sich nicht mehr erkennen ließ, was es ursprünglich gewesen sein mochte.

»›Wir dürfen nicht vergessen,‹ sagte ich, ›daß die Partei der Königstreuen sich selbst nach Karls Tode noch eine Zeitlang in England behauptet hat, und daß sie schließlich bei ihrer Flucht manche von ihren größten Kostbarkeiten vergraben und zurücklassen mußten, um sie nach ihrer Rückkehr unter friedlicheren Verhältnissen wieder in Besitz zu nehmen.‹

»›Mein Urahne, Sir Ralph Musgrave, war einer der angesehensten Kavaliere und die rechte Hand Karls II. während seiner Irrfahrten in der Fremde,‹ sagte mein Klient.

»›Wirklich? – Nun, dann hätten wir ja das Glied, das uns noch gefehlt hat. Ich muß Ihnen Glück wünschen, daß Sie – freilich auf tragische Art – in Besitz eines Schatzes gekommen sind, der, außer seinem großen wirklichen Wert, noch als geschichtliche Merkwürdigkeit eine ganz besondere Bedeutung hat.

»›Was ist es denn?‹ stieß er verwundert heraus.

»›Nichts Geringeres als die alte Krone von England.‹

»›Die Krone?‹

»›Jawohl. Sie wissen ja, wie es in dem Katechismus heißt – wie lauten doch die Worte? – ›Wem gehörte sie?‹ ›Dem der nicht mehr ist.‹ Das war nach Karls Hinrichtung. – ›Wer soll sie haben?‹ ›Der welcher kommt.‹ Das deutet auf Karl II., dessen Thronbesteigung man schon voraussah. Es ist wohl außer Zweifel, daß dies formlose und zerbrochene Diadem einst die Stirne der königlichen Stuarts geschmückt hat.‹

»›Und wie kam es in den Weiher?‹

»›Das ist eine Frage, die nicht so schnell zu beantworten ist,‹ erwiderte ich und legte ihm dann die lange Reihenfolge von Beweisen und Vermutungen vor, die sich mir aufgedrängt hatten. Die Dämmerung brach herein, und der Mond glänzte hell am Himmel, bevor ich mit meinem Bericht zu Ende war.

»›Wie kam es aber, daß Karl bei seiner Rückkehr die Krone doch nicht erhielt?‹ fragte Musgrave und steckte das Kleinod wieder in den Leinensack.

»›Dies ist der einzige Punkt, der wahrscheinlich immer unaufgeklärt bleiben wird. Vermutlich war der Musgrave, der um das Geheimnis wußte, in der Zwischenzeit gestorben und hatte seinen Nachkommen die schriftliche Anweisung hinterlassen, welcher er jedoch aus irgend einem Grunde keine Erläuterung beigefügt hat. Von diesem Tage an ist das Schriftstück von Vater auf Sohn vererbt worden, bis es endlich einem Manne in die Hände fiel, der seine rätselhafte Bedeutung zu entziffern verstand, und als er den Schatz heben wollte, das Wagnis mit seinem Leben büßen mußte.‹ –

»Das ist die Geschichte von dem Katechismus der Musgraves, Watson. Die Krone wird noch in Hurlstone aufbewahrt, doch hat man der Familie bei Gericht Schwierigkeiten gemacht, und sie mußte eine bedeutende Summe zahlen, bevor man ihr gestattete, das Kleinod zu behalten. Wenn du einmal dort in die

Gegend kommst und dich auf mich berufen willst, wird man dir die alte Krone mit Vergnügen zeigen. – Von dem Weibe hat man nichts wieder gehört; sie ist, aller Wahrscheinlichkeit nach, in irgend ein überseeisches Land entflohen und hat die Erinnerung an ihr Verbrechen mitgenommen.«

Die Gutsherren von Reigate.

Im Frühling 1887 hatte mein Freund Sherlock Holmes derartige Anstrengungen durchgemacht, daß es geraumer Zeit bedurfte, ehe er wieder zu Kräften kommen konnte. Es handelte sich damals um die Riesenpläne des Barons Maupertuis und die verwickelte Angelegenheit der Holland-Sumatra-Gesellschaft, bei der jedoch politische und finanzielle Rücksichten eine zu bedeutende Rolle spielten, als daß sie sich zur Aufnahme in diese Sammlung eignete.

Die Umstände brachten es aber mit sich, daß Holmes infolgedessen mit einem eigentümlichen Problem in Berührung kam, das ihm Gelegenheit gab, im Kampf gegen das Verbrechen, den er sich zur Lebensaufgabe gemacht hatte, eine ganz neue Waffe in Anwendung zu bringen.

Es war, wie ich aus meinem Notizbuch weiß, am 14. April, als ich durch eine Depesche aus Lyon die Nachricht erhielt, Holmes liege im Hotel Dulong krank darnieder. Ich reiste sofort ab und stand schon vierundzwanzig Stunden später an seinem Lager, wo ich mich glücklicherweise sogleich überzeugen konnte, daß die Symptome der Krankheit nicht allzu gefährlich waren. Selbst seine eiserne Konstitution vermochte die Last nicht auszuhalten, die er sich seit Monaten aufbürdete. Während dieser Zeit hatte er seine Nachforschungen unablässig betrieben, täglich mindestens fünfzehn Stunden gearbeitet und sich oft, wie er mir versicherte, fünf Tage hintereinander ausschließlich der ihm gestellten Aufgabe gewidmet. Der großartige Erfolg seiner Bemühungen konnte die Folgen einer so furchtbaren Überanstrengung nicht von ihm abwenden; während ganz Europa vom Ruhm seines Namens widerhallte und er von allen Seiten mit Dankschreiben und Glückwunschdepeschen überschüttet wurde, fand ich ihn in einem Zustand tiefster Niedergeschlagenheit. Was die Polizei dreier Länder vergebens versuchte, war ihm gelungen – er hatte dem vollendetsten Schwindler von ganz Europa in die Karten gesehen und ihm das Handwerk gelegt; aber nicht einmal dies Bewußtsein vermochte ihn aus seiner völligen Erschlaffung aufzurütteln.

Schon nach drei Tagen langten wir zusammen wieder in der Bakerstraße an, aber bald stellte sich heraus, daß Holmes dringend eine Luftveränderung brauchte, und auch für mich hatte der Gedanke, eine Woche im Frühling auf dem Lande zuzubringen, großen Reiz.

Mein alter Freund, Oberst Hayter, dem ich in Afghanistan ärztlichen Beistand geleistet, wohnte seit einiger Zeit in der Nahe von Reigate in Surrey und forderte mich wiederholt auf, ihn doch einmal in seinem Landhaus zu besuchen. Noch kürzlich hatte er geäußert, er würde auch meinen Freund, falls er mich begleiten wollte, sehr gern als Gast bei sich empfangen. Es bedurfte zuerst einiger Überredungskünste, aber als Holmes erfuhr, es sei eine Junggesellenwirtschaft und er könne dort völlige Freiheit haben, ging er auf meine Pläne ein. Etwa eine Woche nach unserer Rückkehr aus Lyon befanden wir uns bereits unter Hayters gastlichem Dach. Der Oberst war ein wackerer alter Krieger, der viel von der Welt gesehen hatte, und meine Erwartung, daß Holmes und er allerlei gemeinsame Anknüpfungspunkte finden würden, ging rasch in Erfüllung.

Am Abend unserer Ankunft saßen wir nach Tische in des Obersten Bibliothek. Holmes lag auf dem Sofa ausgestreckt, während ich mit Hayter die Waffensammlung in seinem Gewehrschrank musterte.

»Es wird gut sein,« sagte er plötzlich, »wenn ich eine von diesen Pistolen mit in mein Schlafzimmer hinaufnehme, zum Schutz gegen einen etwaigen Überfall.«

»Einen Überfall?«

»Ja, wir sind kürzlich hier in nicht geringe Aufregung versetzt worden. Bei dem alten Acton, einem der größten Grundbesitzer der Grafschaft, hat man letzten Montag eingebrochen. Vielen Schaden haben die Diebe nicht angerichtet, aber die Polizei ist ihrer noch nicht habhaft geworden.«

»Hat man keinen Verdacht?« fragte Holmes mit bedeutsamem Augenzwinkern.

»Bis jetzt nicht,« versetzte der Oberst. »Die Sache ist zu geringfügig und verdient Ihre Aufmerksamkeit nicht, Herr Holmes, nach dem großen internationalen Werk, das Sie vollbracht haben. Es handelt sich nur um ein ganz gewöhnliches Verbrechen.«

»O bitte sehr,« sagte Holmes bescheiden, und doch freute ihn die Anerkennung, denn er lächelte befriedigt. »Hat denn der Fall gar kein besonderes Interesse?«

»Ich glaube kaum. Die Diebe durchsuchten die Bibliothek, fanden aber wenig, was sich der Mühe verlohnte. Sie haben das Unterste zu oberst gekehrt, sämtliche Schubladen aufgebrochen und die Schränke durchwühlt, schließlich aber nur einen Band von Popes Homer, zwei plattierte Leuchter, einen elfenbeinernen Briefbeschwerer, einen kleinen in Holz gefaßten Barometer und eine Rolle Bindfaden mitgenommen.«

»Was für eine merkwürdige Auswahl!« rief ich.

»Die Kerle haben offenbar das erste beste zusammengerafft, was ihnen unter die Hände kam.«

Holmes brummte etwas auf dem Sofa vor sich hin.

»Die Polizei sollte sich das als Fingerzeig dienen lassen,« sagte er dann. »Es ist doch ganz klar, daß –«

Doch schon hob ich warnend die Hand in die Höhe. »Du bist hier, um dich auszuruhen, alter Junge. Laß dich nur um Gottes willen in keine neue Untersuchung ein, solange deine Nerven noch ganz zerrüttet sind.«

Holmes warf dem Obersten einen drolligen entsagungsvollen Blick zu und zuckte die Achseln, worauf sich die Unterhaltung wieder in minder gefährlichen Bahnen bewegte.

Es war indessen vom Schicksal bestimmt, daß alle ärztliche Vorsicht vergebens sein sollte. Schon am nächsten Morgen drängte sich uns das Problem von selbst auf, und wir konnten es nicht länger unberücksichtigt lassen. Unser Landaufenthalt erhielt dadurch eine Bedeutung, die kein Mensch vorausgesehen hätte.

Wir saßen noch beim Frühstück, als des Obersten Hausmeister mit Hintansetzung jeder Förmlichkeit ins Zimmer gestürzt kam.

»Haben Sie's schon gehört, Herr,« stieß er keuchend heraus, »was bei den Cunninghams geschehen ist?«

»Wieder ein Einbruch?« rief der Oberst und hielt seine Kaffeetasse, die er eben zum Munde führen wollte, unbeweglich in der Luft.

»Nein, ein Mord.«

»Wahrhaftig? – Wer ist denn tot – der Friedensrichter oder sein Sohn?«

»Keiner von beiden, sondern Wilhelm, der Kutscher. Mitten durchs Herz geschossen – konnte keinen Laut mehr von sich geben.«

»Wer hat ihn denn erschossen?«

»Der Einbrecher. Er floh wie ein Pfeil davon und ist entkommen. Wilhelm kam gerade dazu, als der Kerl das Vorratskammerfenster eindrückte. Während er seines Herrn Eigentum rettete, fand er selbst den Tod.«

»Wann war das?«

»Letzte Nacht, Herr, gegen zwölf Uhr.«

»Wir werden gleich nachher hinübergehen, um uns näher

danach zu erkundigen,« sagte der Oberst und frühstückte gelassen weiter. »Eine abscheuliche Geschichte,« fuhr er fort, als der Hausmeister sich entfernt hatte. »Der alte Cunningham ist ein recht braver Mann und der angesehenste Gutsbesitzer von Reigate. Er wird sich die Sache schrecklich zu Herzen nehmen, denn der Kutscher ist seit Jahren in seinem Dienst und hat sich immer gut gehalten. Offenbar waren es dieselben Schurken, die bei Acton eingebrochen sind.«

»Wo sie die merkwürdige Auswahl von Gegenständen gestohlen haben?« sagte Holmes nachdenklich.

»Jawohl.«

»Hm! Möglich, daß es die einfachste Sache von der Welt ist – aber auf den ersten Blick scheint es doch sonderbar, meinen Sie nicht auch? – Diebe, die in Landhäusern einbrechen, pflegen sonst den Schauplatz ihrer Taten zu verändern und nicht innerhalb weniger Tage bei zwei Nachbarn einen Besuch abzustatten. Als Sie gestern abend von Vorsichtsmaßregeln sprachen, fuhr mir der Gedanke durch den Kopf, daß dieser Bezirk für den Augenblick wahrscheinlich so sicher vor den Räubern sei, wie kein anderer. Ein Beweis, daß ich noch immer viel zu lernen habe.«

»Vermutlich ist der Dieb ein Ortsangehöriger,« sagte der Oberst. »Das erklärt auch, warum er sich gerade Acton und Cunningham ausgesucht hat, die beiden größten Grundbesitzer der Gegend.«

»Auch die reichsten?«

»Von Haus aus, ja; aber sie haben jahrelang miteinander im Prozeß gelegen und sind dabei tüchtig geschröpft worden. Der alte Acton erhebt Ansprüche auf Cunninghams halbes Gut, und die Advokaten haben mit beiden Händen zugegriffen.«

»Wenn der Dieb von hier ist, wird man ihn ohne Schwierigkeit fangen können,« äußerte Holmes und gähnte dazu. »Ich weiß schon, was du sagen willst Watson; aber sei nur ruhig, ich mische mich nicht hinein.«

In diesem Augenblick riß der Hausmeister die Tür auf: »Polizeiinspektor Forcester!« meldete er.

Der Beamte, ein junger Mann mit klugem, durchdringendem Blick, trat rasch ein. »Guten Morgen, Herr Oberst,« sagte er, »entschuldigen Sie, wenn ich störe. Mir wurde gesagt, Herr Holmes aus der Bakerstraße sei hier.«

Der Oberst machte eine Handbewegung nach meinem Freunde hin, und Forcester verbeugte sich.

»Wir glaubten, Sie würden es vielleicht der Mühe wert erachten, mit hinüber zu kommen.«

»Das Schicksal erklärt sich gegen dich, Watson,« sagte Holmes lachend. »Wir sprachen gerade von der Angelegenheit, als Sie kamen, Herr Inspektor. Vielleicht berichten Sie uns noch einige Einzelheiten.«

Die Art, wie er sich bei diesen Worten in den Stuhl zurücklehnte, war mir wohlbekannt. Ich sah ein, daß jeder Widerspruch nutzlos sein würde, und ich der Sache ihren Lauf lassen müsse.

»Der Einbruch bei Acton ist ganz unaufgeklärt geblieben. Aber diesmal fehlt es uns nicht an Anhaltspunkten, und es handelt sich ohne Zweifel um den nämlichen Verbrecher. Der Mann ist gesehen worden.«

»Wirklich!«

»Ja, gewiß. Aber nachdem er den Schuß abgegeben hatte, der dem armen Wilhelm Kirwan das Leben kostete, ist er entflohen wie ein gehetztes Wild. Herr Cunningham sah ihn aus dem oberen Schlafstubenfenster und sein Sohn Alec vom Hausflur aus. Um dreiviertel auf zwölf ist der Lärm entstanden. Der alte Cunningham war gerade zu Bett gegangen, und Herr Alec saß im Schlafrock da und rauchte noch eine Pfeife. Beide hörten den Kutscher Wilhelm nach Hilfe rufen; Herr Alec lief hinunter, um zu sehen, was es gäbe. Die Hintertür stand offen, und als er am Fuß der Treppe war, sah er draußen zwei Männer die miteinander rangen. Da fiel ein Schuß, der eine Mann sank zu

Boden, der Mörder aber stürzte durch den Garten und sprang über die Hecke. Cunningham sah noch vom Fenster aus, wie der Kerl die Landstraße erreichte, dann verlor er ihn aus dem Gesicht. Herr Alec blieb bei dem Sterbenden, um zu versuchen, ob noch Hilfe möglich sei, und so hatte der Bösewicht Zeit zu entkommen. Wir wissen nur, daß es ein mittelgroßer Mann war, der einen dunkeln Anzug trug. Von seinem Äußern ist sonst nichts bekannt; doch wird eifrig nach ihm gefahndet, und wenn er nach auswärts geflohen ist, werden wir ihn bald haben.«

»Wie kam jener Wilhelm dorthin? Hat er vor seinem Tode nichts ausgesagt?«

»Kein Wort. Er wohnte mit seiner Mutter im Pförtnerhäuschen und war dem Herrn treu ergeben; wir glauben, er habe noch einmal nachsehen wollen, ob alles im Hause auch sicher und wohlverwahrt sei. Seit dem Einbruch bei Acton war jedermann stets auf seiner Hut. Der Räuber muß gerade die Tür erbrochen haben – das Schloß war gesprengt – als Wilhelm hinzukam.«

»Hat Wilhelm nichts zu seiner Mutter gesagt, ehe er fortging?«

»Sie ist alt und taub, man kann wenig aus ihr herausbekommen. Der Schreck hat sie halb blödsinnig gemacht; doch sagt man, sie sei nie recht klar im Kopfe gewesen. – Etwas sehr Wichtiges muß ich Ihnen noch zeigen. Hier – sehen Sie!«

Er nahm einen Fetzen Papier aus seinem Taschenbuch und glättete ihn auf dem Knie.

»Dies hier fand ich in des Toten Hand zwischen Daumen und Zeigefinger. Es scheint von einem größeren Blatt abgerissen zu sein. Um dieselbe Stunde, die dort erwähnt ist, ereilte den armen Menschen sein Schicksal. Der Mörder wird ihm wohl den Zettel entrissen haben, oder er selbst hat die Ecke von einem Blatt abgerissen, das der Mörder in der Hand hielt. Es sieht fast aus, als habe man ihn zu einer Zusammenkunft bestellt.«

Holmes nahm das beschriebene Papier zur Hand, von dem wir hier einen Abdruck geben.

»Falls es sich um ein Stelldichein handelte,« fuhr der Inspektor fort, »so ist die Annahme nicht ausgeschlossen, daß Wilhelm Kirwan, trotz seines ehrlichen Rufes, mit dem Dieb unter einer Decke gesteckt hat. Er kann ihn hier getroffen, ihm vielleicht geholfen haben, die Tür aufzubrechen, und dann sind sie miteinander in Streit geraten.«

»Die Schrift ist außerordentlich interessant,« sagte Holmes, der sich ganz in die Betrachtung des Papiers vertieft hatte. »Es wird der Sache nicht so leicht auf den Grund zu kommen sein, wie ich dachte.« Er vergrub nun den Kopf in beide Hände, und der Inspektor lächelte, als er sah, welchen Eindruck sein Kriminalfall auf den berühmten Londoner Spezialisten machte.

»Ihre letzte Bemerkung,« fuhr Holmes nach einer Weile fort, »daß möglicherweise zwischen dem Diebe und dem Kutscher ein Einverständnis bestanden haben kann, und er durch diesen Zettel an den Ort bestellt wurde, ist sehr scharfsinnig und keineswegs zu verwerfen. Aber jene Schriftzüge lassen noch eine andere –« er hielt sich abermals die Hand vor die Augen und versank in tiefes Nachsinnen. Als er wieder aufblickte, bemerkte ich zu meinem Erstaunen, daß seine Wangen gerötet waren und sein Auge so lebhaft funkelte, wie vor der Krankheit. Mit verjüngter Tatkraft sprang er empor.

»Wißt ihr was,« rief er, »ich möchte mir gern in aller Ruhe einen kleinen Einblick in den Fall verschaffen, er fesselt mich ungemein. Wenn Sie nichts dagegen haben, Herr Oberst, überlasse ich Ihnen einstweilen meinen Freund Watson und begleite den Inspektor nach dem Tatort, um mich zu überzeugen, ob ein paar Dinge, die mir eben eingefallen sind, auf Wahrheit beruhen. In einer halben Stunde bin ich wieder da.«

Es vergingen fast anderthalb Stunden, dann kehrte der Inspektor allein zurück.

»Herr Holmes spaziert draußen im Felde auf und ab,« sagte er. »Sein Wunsch ist, daß wir alle vier zusammen nach dem Hause gehen.«

»Zu Herrn Cunningham?«

»Jawohl.«

»Weswegen?«

Forcester zuckte die Achseln. »Ich weiß es nicht genau. Unter uns gesagt, glaube ich, daß Herr Holmes seine Krankheit noch nicht völlig überwunden hat. Er ist schrecklich aufgeregt und gebärdet sich ganz sonderbar.«

»Fürchten Sie nur nichts,« sagte ich. »Meist habe ich noch immer gefunden, daß Methode in seiner Tollheit war.«

»Mancher dächte vielleicht, es sei Tollheit in seiner Methode,« brummte der Inspektor. »Aber er scheint mit Feuereifer ans Werk zu gehen; wir wollen ihn lieber nicht aufhalten, wenn es Ihnen recht ist, Herr Oberst.«

Die Hände in den Taschen, den Kopf auf die Brust gesenkt, schritt Holmes draußen auf und ab.

»Die Sache wird immer interessanter,« sagte er. »Dein Ausflug aufs Land, Watson, ist über alles Erwarten gelungen. Ich hätte mir keinen schöneren Morgen wünschen können.«

»Sie haben den Schauplatz des Verbrechens in Augenschein genommen, wie ich höre,« sagte der Oberst.

»Ja, wir sind zusammen auf Kundschaft ausgezogen, der Inspektor und ich.«

»Mit Erfolg?«

»Wenigstens haben wir mancherlei erfahren. Ich kann Ihnen das unterwegs erzählen. Zuerst besichtigten wir die Leiche des Unglücklichen. Er ist durch einen Pistolenschuß getötet worden, ganz wie man uns berichtet hat.«

»Zweifelten Sie denn daran?«

»Man tut immer gut, alles selbst zu untersuchen. Unser Gang war durchaus nicht vergeblich. Wir hatten dann eine Unterredung mit Herrn Cunningham und seinem Sohn, die mir genau die Stelle bezeichnen konnten, wo der Mörder auf der Flucht durch die Gartenhecke gebrochen war. Das interessierte mich sehr.«

»Natürlich.«

»Dann suchten wir die Mutter des armen Menschen auf, erfuhren jedoch nichts von ihr; sie ist sehr alt und ganz kindisch.«

»Und zu welchem Ergebnis kamen Sie bei Ihren Ermittelungen?«

»Zu der Überzeugung, daß wir es mit einem eigenartigen Verbrechen zu tun haben. Vielleicht trägt unser jetziger Besuch dazu bei, das Dunkel zu lichten. – Nicht wahr, Herr Inspektor, Sie sind doch auch meiner Meinung, daß der abgerissene Zettel in des Ermordeten Hand, auf dem seine Todesstunde verzeichnet ist, die allergrößte Wichtigkeit hat?«

»Mich dünkt, er sollte uns Aufschluß über die Tat geben können.«

»Das tut er auch. Kein anderer Mensch hat ihn geschrieben, als der, welcher Wilhelm Kirwan zur Nachtzeit an den verhängnisvollen Ort bestellte. – Aber wo ist das fehlende Stück des Papiers hingekommen?«

»Ich habe überall auf dem Erdboden gesucht, in der Hoffnung, es zu finden,« versetzte der Inspektor.

»Jemand hat es dem Toten aus der Hand gerissen; es verdächtigte ihn, er mußte es haben. Dann hat er es wahrscheinlich in die Tasche gesteckt, ohne zu bemerken, daß die Leiche noch eine Ecke in der Hand behielt. Wenn wir uns das abgerissene Stück verschaffen könnten, wäre gewiß ein großer Schritt zur Lösung des Rätsels getan.«

»Ja, aber wie kann man die Taschen des Verbrechers durchsuchen, bevor man seiner Person habhaft geworden ist?«

»Nun, jedenfalls wird man gut tun, sich die Sache zu merken. Noch ein anderer Punkt liegt auf der Hand: Der Zettel ist Wilhelm zugeschickt worden. Wer ihn geschrieben hat, war nicht zugleich der Überbringer, sonst hätte er seine Botschaft wohl mündlich ausgerichtet. Durch wen ist er also abgegeben worden? Oder kam er vielleicht mit der Post?«

»Ich habe mich danach erkundigt,« sagte Forcester; »Wilhelm hat gestern nachmittag einen Brief durch die Post erhalten. Der Umschlag ist aber nicht mehr vorhanden.«

»Vortrefflich,« rief Holmes und schlug dem Polizisten auf die Schulter. »Sie haben auch schon mit dem Briefträger gesprochen. Mit Ihnen zu arbeiten, ist ein wahres Vergnügen. – Da sind wir ja an der Pförtnerwohnung; kommen Sie, Herr Oberst, ich zeige Ihnen den Schauplatz des Verbrechens.«

Wir schritten an dem hübschen Häuschen vorbei, das der Ermordete bewohnt hatte, und durch eine breite Eichenallee bis zu dem stattlichen, alten Herrenhause. Nach der Landstraße zu war der Garten von einer grünen Hecke umgeben. Holmes und der Inspektor gingen voran; um die Ecke biegend gelangten wir an die Seitenpforte, wo ein Schutzmann Wache hielt.

»Öffnen Sie, bitte, einmal die Tür,« redete ihn Holmes an. »Hier auf der Treppe also stand der junge Cunningham und sah die beiden Männer miteinander ringen, gerade an der Stelle, wo wir jetzt sind. Der alte Cunningham war oben am Fenster – am zweiten links – und sah den Kerl dort hinter dem Busch verschwinden. Sein Sohn ebenfalls. Beide wissen das ganz genau, sie haben sich den Busch gemerkt. Dann lief Herr Alec zu dem Verwundeten und kniete neben ihm. Der Boden ist sehr hart, man findet keine Spuren mehr, an die man sich halten kann.«

Während Holmes noch sprach, kamen zwei Männer vom Gartenpfad her um die Hausecke, ein ältlicher Herr mit stark gefurchtem, ausdrucksvollem Gesicht und Augen, die tief in ihren Höhlen lagen, und ein junger Mensch, dessen modische Kleidung und heiteres, unbekümmertes Wesen zu dem traurigen Geschäft, das uns hergeführt hatte, schlecht zu passen schienen.

»Noch immer auf der Suche?« sagte er zu Holmes gewendet.

»Ich glaubte, ihr Londoner kämet nie in Verlegenheit. So sehr schnell scheint ihr mir die Sache doch nicht abzumachen.«

»Man muß uns nur etwas Zeit lassen,« erwiderte Holmes gutmütig.

»Ja, die wird wohl vonnöten sein,« fuhr der junge Cunningham fort, »Mich dünkt, es ist auch nicht die geringste Spur vorhanden.«

»Nur *einen* Faden haben wir,« fiel der Inspektor ein. »Wir glauben, daß wenn sich entdecken ließe – Aber ums Himmels willen, Herr Holmes – was fehlt Ihnen?«

Die Züge meines armen Freundes hatten urplötzlich einen entsetzlichen Ausdruck der Qual angenommen, sie verzerrten sich krampfhaft, seine Augen rollten wild umher, und unter dumpfem Stöhnen sank er um, mit dem Gesicht auf den Boden. Zu Tode erschrocken über diesen unerwarteten, schweren Anfall, trugen wir Holmes in die Küche, wo er, in einen Armstuhl zurückgelehnt, mehrere Minuten lang mühsam Atem holte. Endlich erhob er sich wieder und stammelte eine verwirrte Entschuldigung wegen seiner Schwäche.

»Watson kann Ihnen sagen, daß ich soeben erst von schwerer Krankheit genesen bin,« fügte er als Erklärung hinzu. »Solche plötzlichen Nervenanfälle kommen bei mir bisweilen vor.«

»Soll ich Sie im Wagen nach Hause schicken?« fragte der alte Cunningham.

»O nein, da ich einmal hier bin, möchte ich mir erst noch über einen Punkt Gewißheit verschaffen, der sich leicht ermitteln lassen wird.«

»Und der wäre?«

»Ich halte es für sehr möglich, daß Ihr armer Kutscher den Einbrecher schon in voller Tätigkeit fand. Sie scheinen es als feststehend zu betrachten, daß die Tür zwar erbrochen war, der Räuber aber das Haus nicht betreten hat.«

»Das liegt meiner Ansicht nach auf der Hand,« versetzte Cunningham bedächtig. »Mein Sohn Alec war ja noch nicht zu

Bett gegangen und hätte sicherlich jedes Geräusch im Hause gehört.«

»Wo saßen Sie denn?«

»Ich rauchte meine Pfeife im Ankleidezimmer.«

»Welches Fenster ist das?«

»Das letzte links, neben meines Vaters Schlafstube.«

»Natürlich war in beiden noch Licht?«

»Jawohl, versteht sich.«

»Das ist doch wirklich sehr auffallend,« sagte Holmes. »Finden Sie es nicht auch höchst sonderbar, daß ein Dieb, der noch dazu kein Neuling ist, mit aller Ruhe in einem Hause einbricht, wo zur Zeit noch zwei Leute wach sind, wie er an den hellen Fenstern sehen kann?«

»Es muß eben ein äußerst frecher Bursche sein.«

»Ja, wissen Sie,« sagte Herr Alec, »wenn der Fall nicht absonderlich wäre, brauchten wir uns nicht an Sie um Aufklärung zu wenden. Die Annahme aber, daß der Räuber bereits ins Haus gedrungen war, ehe Wilhelm sich über ihn hermachte, scheint mir ganz verfehlt. Wir hätten doch sonst unsere Sachen in Unordnung gefunden und irgend etwas vermißt, das er gestohlen hat.«

»Das kommt darauf an. Wir dürfen nicht vergessen, daß wir es mit keinem gewöhnlichen Einbrecher zu tun haben. Er liebt es, auf besondere Art zu verfahren, wie man schon an der wunderlichen Auswahl sieht, die er bei Acton getroffen hat – was war es doch – eine Rolle Bindfaden, ein Briefbeschwerer und allerlei Krimskrams.«

»Wir vertrauen uns Ihnen unbedingt an, Herr Holmes,« sagte der alte Cunningham; »was Sie oder der Inspektor vorschlagen, soll ohne Aufschub geschehen.«

»Erstens möchte ich, daß sofort eine Belohnung ausgeschrieben würde – am besten von Ihnen selbst; wenn die Polizei erst anfängt, über die Höhe der Summe hin und her zu beraten, geht zu viel Zeit verloren. Ich habe bereits den Wortlaut aufgesetzt, es fehlt nur noch Ihre Unterschrift. Fünfzig Pfund halte ich für ausreichend.«

»Fünfhundert wären mir nicht zu viel,« meinte der Friedensrichter, wahrend er Zettel und Bleistift nahm, welche Holmes ihm hinreichte.

»Aber das ist nicht ganz richtig,« sagte er, das Blatt überfliegend.

»Ich habe es in großer Eile geschrieben.«

»Sehen Sie, hier steht: ›In der Nacht von Montag auf Dienstag um dreiviertel auf eins wurde ein Einbruchsversuch u.s.w.‹ In Wirklichkeit hat sich die Sache um dreiviertel auf zwölf zugetragen.«

Mir war dieser Irrtum sehr unangenehm und betrübend, denn ich wußte, wie schwer ihn Holmes empfinden würde. Eine Ungenauigkeit inbetreff der Tatsachen kam bei ihm sonst gar nicht vor. Das kleine Versehen war mir ein neuer Beweis, wie sehr die Krankheit ihn angegriffen hatte und daß er durchaus noch der Schonung bedurfte. Einen Augenblick geriet er in sichtliche Verlegenheit, der Inspektor zog die Augenbrauen in die Höhe, und Alec Cunningham lachte laut. Der alte Herr aber gab Holmes den Zettel zurück, nachdem er den Fehler verbessert hatte.

»Lassen Sie die Anzeige so schnell wie möglich drucken,« sagte er; »Ihr Vorschlag scheint mir vortrefflich.«

Holmes verwahrte das Papier sorgfältig in seinem Taschenbuch. »Und nun lassen Sie uns zusammen das Haus besichtigen, um uns zu überzeugen, ob der sonderbare Einbrecher nicht vielleicht doch irgend etwas mitgenommen hat.«

Zuerst untersuchte mein Freund die erbrochene Tür. Offenbar hatte man das Schloß mit einem starken Messer oder einem Meißel aufgesprengt. Man sah noch die Spuren am Holz, wo das Werkzeug hineingetrieben worden war.

»Legen Sie nachts keine Eisenstangen vor?« fragte er.

»Wir hielten es bisher für unnötig.«

»Sie haben auch keinen Hund?«

»Doch; aber er ist hinter dem Hause angekettet.«

»Wann geht die Dienerschaft zu Bett?«

»Gegen zehn Uhr.«

»Nicht wahr, auch Wilhelm schlief gewöhnlich schon um diese Stunde?«

»Jawohl.«

»Sonderbar, daß er gerade heute nacht noch so spät auf war. – Jetzt lassen Sie uns, bitte, ins Haus gehen, Herr Cunningham.«

Aus einem mit Steinfliesen belegten Gang, in den die Küchenräume mündeten, gelangte man auf einer hölzernen Stiege unmittelbar nach dem Vorplatz des ersten Stockwerks, zu dem auch die reich verzierte Haupttreppe aus der unteren Halle hinaufführte. Sowohl die Türen des Wohnzimmers als mehrerer Schlafzimmer gingen auf diesen Vorplatz hinaus, darunter auch diejenigen der beiden Cunninghams.

Holmes besichtigte die ganze Bauart des Hauses genau und schritt nur langsam vorwärts. Ich sah an seinem Gesichtsausdruck, daß er eine Fährte gefunden hatte, die er eifrig verfolgte; jedoch nach welcher Richtung hin, ahnte ich nicht im geringsten.

»Mein bester Herr,« sagte der Friedensrichter etwas ungeduldig, »Sie machen sich ganz unnütze Mühe. Dort, der Treppe gegenüber, ist mein Zimmer und daneben das meines Sohnes. Nun urteilen Sie selbst, ob es möglich war, daß der Dieb hier heraufkommen konnte, ohne daß wir das Geräusch hörten.«

»Sie wollen wohl überall herumsuchen, ob Sie nicht eine neue Spur entdecken,« sagte der Sohn mit spöttischem Lächeln.

»Ich möchte Sie doch bitten, mich noch etwas gewähren zu lassen. Zum Beispiel wünsche ich festzustellen, wie weit man aus den Schlafstubenfenstern die Vorderseite des Hauses überblicken kann. – Dies also ist Ihres Sohnes Zimmer,« sagte er, die Türe aufstoßend, »und dahinter liegt vermutlich das Ankleidezimmer, wo er mit seiner Pfeife saß, als der Lärm entstand. Nach welcher Seite hinaus sieht denn das Fenster?« Er ging durch das Schlafzimmer, öffnete die Tür zu dem anstoßenden Gemach und sah sich darin um.

»Hoffentlich sind Sie nun zufrieden,« sagte Cunningham ärgerlich.

»Jawohl, danke; das war, glaube ich, alles, was ich sehen wollte.«

»Wir können auch noch in mein Zimmer gehen, wenn es durchaus sein muß.«

»Falls es Ihnen nicht unbequem ist.«

Der Friedensrichter zuckte die Achseln und führte uns in seine Schlafstube, einem ganz einfach ausgestatteten Raum. Als die übrigen nach dem Fenster hingingen, blieb Holmes etwas zurück, so daß wir beide die letzten waren. Am Fußende des Bettes, auf einem kleinen Tisch, stand eine Wasserflasche und ein Teller mit Orangen. Auf einmal streckte Holmes zu meiner größten Verwunderung rasch die Hand aus und stieß das Tischchen um, samt allem, was darauf war. Das Glas zerbrach in tausend Stücke, das Wasser floß auf den Teppich, und die Früchte rollten im ganzen Zimmer umher.

»Aber Watson, was hast du angerichtet,« rief Holmes ohne Besinnen, »das ist ja eine schöne Bescherung!«

Ich bückte mich in nicht geringer Verlegenheit, um die Früchte aufzulesen, denn ich begriff wohl, daß mein Gefährte irgend einen triftigen Grund haben müsse, mir die Ungeschicklichkeit in die Schuhe zu schieben. Die andern halfen mir und richteten den Tisch wieder auf.

»Oho,« rief der Inspektor, »wo ist er denn hingeraten?«

Holmes war verschwunden.

»Warten Sie einen Augenblick hier,« sagte Alec Cunningham, »mir scheint, der Mensch ist nicht ganz bei Sinnen. Komm, Vater, wir wollen sehen, was aus ihm geworden ist.«

Sie eilten beide hinaus, während der Inspektor, der Oberst und ich einander verwundert ansahen.

»Meiner Treu, ich glaube, Herr Alec hat recht,« sagte der

Polizeibeamte. »Vielleicht ist es eine Nachwirkung der Krankheit, aber ich muß gestehen –«

Seine Rede wurde plötzlich durch das Geschrei: »Zu Hilfe, zu Hilfe, Mord, Mord!« unterbrochen. Schaudernd erkannte ich meines Freundes Stimme und stürzte wie wahnsinnig auf den Vorplatz hinaus. Die Hilferufe klangen jetzt schwach und heiser aus der Stube, die wir zuerst betreten hatten. Ich stürmte hindurch und in das dahinter gelegene Ankleidezimmer. Sherlock Holmes lag am Boden; die beiden Cunninghams hielten ihn gepackt, der Sohn drückte ihm mit den Händen die Kehle zu, während der Vater mit aller Macht an seinem Handgelenk zerrte. Im nächsten Augenblick hatten wir drei sie von ihm fortgerissen, Holmes erhob sich schwankend, er sah leichenblaß und ganz erschöpft aus.

»Verhaften Sie diese beiden Männer, Herr Inspektor,« stieß er keuchend hervor.

»Was haben sie denn begangen?«

»Den Kutscher Wilhelm Kirwan ermordet.«

Verwirrt starrte der Inspektor um sich.

»Aber, bester Herr Holmes,« sagte er endlich, »das kann doch Ihr Ernst nicht sein –«

»Mein völliger Ernst. Schauen Sie ihnen doch nur ins Gesicht.«

Noch nie habe ich einen Menschen gesehen, dem die Schuld so deutlich auf der Stirn geschrieben stand wie diesen beiden. Der Alte war wie betäubt und gelähmt, seine scharfgezeichneten Züge trugen einen starren, finsteren Ausdruck. Der Sohn dagegen hatte das flotte, stutzerhafte Wesen, das er zur Schau getragen, ganz fallen lassen; sein hübsches Gesicht war verzerrt, und in seinen Augen funkelte die Wut eines gefährlichen Raubtiers.

Der Inspektor schritt, ohne ein Wort zu sagen, nach der Tür und ließ einen gellenden Pfiff hören. Auf diesen Ruf erschienen zwei Polizisten.

»Mir bleibt keine Wahl, Herr Cunningham,« sagte er. »Ich hoffe, es wird sich als ein lächerlicher Irrtum herausstellen, aber Sie müssen einsehen – Oho, was soll das heißen!« – Er schlug Herrn Alec seinen Revolver aus der Hand, als der junge Mann gerade den Hahn spannen wollte –; die Waffe fiel klirrend zu Boden.

Holmes setzte rasch den Fuß darauf. »Nehmen Sie das Ding an sich, es wird Ihnen beim Verhör gute Dienste tun. Aber hier ist das, wonach ich eigentlich gesucht habe.« Er hielt ein zerknittertes Stück Papier in die Höhe.

»Der abgerissene Zettel!« rief der Inspektor.

»Nichts anderes.«

»Und wo war er?«

»Wo ich ihn gleich vermutete. Ich will Ihnen später alles erklären. Es wird am besten sein, Herr Oberst, wenn Sie jetzt mit Watson nach Hause gehen; in höchstens einer Stunde komme ich nach. Wir müssen noch ein Wort mit den Gefangenen reden, der Inspektor und ich, aber zum zweiten Frühstück bin ich bestimmt wieder da.«

Sherlock Holmes hielt Wort; gegen zwei Uhr fand er sich bei uns im Rauchzimmer ein, begleitet von einem kleinen, ältlichen Mann, der mir als Herr Acton vorgestellt wurde, in dessen Hause zuerst eingebrochen worden war.

»Ich wünschte sehr, daß Herr Acton meine Darlegung des Falles mit anhören möchte,« sagte Holmes, »da für ihn natürlich alle Einzelheiten von hohem Interesse sind. – Sie werden es, fürchte ich, noch bereuen, Herr Oberst, daß Sie einen so unruhigen Gesellen wie mich in Ihr Haus aufgenommen haben.«

»Im Gegenteil,« erwiderte der Oberst eifrig, »ich schätze es als einen besonderen Vorzug, daß mir gestattet wird, die Methode kennen zu lernen, die Sie bei Ihren Schlüssen beobachten. Der Erfolg übersteigt alle meine Erwartungen, das gestehe ich offen, auch bin ich gänzlich außer stande, den Hergang zu begreifen. Ich habe noch nicht die leiseste Ahnung davon.«

»Die Erklärung wird Ihnen wahrscheinlich eine Enttäuschung bereiten; doch pflege ich mein Verfahren weder vor meinem Freunde Watson noch vor sonst jemand zu verbergen, der Verständnis dafür zeigt. Aber erst darf ich mir wohl einen Schluck von Ihrem Kognak einschenken, Herr Oberst, der Kampf in dem Zimmer dort drüben hat mich durch und durch geschüttelt. Ich habe mir in letzter Zeit wohl etwas zu viel zugemutet und bin noch nicht ganz bei Kräften.«

»Sie haben doch nicht wieder Nervenanfälle gehabt?«

Sherlock Holmes lachte herzlich. »Davon reden wir später,« sagte er, »ich will Ihnen alles der Reihe nach berichten und Ihnen die Hauptgesichtspunkte vorführen, von denen ich mich leiten ließ. Falls Sie etwas nicht vollkommen verstehen sollten, bitte ich nur, mich zu unterbrechen.

»Es ist von der höchsten Wichtigkeit für die Ermittelung eines Verbrechens, daß man imstande ist, zu unterscheiden, welches die wesentlichen Tatsachen und welches nur Nebenumstände sind. Sonst läuft man Gefahr, seine Kraft und Wachsamkeit zu zersplittern, statt sie möglichst zu sammeln. Im vorliegenden Falle hatte ich nicht den leisesten Zweifel, daß der Schlüssel des Ganzen in dem Blatt Papier zu finden sei, das dem Toten aus der Hand genommen worden war.

»Nach Alec Cunninghams Aussage hatte der Räuber Wilhelm Kirwan erschossen und dann augenblicklich die Flucht ergriffen. War dies richtig, so konnte nicht er es gewesen sein, der den Zettel aus des Toten Hand gerissen hatte. Dies mußte vielmehr der junge Cunningham selbst getan haben, denn als sein Vater herunterkam, waren bereits mehrere Diener auf den Schuß herbeigeeilt. Wie einleuchtend das auch ist, so hatte der Inspektor diesen Punkt doch übersehen, weil er von vornherein annahm, daß die beiden Gutsbesitzer bei der Sache nicht beteiligt wären. Mein Hauptgrundsatz ist aber, ohne jegliches Vorurteil zu Werke zu gehen und einfach den Tatsachen zu folgen, wohin sie mich führen. So kam es, daß mir die Rolle, welche Alec Cunningham gespielt hatte, gleich auf der ersten Stufe der Untersuchung in zweifelhaftem Lichte erschien.

»Hierauf besichtigte ich die abgerissene Ecke des Zettels genau, die mir der Inspektor eingehändigt hatte. Es wurde mir sofort klar, daß sie ein Teil des wichtigsten Beweisstückes sei. Hier ist das Papier. Bemerken Sie etwas besonders Auffallendes daran?«

»Die Schrift ist ziemlich ungleichmäßig,« sagte der Oberst.

»Jawohl,« rief Holmes, »auch steht es ganz außer Frage, daß sie von zwei Leuten herrührt, die immer abwechselnd ein Wort geschrieben haben. Sehen Sie hier, die verschiedenen f in ›auf‹ und ›zwölf‹; vergleichen Sie die Schleifen des d und den Buchstaben e, so werden Sie mir gewiß beipflichten. Die Wörter ›auf, wo, etwas, und‹ sind von einer kräftigeren Hand geschrieben als die übrigen, daß läßt sich nicht verkennen.«

»Wahrhaftig, man sieht es ganz genau,« rief der Oberst. »Wozu in aller Welt sollten aber zwei Menschen einen Brief auf solche Art abfassen?«

»Es handelte sich offenbar um ein unlauteres Geschäft, und der eine Schreiber, der dem andern mißtraute, bestand darauf, daß sie die Verantwortung zu gleichen Teilen tragen müßten. Der, welcher das ›*auf*‹ und ›*wo*‹ geschrieben hat, war natürlich der Anstifter.«

»Woraus schließen Sie denn das?«

»Man könnte es schon nach dem Charakter der Schrift selbst mit Gewißheit behaupten. Aber ich habe noch bestimmtere Gründe dafür. Betrachten Sie das Papier aufmerksam, und Sie werden zu der Überzeugung gelangen, daß der Mann mit der festeren Hand seine Wörter zuerst geschrieben und den Platz, den der andere ausfüllen sollte, leer gelassen hat. Der Raum genügte nicht immer, weshalb die Wörter ›dreiviertel‹ und ›erfahren‹ so eng zusammengedrängt sind. Von dem Mann, welcher zuerst geschrieben hat, ist der Mordplan ausgegangen.«

»Vortrefflich!« rief Acton.

»Auch lassen sich noch dreiundzwanzig andere Schlüsse aus der Handschrift ziehen, über Alter, Verwandtschaft und dergleichen, welche aber nur für Schriftkundige interessant sein dürften. Sie dienten alle dazu, um mich in der Ansicht zu bestärken, daß die beiden Cunninghams, Vater und Sohn, den Brief geschrieben hatten.

»Nachdem ich so weit gelangt war, mußte ich natürlich noch die Einzelheiten des Verbrechens in Betracht ziehen. Ich ging mit dem Inspektor nach dem Hause und besichtigte alles, was zu sehen war. Die Wunde des Toten rührte von einem Revolverschuß her, welcher auf wenigstens vier Meter Entfernung abgegeben worden war, das konnte ich mit vollkommener Sicherheit feststellen. Die Kleider waren nicht im mindesten vom Pulver geschwärzt. Offenbar hatte Alec Cunningham gelogen, als er behauptete, er habe zwei Männer miteinander ringen sehen, und dann sei der Schuß gefallen. Auch inbetreff der Stelle, wo der Mörder über die Hecke gesprungen war, stimmten Vater und Sohn überein. Dort war aber zufällig gerade ein ziemlich breiter Graben. Da nun auf dessen feuchtem Grunde keinerlei Fußspuren zu sehen waren, so kam ich zu der Überzeugung, daß die Cunninghams überhaupt die Unwahrheit gesagt hatten, und daß gar kein fremder Räuber an dem Tatort zugegen gewesen sei.

»Nun galt es, den Beweggrund des seltsamen Verbrechens zu finden. Als ich überlegte, welchen Zweck der erste Einbruchsdiebstahl bei Herrn Acton gehabt haben könne, fiel mir der Prozeß zwischen den beiden Gutsbesitzern ein, von dem Sie, Herr Oberst, gesprochen hatten. Ich fragte mich, ob die Cunninghams nicht vielleicht in die Bibliothek eingedrungen wären, um sich irgend einer Urkunde zu bemächtigen, die bei dem Rechtsstreit von Wichtigkeit wäre.«

»Ganz richtig,« sagte Acton, »das war ohne Zweifel ihre Absicht. Ich habe die begründetsten Ansprüche auf die Hälfte ihres Besitztums. Hätten sie aber auch nur ein einziges meiner

Papiere an sich bringen können – die glücklicherweise in dem Aktenschrank des Anwalts liegen – so würden sie mir sicherlich mein Recht streitig gemacht haben.«

»Da hätten wir's ja,« sagte Holmes lächelnd. »Es war ein gefährliches, tollkühnes Unternehmen, das, meines Erachtens, in dem Kopf des jungen Alec entsprungen ist. – Da sie nichts fanden, suchten sie, um den Verdacht abzulenken, der Tat den Anschein eines gewöhnlichen Diebstahls zu geben, und nahmen die ersten besten Sachen mit, die ihnen in die Hände fielen. Das ist ganz klar, aber im übrigen war mir noch vieles dunkel. Vor allem wünschte ich den fehlenden Teil des Zettels aufzufinden. Ich zweifelte nicht, daß Alec ihn dem Toten aus der Hand gerissen und ihn in die Tasche seines Schlafrocks gesteckt hatte. Wo sollte er ihn auch sonst hintun? Es fragte sich nur, ob er jetzt noch darin war. Jedenfalls verlohnte es der Mühe nachzusehen, und deshalb gingen wir alle miteinander nach dem Hause.

»Die Cunninghams trafen, wie Sie wissen, mit uns draußen vor der Küchentür zusammen. Es war von höchster Wichtigkeit, daß sie nicht an den Zettel erinnert wurden, weil sie ihn sonst unfehlbar vernichtet hätten. Der Inspektor war eben im Begriff, ihnen zu sagen, welchen Wert wir auf das Papier legten, als ich zum größten Glück gerade im entscheidenden Moment jenen Krampfanfall bekam, was dem Gespräch ein Ende machte.«

»Ist es möglich!« rief der Oberst lachend. »Also haben wir unser inniges Mitgefühl ganz verschwendet – Ihr Nervenanfall war nichts als Verstellung!«

»Eine Komödie sondergleichen,« sagte ich und blickte verwundert auf den merkwürdigen Mann, der mich fort und fort durch neue Beweise seiner überlegenen Schlauheit in Erstaunen setzte.

»Dergleichen Kunstgriffe sind oft sehr nützlich,« fuhr er fort. »Sobald ich mich erholt hatte, strengte ich meine Erfindungsgabe an, um den alten Cunningham zu veranlassen, das Wort

›*zwölf*‹ zu schreiben, weil ich es mit dem Wort ›zwölf‹ auf dem abgerissenen Zettel zu vergleichen wünschte.«

»O, was für ein Dummkopf war ich doch!«

»Ich merkte wohl, Watson, wie du dich über meine Schwäche betrübtest,« rief Holmes lachend, »und es tat mir leid, daß ich dir diesen Schmerz bereiten mußte. Wir gingen nun zusammen die Treppe hinauf und betraten das Zimmer. Ich sah den Schlafrock hinter der Tür hängen, suchte die allgemeine Aufmerksamkeit einen Augenblick abzulenken, indem ich den Tisch umwarf, lief zurück und untersuchte die Taschen. Kaum hatte ich jedoch den Zettel in einer derselben gefunden, wie ich vorausgesehen, als die Cunninghams sich wütend auf mich stürzten. Ohne euren raschen, hilfreichen Beistand hätten sie mich sicherlich umgebracht. Noch immer fühle ich, wie mir der Sohn die Kehle zuschnürte, und der Alte drehte mir fast das Handgelenk um, als er mir das Papier entreißen wollte. – Sie erkannten, daß ich die ganze Sache durchschaut hatte, und der plötzliche Umschwung von vollkommenster Sicherheit zu völliger Verzweiflung machte sie förmlich rasend.

»Ich habe den alten Cunningham soeben ein wenig über die Beweggründe des Verbrechens ausgefragt. Er war ziemlich gefügig, während sein Sohn sich wie ein Teufel gebärdete und am liebsten sich selbst oder sonst jemand eine Kugel durch den Kopf gejagt hätte, nur fehlte ihm der Revolver. Als der Alte sah, daß seine Sache verloren war, sank ihm der Mut, und er legte ein offenes Geständnis ab. In der Nacht, als die Cunninghams den Einbruch bei Acton verübten, war Wilhelm seinen Herren heimlich gefolgt; er bekam sie dadurch in seine Gewalt und machte Erpressungsversuche, unter Androhung einer gerichtlichen Anzeige. Herr Alec ist aber ein gefährlicher Mensch, der nicht mit sich spaßen läßt. Er hatte den wahrhaft geistreichen Einfall, die Angst vor den Einbrechern, welche die ganze Gegend in Aufruhr brachte, zu benützen, um sich auf glaubwürdige Art von dem Menschen zu befreien, den er fürchtete. Wilhelm ging in das ihm gestellte Netz und wurde erschossen. Hätten die Cunninghams den ganzen Zettel gehabt und auf einige Nebenumstände noch größere Aufmerksamkeit verwendet, so wäre vermutlich nie ein Verdacht gegen sie entstanden.«

»Und der Zettel selbst?«

Holmes legte uns das Blatt Papier vor, das wir hier wiedergeben.

»Es sieht fast genau so ans, wie ich mir gedacht habe,« sagte er. »Natürlich wissen wir noch nicht, welcher Zusammenhang zwischen Alec Cunningham, Anna Morrison und Wilhelm Kirwan bestand. Der Erfolg zeigt aber, daß der Köder, mit dem er in die Falle gelockt wurde, geschickt gewählt war.«

»Dein ruhiger Landaufenthalt hat sich trefflich bewährt, Watson! Morgen werde ich mit neu gestärkten Kräften nach der Bakerstraße zurückkehren können.«

Der Krüppel.

Einige Monate nach meiner Hochzeit saß ich an einem Sommerabend noch zu später Stunde auf, rauchte eine Pfeife und nickte gelegentlich über dem Roman ein, den ich lesen wollte; es lag ein sehr anstrengendes Tagewerk hinter mir. Meine Frau hatte sich schon zur Ruhe begeben, und auch die Dienstmädchen waren hinauf in ihre Kammer gegangen; ich hatte gehört, wie sie die Haustür schlossen. Eben stand ich vom Lehnstuhl auf und begann die Asche aus meiner Pfeife zu klopfen, als plötzlich die Glocke ertönte.

Ich sah nach der Uhr; es war dreiviertel auf zwölf. So spät konnte kein Besuch mehr kommen, also wollte man mich zu einem Kranken holen, und von Nachtruhe war keine Rede mehr. Mit verdrießlicher Miene stieg ich die Treppe hinunter und schloß auf. Zu meiner Verwunderung fand ich Sherlock Holmes draußen vor der Türe stehen.

»Ah, du bist's, Watson,« sagte er. »Ich komme spät, aber ich hoffte, dich noch munter zu finden.«

»Bitte, tritt näher, lieber Freund.«

»Du warst überrascht, mich zu sehen – kein Wunder – angenehm überrascht, vermutlich. Hm, du rauchst also noch immer dieselbe Sorte wie früher als Junggeselle. Die flockige Asche auf deinem Ärmel läßt sich nicht verkennen. Daß du gewohnt gewesen bist, eine Uniform zu tragen, sieht man dir auf den ersten Blick an, Watson; du wirst auch nie für einen Zivilisten von reinem Wasser gelten, bis du dir nicht abgewöhnst, das Taschentuch im Rockärmel zu tragen. – Kannst du mich heute nacht beherbergen?«

»Mit Vergnügen.«

»Du hast mir einmal gesagt, daß bei euch immer ein Bett für einen Gast bereit steht, und ich sehe, daß ihr jetzt keinen Logierbesuch habt. Es hängt nur ein Hut am Ständer.«

»Ich freue mich sehr, wenn du bleiben willst.«

»Besten Dank; ich darf wohl diesen leeren Riegel für meine Kopfbedeckung benützen. – Bedauere, daß du einen Arbeiter im Haus gehabt hast; das bedeutet nichts Gutes. Hoffentlich war das Abflußrohr nicht schadhaft.«

»Nein, die Gasleitung.«

»Ach so! Der Mann hat den Abdruck von zwei Nägeln in seiner Stiefelsohle auf dem Linoleum zurückgelassen, das Licht fiel gerade darauf. – Nein danke – gegessen habe ich schon auf dem Bahnhof, aber eine Pfeife würde ich noch gern mit dir rauchen.«

Ich reichte ihm meinen Tabaksbeutel; er setzte sich mir gegenüber und paffte eine Weile schweigend fort. Da ich wohl wußte, daß ihn nur ein wichtiges Geschäft um diese Stunde noch zu mir führen konnte, wartete ich es geduldig ab, bis er die Rede darauf brachte.

»Du hast jetzt gerade viel Arbeit in deinem ärztlichen Beruf, wie ich sehe,« sagte er, mich mit scharfem Blicke musternd.

»Ja, ich bin heute sehr beschäftigt gewesen,« erwiderte ich; »aber woher du das wissen kannst, ist mir unbegreiflich.«

Holmes lächelte wohlgefällig. »Ich kenne ja deine Gewohnheiten, mein lieber Watson. Wenn du nur eine kurze Runde zu machen hast, gehst du zu Fuße, bei einer langen fährst du. Da ich nun sehe, daß deine Stiefel zwar gebraucht, aber nicht schmutzig sind, hast du jetzt jedenfalls so viel zu tun, daß du dir eine Droschke gestattest.«

»Vortrefflich,« rief ich.

»Ureinfach,« sagte er. »Dies ist nur ein Beispiel davon, wie leicht man durch Schlußfolgerung zu Ergebnissen gelangen kann, die den Hörer überraschen, wenn man diesen oder jenen kleinen Umstand, der vielleicht die Grundlage des Ganzen bildet, für sich behält. Auf ähnliche Weise verfährst du auch, mein lieber Junge, bei der Aufzeichnung deiner kleinen Skizzen und erhältst dadurch den Leser in Spannung. Ich befinde mich augenblicklich in genau derselben Lage wie deine Leser, denn ich halte verschiedene Fäden der seltsamsten Begebenheit in Händen, über die sich je ein Mensch den Kopf zerbrochen hat, und doch fehlen mir ein paar Verbindungsglieder zur klaren Begründung des Ganzen. Aber ich muß sie haben, Watson, ich werde sie schon noch bekommen!« Seine Augen funkelten, und ein leises Rot färbte ihm die hageren Wangen. Auf einen kurzen Moment hob sich der Schleier, der sein Inneres sonst verhüllte, und ließ sein leidenschaftlich erregbares Gefühl durchblicken. Als ich ihn aber wieder ansah, waren seine Züge bereits so starr und regungslos, wie die einer indianischen Rothaut, ein Gesichtsausdruck, dem man es zuzuschreiben hatte, daß viele in ihm mehr eine Maschine als einen Menschen sahen.

»Das Problem kommt mir nicht uninteressant vor,« sagte er, »manche Einzelheiten sind sogar recht außergewöhnlich. Ich habe mir schon Einsicht in die Sache verschafft und glaube der Lösung ganz nahe gerückt zu sein. Wenn du mir bei dem letzten Schritt behilflich sein wolltest, würdest du mir einen großen Dienst leisten.«

»Von Herzen gern.«

»Könntest du wohl morgen mit mir nach Aldershot kommen?«

»O ja; Jackson wird gewiß meine Praxis übernehmen.«

»Dann wollen wir mit dem Zug 11.10 von der Station Waterloo abfahren.«

»Das läßt sich einrichten.«

»Wenn du nicht müde bist, möchte ich dir gleich jetzt alles berichten, was geschehen ist und was noch zu tun übrig bleibt.«

»Ehe du kamst, war ich sehr schläfrig, aber ich bin wieder ganz munter geworden.«

»Ich will mich so kurz wie möglich fassen und dir nur das Wesentlichste erzählen. Vielleicht hast du auch schon etwas über den Fall gelesen. Es handelt sich um den Tod des Obersten Barclay vom 117. Regiment in Aldershot – er soll ermordet worden sein.«

»Davon habe ich nichts gehört.«

»Das Ereignis ist erst zwei Tage alt und hat sich noch nicht in weitere Kreise verbreitet; es verhält sich damit folgendermaßen:

»Die 117er sind, wie du weißt, eins der berühmtesten irischen Regimenter, das sowohl im Krimkrieg wie beim indischen Aufstand Wunder der Tapferkeit vollbracht und sich auch seither bei jeder Gelegenheit ausgezeichnet hat. Bis letzten Montag wurde es von James Barclay, einem wackeren alten Krieger, befehligt. Ursprünglich als Gemeiner eingetreten, war er wegen seines im indischen Aufstand bewiesenen Mutes zum Offizier befördert worden und stand zuletzt an der Spitze des nämlichen Regiments, in dem er einst die Muskete getragen.

»Oberst Barclay hatte als Unteroffizier geheiratet. Der Mädchenname seiner Frau war Nancy Devoy; ihr Vater war früher Feldwebel im selben Korps gewesen. Natürlich konnte es nicht ohne einige kleine Reibereien abgehen, als die jungen Eheleute (denn sie waren beide noch jung) nach Barclays Rangerhöhung ihre neue gesellschaftliche Stellung einnahmen. Doch scheinen sich beide rasch in die veränderten Verhältnisse gefunden zu haben, und Frau Oberst Barclay soll bei den Damen des Regiments ebenso beliebt gewesen sein, wie ihr Gatte unter seinen Kameraden. Ich will noch erwähnen, daß sie eine sehr schöne

Frau war, noch jetzt, nach einer mehr als dreißigjährigen Ehe, ist sie eine ganz auffallende Erscheinung.

»Oberst Barclays häusliches Leben scheint durchaus glücklich gewesen zu sein; Major Murphy, dem ich die Kenntnis der meisten Tatsachen verdanke, sagt mir, es sei nie etwas von Mißhelligkeiten zwischen den Gatten verlautet; doch glaubt man im allgemeinen, daß die größere Liebe auf Barclays Seite war. Er konnte seine Unruhe kaum bezähmen, wenn er auch nur einen Tag lang von seiner Frau fern sein mußte. Sie dagegen, obgleich ihm treu und ergeben, trug ihre Zärtlichkeit weit weniger zur Schau. Doch galten sie im ganzen Regiment für das Muster eines Ehepaares, und in ihren Beziehungen zu einander lag nichts, was die Welt auf das Trauerspiel vorbereiten konnte, welches sich zugetragen hat.

»Oberst Barclay muß einige sonderbare Charaktereigenschaften gehabt haben. Für gewöhnlich war er ein lustiger, flotter alter Soldat, aber bei gewissen Gelegenheiten hatte er schon Beweise großer Rachsucht und maßloser Heftigkeit gegeben. Doch zeigte er sich im Verkehr mit seiner Frau niemals von dieser Seite. Nicht nur dem Major, sondern auch den andern Offizieren, mit denen ich Rücksprache nahm, war überdies die seltsame Niedergeschlagenheit aufgefallen, welche sich seiner zuweilen bemächtigte. Oft, wenn er an dem fröhlichen Geplauder der Kameraden teilnahm, verstummte er plötzlich mitten im Scherz und Lachen, als hätte eine unsichtbare Hand ihn berührt, und versank dann tagelang in die düsterste Schwermut. Dazu kam noch eine Art abergläubischer Furcht, welche die Herren an ihm bemerkt haben wollen. Er hatte nämlich eine förmliche Abneigung davor, allein zu bleiben, besonders nach Dunkelwerden. Bei seiner sonst so starken und männlichen Natur war diese Eigenheit sehr merkwürdig und erregte häufig Verwunderung.

»Das erste Bataillon des 117. Regiments stand schon seit mehreren Jahren in Aldershot. Die verheirateten Offiziere pflegten außerhalb der Kaserne Quartier zu nehmen, und der Oberst hat die ganze Zeit über die Villa Lachine bewohnt, die etwa eine halbe Meile vom Nordlager entfernt ist. Das Haus ist rings von Anlagen umgeben, deren Ausdehnung übrigens an der Westseite kaum dreißig Meter bis zur Landstraße beträgt. Der Oberst und seine Frau nebst dem Kutscher und zwei Dienstmädchen sind die einzigen Bewohner der Villa; Kinder haben die Barclays nicht, auch bekamen sie für gewöhnlich keinen Logierbesuch.

»Nun muß ich berichten, was am Montag abend zwischen neun und zehn Uhr in der Villa Lachine geschehen ist.

»Die Frau Oberst ist Katholikin und scheint sich sehr für die St. Georgen-Stiftung interessiert zu haben, welche es sich zur Aufgabe stellt, abgetragene Kleider unter die Armen zu verteilen. Um acht Uhr sollte eine Versammlung stattfinden, und Frau Barclay hatte sich mit dem Abendessen beeilt, weil sie der Sitzung beizuwohnen wünschte. Als sie das Haus verließ, hörte der Kutscher noch, wie sie sich von ihrem Gatten verabschiedete und ihm versprach, recht bald zurückzukommen. In der Nachbarvilla holte sie darauf Fräulein Morrison ab und ging in Begleitung dieser jungen Dame nach der Versammlung, die etwa dreiviertel Stunden dauerte. Um ein viertel auf zehn kehrte die Frau Oberst nach Hause zurück und trennte sich von Fräulein Morrison im Vorbeigehen an deren Wohnung.

»Auf der Westseite liegt in der Villa Lachine das Frühstückszimmer, mit einer Glastür, die auf den großen Rasenplatz führt, welchen nur eine niedere, durch ein Eisengitter gekrönte Mauer von der Landstraße scheidet. In dieses Zimmer begab sich Frau Barclay bei ihrer Rückkehr; die Läden waren noch nicht geschlossen, denn abends wurde der Raum selten benützt; sie zündete selbst die Lampe an, klingelte dann und befahl, ganz gegen ihre sonstige Gewohnheit, Jane, dem Hausmädchen, ihr eine Tasse Tee zu bringen. Der Oberst hatte im Speisezimmer gesessen, aber als er hörte, daß, seine Frau heimgekehrt sei, suchte er sie im Frühstückszimmer auf. Der Kutscher sah ihn noch über den Flur gehen und dort eintreten. Nachdem hat ihn kein Mensch lebendig wieder erblickt.

»Als das Mädchen etwa zehn Minuten später mit dem Tee an die Tür kam, hörte sie drinnen zu ihrem Schrecken einen heftigen Streit zwischen dem Obersten und seiner Frau. Sie klopfte an, erhielt jedoch keine Antwort; nun drückte sie auf die Klinke; allein die Tür war von innen verschlossen. Darauf lief sie in die Küche hinunter, holte die Köchin und den Kutscher herauf, und sie lauschten entsetzt auf den Zank ihrer Herrschaft. Man hörte niemand sprechen außer dem Obersten und seiner Frau, darin stimmen alle drei überein. Barclay redete in leisen, abgerissenen Sätzen, so daß die Draußenstehenden nichts verstanden, aber der Ton der Frau Oberst war äußerst gereizt und erbittert; wenn sie die Stimme erhob, vernahm man deutlich, was sie sagte. ›Du elender Feigling‹ wiederholte sie mehrmals, ›was soll nun daraus werden! Gieb mir mein verlorenes Leben zurück! Ich ertrage es nicht, je wieder dieselbe Luft mit dir zu atmen, du elender, erbärmlicher Feigling!‹ Plötzlich hörte man den Obersten einen Schrei des Entsetzens ausstoßen, dann folgte ein Krach und ein markerschütterndes Aufkreischen der Frau. Überzeugt, daß ein Unglück geschehen sei, stürzte sich der Kutscher mit aller Gewalt gegen die Tür und versuchte sie aufzusprengen, während drinnen das Gekreisch fortdauerte. Die Tür gab jedoch nicht nach, und die Mädchen konnten in ihrer wahnsinnigen Angst keinerlei Hilfe leisten. Da kam dem Mann ein rettender Gedanke; er lief zur Haustür hinaus und nach dem Rasenplatz, auf den die Glastür führt. Ein Fensterflügel stand offen, wie das zur Sommerzeit gewöhnlich der Fall war, und er gelangte ohne Schwierigkeit ins Zimmer. Seine Herrin schrie jetzt nicht mehr, sondern lag bewußtlos auf das Sofa hingestreckt, während der unglückliche Oberst, mit den Füßen auf dem Armstuhl und dem Kopf auf dem Boden, nahe am Kamingitter tot in seinem Blute lag.

»Als der Kutscher sah, daß jede Hilfe für seinen Herrn zu spät kam, war natürlich sein erster Gedanke, die Tür zu öffnen. Allein wider Erwarten stieß er auf ein Hindernis. Der Schlüssel steckte nicht innen im Schloß, und war auch sonst im ganzen Zimmer nicht zu finden. Es blieb dem Mann nichts übrig, als wieder zum Fenster hinauszuspringen. Als er bald darauf in Begleitung eines Polizeidieners und des Arztes zurückkehrte, wurde zuerst die Dame, auf welche begreiflicherweise der stärkste Verdacht fiel und die noch immer bewußtlos war, in ihr Zimmer geschafft. Dann legte man des Obersten Leiche auf das Sofa und begann sowohl diese als den ganzen Raum genau zu untersuchen.

»Man fand die etwa zwei Zoll lange Todeswunde am Hinterkopf des alten Herrn; offenbar war ihm ein starker Schlag mit einem stumpfen Werkzeug versetzt worden. Letzteres brauchte man nicht weit zu suchen, denn dicht neben dem Leichnam lag ein sonderbar geformter Knüttel aus hartem Holz mit beinernem Griff. Der Oberst besaß eine Waffensammlung, die noch aus der Zeit seiner Kriegsdienste in überseeischen Ländern stammte, und die Polizei vermutet, der Knüttel gehöre zu dieser. Die Dienstboten behaupten zwar, denselben noch nie gesehen zu haben, doch kann er ihnen unter den vielen fremdartigen Dingen, die das Haus enthält, leicht entgangen sein. Sonst hat die Polizei nichts Auffallendes entdeckt; am unerklärlichsten bleibt die Tatsache, daß sich der fehlende Schlüssel weder in Frau Barclays noch in des Toten Taschen oder sonst wo im Zimmer gefunden hat. Man hatte einen Schlosser holen müssen, um die Tür zu öffnen.

»So also standen die Dinge, Watson, als ich am Dienstagmorgen auf Major Murphys Verlangen nach Aldershot fuhr, um die Polizei in ihren Bemühungen zu unterstützen. Du wirst mir zugeben, daß das Problem schon so wie so interessant genug war, aber meine Beobachtungen überzeugten mich bald, daß es in Wahrheit weit merkwürdiger ist, als es zuerst den Anschein hatte.

»Ehe ich das Zimmer in Augenschein nahm, unterwarf ich erst die Dienstboten einem Kreuzverhör, durch das mir die erwähnten Tatsachen bestätigt wurden. Nur Jane, das Hausmädchen, erinnerte sich an einen Umstand, der bisher nicht zur Sprache gekommen war. Sie sagte, daß, als sie zuerst allein vor der Tür gestanden habe, ihre Herrschaft drinnen mit so leiser Stimme gesprochen hätte, daß sie die Worte nicht verstehen, sondern nur an dem Ton der Rede merken konnte, daß Mann und Frau miteinander stritten. Als ich jedoch weiter in sie drang, fiel ihr ein, daß ihre Herrin zweimal den Namen David genannt hatte. Dies ist deshalb von Bedeutung, weil es uns vielleicht die Ursache des Zwistes enthüllt. Des Obersten Vorname ist nämlich James.

»Was aber den tiefsten Eindruck, sowohl auf die Dienstboten als auf die Polizei, gemacht hat, waren die gräßlich verzerrten Gesichtszüge des Obersten. Es lag ein solches Grauen, eine so namenlose Angst darin, daß mehrere Personen bloß von dem furchtbaren Anblick in Ohnmacht gefallen sind. Er muß sein grausames Geschick vorausgesehen und sich davor entsetzt haben. Dies bestätigt gewissermaßen die Ansicht der Polizei und läßt vermuten, der Oberst habe gesehen, daß seine Frau den Mordanfall auf ihn machte. Der Einwand, die Wunde sei ja am Hinterkopf, ist nicht von Belang, denn Barclay kann leicht eine Wendung gemacht haben, um dem Schlage auszuweichen. Ein Verhör mit der Frau vorzunehmen, erwies sich als unmöglich, da sie in ein heftiges Nervenfieber verfallen und zur Zeit ganz von Sinnen war.

»Fräulein Morrison, in deren Begleitung, wie du weißt, Frau Barclay an jenem Abend ausgegangen war, hat der Polizei keine Ursache für die schlechte Stimmung angeben können, in welcher die Dame nach Hause zurückgekehrt ist.

»Nachdem ich dies alles erkundet hatte, setzte ich mich hin und rauchte mehrere Pfeifen, wobei ich versuchte, in meinem Geiste die wesentlichen Tatsachen von den Nebenumständen zu trennen. Ohne Frage war der bedeutungsvollste Punkt das seltsame Verschwinden des Schlüssels. Er hatte sich, trotz der sorgfältigsten Nachforschung, in dem Zimmer nicht vorgefunden und mußte daher fortgeschafft worden sein. Das hatte aber weder der Oberst noch seine Frau tun können, wie auf der Hand lag. Also war eine dritte Person im Zimmer gewesen; sie konnte nur durch das Fenster hereingekommen sein, und ich hoffte, entweder drinnen oder draußen auf dem Rasen irgend eine Spur dieses rätselhaften Wesens zu entdecken. Ich verfuhr dabei nach meinen bewährten Methoden, die du ja kennst, Watson, und brachte sie allesamt zur Anwendung. Schließlich fand ich denn auch wirklich eine Fährte, aber eine, die mich gänzlich überraschte. Es war ohne Zweifel ein Mann im Zimmer gewesen; ich entdeckte seine deutlichen Fußspuren an fünf verschiedenen Stellen: einmal auf der Landstraße, an dem Punkt, wo er über die niedrige Mauer gestiegen war, zweimal auf dem Rasen und zwei ganz schwache Spuren auf den angestrichenen Brettern beim Fenster, durch das er hereingekommen sein mußte. Über den Rasenplatz war er rasch gelaufen, denn seine Stiefelspitzen hatten sich viel tiefer abgedrückt als die Absätze. Doch verwunderte ich mich nicht so sehr über den Mann selbst, als über seinen Gefährten.«

»Seinen Gefährten!«

Holmes zog einen großen Bogen Seidenpapier aus der Tasche und breitete ihn vorsichtig über sein Knie.

»Wofür hältst du das?« fragte er.

Das Papier war mit Abdrücken der Fußspuren eines kleinen Tieres bedeckt. Man unterschied deutlich einen fünfteiligen Ballen und das Vorhandensein langer Nägel; jeder einzelne Umriß war etwa so groß wie ein Dessertlöffel.

»Es ist ein Hund,« sagte ich.

»Hast du je gehört, daß ein Hund an einem Vorhang hinaufgelaufen ist? Das Tier hat es getan, wie seine Spuren beweisen.«

»Also ein Affe?«

»Der hat keinen solchen Fuß.«

»Aber was kann es sein?«

»Weder Hund, noch Katze, noch Affe – überhaupt kein Geschöpf, das wir kennen. Ich habe versucht, es mir nach den Maßen vorzustellen. Hier sind vier Abdrücke – das Tier hat stillgestanden. Es mißt vom Vorderfuß bis zum Hinterfuß nicht weniger als fünfzehn Zoll. Fügt man noch den Hals und den Kopf hinzu, so erhält man ein Geschöpf von mindestens zwei Fuß Länge, vielleicht auch mehr, falls es einen Schwanz hat. Nun betrachte einmal die andern Maße: das Tier hat sich bewegt und wir erkennen seine Schrittweite; nirgends beträgt sie über drei Zoll. Das läßt auf einen sehr langen Leib mit unverhältnismäßig kurzen Beinen schließen. Leider ist es nicht so freundlich gewesen, uns eine Probe seines Haars zurückzulassen. Aber von Gestalt wird es ungefähr so beschaffen sein wie ich dir sage, und es ist ein fleischfressendes Tier.«

»Woher weißt du das?«

»Weil es am Vorhang in die Höhe gelaufen ist. Ein Kanarienvogel hing im Bauer am Fenster; offenbar wollte es dem zu Leibe gehen.«

»Was für ein Tier war es denn aber?«

»Ja, wenn ich seinen Namen wüßte, wäre schon ein großer Schritt geschehen, um den Fall aufzuklären. Wahrscheinlich gehört es doch zur Familie der Wiesel; nur ist es größer als alle Tiere dieser Gattung, welche ich gesehen habe.«

»In welcher Beziehung aber soll das Tier zu dem Verbrechen stehen?«

»Das ist auch noch unaufgeklärt. Jedenfalls haben wir schon viel herausgebracht, wie du siehst. Wir wissen, daß ein Mann von der Landstraße aus dem Streit zwischen Oberst Barclay und seiner Frau zugesehen hat – die Läden waren nicht geschlossen, und die Lampe brannte im Zimmer. Ferner wissen wir, daß er, von einem fremdartigen Tiere begleitet, über den

Rasenplatz gelaufen und durch das Fenster gestiegen ist, und daß er Barclay zu Boden gestreckt hat, falls der Oberst nicht bei seinem bloßen Anblick vor Schrecken umgefallen ist und sich an der Ecke des Kamingitters ein Loch in den Hinterkopf geschlagen hat, was ebenso wahrscheinlich ist. Und schließlich hat der Eindringling merkwürdigerweise beim Fortgehen den Zimmerschlüssel mitgenommen.«

»Nach deinen Ermittelungen kommt mir die Sache noch weit dunkler vor als zuerst,« sagte ich.

»Sehr richtig. Das beweist ohne Zweifel, daß die Angelegenheit viel verwickelter ist, als man anfänglich glaubte. Ich beschloß daher nach reiflicher Überlegung, den Fall einmal aus einem ganz andern Gesichtspunkt zu betrachten. – Aber ich habe dich wirklich schon allzu lange deiner Nachtruhe beraubt, Watson; ich kann dir das ja gerade so gut morgen auf der Fahrt nach Aldershot erzählen.«

»Bewahre! Nun du so weit mit deinem Bericht gekommen bist, darfst du nicht mitten darin aufhören.«

»So viel stand fest, daß Frau Barclay im besten Einvernehmen mit ihrem Gatten war, als sie um halb acht Uhr das Haus verließ. Zwar pflegte sie nie besonders zärtlich zu sein, wie ich schon erwähnte, aber der Kutscher hatte gehört, daß sie dem Obersten mit freundlichen Worten Lebewohl sagte. Ebenso gewiß war aber auch, daß sie sich bei ihrer Rückkehr sofort in ein Zimmer begeben hatte, wo sie sicher war, ihren Gatten nicht zu treffen, daß sie sich eine Tasse Tee bestellte – eine bei Frauen beliebte Nervenberuhigung – und daß sie ihrem Mann, sobald er eintrat, die heftigsten Vorwürfe zu machen begann. Zwischen halb acht und neun Uhr war also offenbar etwas geschehen, wodurch ihre Gefühle für ihn sich völlig umgewandelt hatten.

»Da nun Fräulein Morrison während dieser anderthalb Stunden fortwährend mit Frau Barclay zusammen gewesen war, mußte sie durchaus etwas von der Sache wissen, und wenn sie es zehnmal leugnete.

»Meine erste Vermutung war, es werde sich zwischen dem alten Barclay und der jungen Morrison etwas eingefädelt haben, was diese der Frau Oberst unterwegs eingestanden hätte. Dadurch ließe sich ihr Zorn bei der Rückkehr erklären, sowie die Behauptung des Fräuleins, daß nichts vorgefallen sei. Aber andererseits sprach wieder die Anspielung auf David dagegen, sowie die zärtliche Liebe, die der Oberst, wie allbekannt, für seine Frau hegte; von dem Auftreten jenes anderen Mannes ganz zu schweigen, der brauchte ja zu allem Vorhergegangenen in keinerlei Beziehung zu stehen. – Es wurde mir schwer, irgendwo festen Fuß zu fassen, doch gab ich den Gedanken an ein geheimes Einverständnis zwischen dem Obersten und Fräulein Morrison schließlich auf, bestärkte mich aber umso mehr in der Überzeugung, daß die junge Dame Auskunft darüber geben könne, aus welchem Grunde Frau Barclays Gefühle für ihren Gatten sich plötzlich in Haß verwandelt hätten. So beschloß ich denn, Fräulein Morrison aufzusuchen, um ihr zu erklären, ich sei zu der Gewißheit gelangt, daß sie Licht in die Sache zu bringen vermöchte. Falls sie ihre Aussage verweigere, würde ihre Freundin, als des Mordes angeklagt, vor Gericht erscheinen müssen.

»Das Fräulein ist ein zartes, schlankes Wesen mit blondem Haar und schüchterner Miene, doch fehlt es ihr weder an Scharfsinn noch gesundem Menschenverstand. Sie sah eine Weile schweigend und nachdenklich vor sich hin, aber plötzlich hob sie den Blick, schaute mich fest an und erstattete ihren merkwürdigen Bericht, den ich dir so kurz wie möglich mitteilen will.

»›Meine Freundin hat mir das Versprechen abgenommen, die Sache geheim zu halten, und ich pflege mein gegebenes Wort nicht zu brechen.‹ sagte sie. ›Aber da eine so schwere Anklage gegen Frau Barclay vorliegt und sie selbst durch ihre Krankheit gehindert ist, Zeugnis abzulegen, so fühle ich mich von dem Versprechen entbunden. Ich will ihr helfen, so gut ich kann, und Ihnen alles, was am Montag abend geschehen ist, ausführlich erzählen.

»›Wir verließen die Missionssitzung etwa um dreiviertel auf neun und mußten auf dem Heimweg durch die Hudsonstraße gehen, die sehr still und menschenleer ist. Auf der linken Seite brannte eine einzige Laterne; als wir in deren Nähe waren, kam uns ein Mann entgegen, der ganz verkrüppelt aussah. Der Kopf steckte ihm tief in den Schultern, er ging mit gebeugten Knien und gekrümmtem Rücken und trug eine Art Kasten an einem Band über der Achsel. Wahrend wir an ihm vorüberschritten, sah er in die Höhe, der Lichtschein fiel auf uns, er blieb stehen und schrie mit furchtbarer Stimme: »Mein Gott, es ist Nancy!« Frau Barclay wurde bleich wie der Tod und wäre zu Boden gefallen, hätte sie der schreckliche Krüppel nicht festgehalten. Ich wollte eben nach der Polizei rufen, als ich sie zu meiner Verwunderung ganz höflich mit dem Menschen sprechen hörte.

»›Ich hielt dich schon seit dreißig Jahren für tot, Henry,‹ sagte sie mit bebender Stimme.

»›Das bin ich auch,‹ entgegnete er, und mich überlief es kalt bei dem grauenhaften Ton seiner Stimme. Sein Gesicht war finster und abschreckend, und der grimmige Blick seiner Augen verfolgt mich noch im Traum. Haar und Bart waren stark mit Grau vermischt und seine welke, faltige Haut ganz zusammengeschrumpft.

»›Bitte, gehe ein wenig voraus,‹ sagte Frau Barclay zu mir; ›ich möchte ein Wort mit diesem Manne reden. Fürchte nichts für mich.‹ – Wie sehr sie sich aber auch bemühte, ihrer Stimme Festigkeit zu geben, so bebten ihr doch die Lippen, und sie sah leichenblaß aus.

»›Ich tat, was sie verlangte, und die beiden sprachen ein paar Minuten miteinander. Dann kam Frau Barclay mit zornsprühenden Blicken die Straße herunter, und ich sah den Krüppel am Laternenpfahl stehen, wo er, wie rasend vor Wut, die geballten Fäuste schüttelte. Sie sprach kein Wort, bis wir vor unserer

Haustür standen, dann faßte sie mich bei der Hand und bat mich, niemand etwas von der Begegnung zu sagen. »Es ist ein früherer Bekannter von mir, der in der Welt heruntergekommen ist,« sagte sie. Als ich ihr Stillschweigen gelobte, küßte sie mich, und ich habe sie seitdem nicht wiedergesehen.

»›So, jetzt wissen Sie alles, was ich der Polizei vorenthalten habe, weil ich keine Ahnung von der Gefahr hatte, die meine Freundin bedroht. Ich weiß, es kann ihr nur zum Vorteil gereichen, wenn man die volle Wahrheit erfährt.‹

»Wie du dir denken kannst, Watson, war Fräulein Morrisons Aussage für mich ein Lichtstrahl in dunkler Nacht. Alles, was bisher außer Zusammenhang schien, ließ sich jetzt mit Leichtigkeit aneinander reihen, und ich hatte eine Art Vorgefühl von dem ganzen Verlauf der Sache. Mein nächster Schritt mußte natürlich sein, den Mann aufzusuchen, der solchen merkwürdigen Eindruck auf Frau Barclay gemacht hatte. Hielt er sich noch in Aldershot auf, so konnte das nicht schwer sein. Dort wohnen verhältnismäßig nur wenige Leute aus dem Bürgerstande, und ein Krüppel wäre sicherlich nicht unbemerkt geblieben. Ich verbrachte einen ganzen Tag auf der Suche, und zur Nachtzeit hatte ich ihn gefunden. Das war erst heute abend, Watson. Der Mann heißt Henry Wood und wohnt zur Miete in der nämlichen Straße, wo ihm die Damen begegnet sind. Erst seit fünf Tagen ist er hier am Ort. Ich stellte mich der Wirtin als Beamter vor, der die Wohnungslisten auszufüllen hat, und wir plauderten allerlei miteinander. Der Mann ist von Beruf Taschenspieler und Zauberkünstler; er geht bei einbrechender Nacht in den Schenken herum und gibt Vorstellungen. In seinem Kasten trägt er ein Tier, vor dem die Wirtin in großer Angst zu schweben scheint, weil sie noch nie ein solches Geschöpf gesehen hat. Er braucht es bei seinen Kunststücken, wie sie mir sagt. Sie meinte auch, sie begriffe gar nicht, wie der Mann mit seinen verkrümmten Gliedmaßen überhaupt leben könne; manchmal rede er in einer ganz fremdartigen Sprache, und während der beiden letzten Nächte hätte sie ihn in seinem Schlafzimmer stöhnen und schluchzen hören. An Geld mangle es ihm nicht, er habe ihr auch eine Summe in Verwahrung gegeben und darunter sei eine seltene Münze. Sie zeigte mir das Geldstück, und denke dir nur, Watson, es war eine indische Rupie.

»Nun weißt du also genau, wie die Sachen stehen, mein lieber Junge, und wozu ich dich brauche. Es liegt auf der Hand, daß der Mann den Damen an jenem Abend von fern gefolgt ist und den Streit zwischen den Ehegatten durch das Fenster gesehen hat. Er lief herzu, und das Tier entsprang aus seinem Kasten. Das alles unterliegt keinem Zweifel, aber was dann im Zimmer geschehen ist, vermag uns kein Mensch auf der Welt genau zu berichten, außer er allein.«

»Und du willst ihn darum befragen?«

»Ganz gewiß – aber in Gegenwart eines Zeugen.«

»Der Zeuge soll ich sein?«

»Ja, wenn du nichts dagegen hast. Kann er die Sache aufklären, so ist mir's recht. Weigert er sich, so bleibt uns keine Wahl als einen Haftbefehl zu holen.«

»Woher weißt du aber, daß er noch da sein wird, wenn wir ihn aufsuchen?«

»Ich habe schon meine Maßregeln getroffen. Ein paar von meinen Jungen aus der Bakerstraße sind für ihn als Wache bestellt und würden sich wie die Kletten an ihn hängen, wohin er auch ginge. Wir finden ihn morgen in der Hudsonstraße, Watson. Jetzt aber würde ich selbst ein Verbrechen begehen, wenn ich dich nicht endlich zur Ruhe kommen ließe.«

Wir gönnten uns nur wenige Stunden Schlaf; schon um die Mittagszeit befanden wir uns zusammen auf dem Schauplatz des Trauerspiels und schlugen sofort den Weg nach der Hudsonstraße ein. Wie gut es auch Holmes sonst verstand, seine Gemütsbewegung zu verbergen, so merkte ich ihm doch jetzt die mühsam unterdrückte Aufregung an; auch ich empfand etwas von der Spannung des Jägers und zugleich einen gewissen geistigen Genuß, den mir die Teilnahme an seinen Untersuchungen stets bereitet.

»Hier ist die Straße,« sagte er, als wir um die Ecke bogen und eine kurze Querstraße mit zweistöckigen Backsteinhäusern vor uns sahen.

»Und da kommt auch Simpson, mir Bericht zu erstatten.«

»Er ist drinnen, Herr Holmes,« rief ein kleiner Gassenjunge, der uns entgegengelaufen kam.

»Brav, Simpson,« sagte mein Freund, ihm das Haar streichelnd. »Komm jetzt, Watson; dies ist das Haus.« Er schickte seine Karte hinein und ließ sagen, es handle sich um die Besprechung einer wichtigen Angelegenheit.

Wenige Minuten später standen wir dem Mann gegenüber, um dessentwillen wir die Fahrt unternommen hatten. Trotz des warmen Wetters hockte er am Feuer, und das Zimmer war so warm wie ein Backofen. Er saß ganz zusammengekrümmt auf dem Stuhl, und man sah deutlich, wie verkrüppelt seine Gestalt war, doch trug sein hageres, sonnverbranntes Gesicht noch unverkennbare Spuren früherer Schönheit. Aus seinen gelbunterlaufenen, gallsüchtigen Augen blickte er uns mißtrauisch an und deutete, ohne zu sprechen oder sich zu erheben, auf zwei Stühle, die im Zimmer standen.

»Sie sind Herr Henry Wood aus Indien, wenn ich nicht irre,« sagte Holmes in freundlichem Ton. »Ich möchte über den Tod des Obersten Barclay ein Wort mit Ihnen reden.«

»Was sollte ich wohl davon wissen?«

»Das muß ich zu erfahren suchen. Falls nämlich die Sache nicht aufgeklärt wird, würde Frau Barclay, die Sie von früher her gut kennen, aller Wahrscheinlichkeit nach des Mordes angeklagt werden.«

Der Mann schrak heftig zusammen.

»Ich weiß nicht, wer Sie sind,« rief er, »noch woher Sie erfahren haben, was Sie wissen; aber ist das wahr, was Sie sagen? Wollen Sie es beschwören?«

»Jawohl; man wartet nur darauf, daß sie wieder zum Bewußtsein kommt, um sie festzunehmen.«

»Großer Gott! – Gehören Sie selbst zur Polizei?«

»Nein.«

»Was geht Sie dann die Sache an?«

»Es muß jedermann darum zu tun sein, daß keine Ungerechtigkeit geschieht.«

»Auf mein Wort – sie ist unschuldig.«

»Dann sind Sie der Mörder?«

»Nein, ich nicht.«

»Wer hat denn den Obersten Barclay umgebracht?«

»Das Gericht des Himmels hat ihn ereilt. Aber das sage ich Ihnen: hätte ich ihm den Schädel eingeschlagen, wie es meine Absicht war, so wäre ihm nur geschehen, was er reichlich um mich verdient hat. Wenn ihn die Angst seines bösen Gewissens nicht zu Boden gestreckt hätte, so wäre sein Blut höchst wahrscheinlich von meiner Hand geflossen. Sie wollen seine Geschichte von mir hören? – Nun gut – ich habe keinen Grund, sie zu verschweigen; was ich Ihnen erzählen werde, gereicht mir nicht zur Schande.

»Jetzt sitze ich hier vor Ihnen mit meinem krummen Buckel und habe keine gerade Rippe mehr am ganzen Leibe, aber es hat eine Zeit gegeben, da war der Korporal Henry Wood der strammste Soldat im 117. Regiment. Wir standen damals in Indien in Kantonnement, der Ort hieß Bhurtee. Der jüngst verstorbene Barclay war Unteroffizier in derselben Kompagnie wie ich; die angebetete Schönheit des Regiments aber, das herrlichste Mädchen, welches je auf Erden gelebt hat, war Nancy Devoy, die Tochter des Feldwebels. Zwei Männer bewarben sich um ihre Hand, und sie erwiderte die Liebe des einen. Sie sehen mich armen Krüppel hier am Feuer kauern und werden lächeln, wenn ich Ihnen sage, daß sie mich liebte, weil meine stattliche Gestalt ihr so wohl gefiel. Nancys Herz gehörte mir, aber ihr Vater hatte sich in den Kopf gesetzt, daß sie Barclay heiraten solle. Ich war nur ein leichtes Blut, ein rechter Sausewind, und er hatte höhere Bildung genossen und stand bei den Vorgesetzten gut angeschrieben. Das Mädchen aber hielt treulich zu mir und ich hoffte schon, sie würde mein eigen werden, als der Aufstand losbrach und alle Schrecken der Hölle rings umher im Lande wüteten.

»Unser Regiment war in Bhurtee eingeschlossen, samt einer Abteilung Artillerie, einer Kompagnie Sikhs und Scharen von Bürgersleuten, Frauen und Kindern. Zehntausend Rebellen standen rings um die Stadt und bewachten uns, wie eine Meute Jagdhunde das eingefangene Wild. In der zweiten Woche der Belagerung stellte sich Wassermangel ein, und die Frage entstand, ob es möglich sein würde, uns mit General Neill in Verbindung zu setzen, der mit seinem Heer das Land heraufgezogen kam. Uns samt allen den Weibern und Kindern bis zu ihm durchzuschlagen, war ein Ding der Unmöglichkeit; wir konnten nur auf Rettung hoffen, wenn er uns Entsatz brachte. In dieser Not trat ich vor und sagte, ich wolle versuchen, mich bis zu General Neill durchzuschleichen, um ihm Kunde zu bringen von unserer gefährlichen Lage. Man ging auf mein Anerbieten ein, und da Barclay die Umgegend besser kannte als irgend jemand, besprach ich den Plan mit ihm, und er zeichnete mir genau die Route auf, die ich einschlagen mußte, um durch die Rebellenlinien zu kommen. Noch dieselbe Nacht begab ich mich um zehn Uhr auf die Reise. Es galt zehntausend Menschenleben zu retten, aber ich dachte damals nur an *sie*, als ich in der Finsternis über die Festungsmauer stieg.

»Mein Weg ging durch ein ausgetrocknetes Flußbett, in welchem ich mich vor den feindlichen Schildwachen zu verbergen hoffte; aber als ich um eine Ecke bog, lief ich geradeswegs sechs Männern in die Arme, die dort im Dunkeln auf mich lauerten. Mit einem Schlag war ich zu Boden gestreckt und rasch an Händen und Füßen gebunden. Weit niederschmetternder aber war es für mich, als ich wieder zum Bewußtsein kam und auf ihre Reden horchte, von denen ich genug verstand, um zu begreifen, daß mein eigener Kamerad, der mir den Weg vorgezeichnet, mich mit Hilfe eines eingeborenen Dieners verraten und den Feinden in die Hände geliefert hatte.

»Ich brauche bei diesem Teil meiner Geschichte nicht lange zu verweilen. Bhurtee wurde tags darauf durch General Neill entsetzt, aber mich schleppten die Rebellen fort nach ihrem Schlupfwinkel, und es vergingen lange Jahre, ehe ich wieder einen Weißen zu Gesicht bekam. Man marterte mich grausam; ich versuchte zu entfliehen, man fing mich wieder und folterte mich abermals. Wie ich mißhandelt worden bin, sehen Sie ja selbst. Einige von den Leuten flohen nach Nepal und schleppten mich mit; später gingen sie hinauf in die Berge. Die dortigen Eingeborenen erschlugen die Rebellen und zwangen mich eine Zeitlang ihnen Sklavendienste zu tun. Endlich entkam ich, wanderte aber nordwärts, anstatt nach Süden, bis ich nach Afghanistan gelangte. Dort irrte ich jahrelang umher und kam dann wieder ins Pandschab, wo ich meist unter den Eingeborenen lebte und mir durch die Zauberkünste, die ich gelernt hatte, meinen Unterhalt erwarb.

»Weshalb sollte ich elender Krüppel nach England zurückkehren und meine alten Kameraden aufsuchen? Nicht einmal der Durst nach Rache konnte mich dazu bewegen. Weit besser, daß Nancy und meine früheren Gefährten glaubten, der unglückliche Henry Wood sei umgekommen, als daß sie ihn in seiner Jammergestalt am Stabe einherwanken sehen. Niemand zweifelte an meinem Tode, und mir war das recht. Ich erfuhr, daß Barclay mit Nancy verheiratet sei und daß er rasch in der Rangliste des Regiments emporstieg, doch selbst das löste mir nicht die Zunge.

»Wird man aber alt, so sehnt man sich nach der Heimat. Seit Jahren träumte ich von dem schönen Grün der Wiesen und Hecken Englands, und endlich beschloß ich, sie noch vor meinem Tode wiederzusehen. Ich hatte Geld genug, um die

Überfahrt zu bezahlen; dann kam ich hierher unter die Soldaten, wo es mir an Verdienst nicht mangelt, denn ich kenne ihre Art und weiß, was ihnen Vergnügen macht.«

»Ihr Bericht ist höchst interessant,« sagte Sherlock Holmes. »Von der Begegnung mit Frau Barclay und wie Sie einander wiedererkannten, habe ich bereits gehört. Nun folgten Sie ihr nach dem Hause, sahen durch das Fenster, wie sie ihrem Gatten Vorwürfe machte, und ihn vermutlich über sein schändliches Verfahren gegen Sie zur Rede stellte. Der Zorn übermannte Sie; rasch liefen Sie über den Rasenplatz und stürmten in das Zimmer hinein.«

»Das tat ich, Herr, und als Barclay meiner ansichtig wurde, verzerrten sich seine Züge auf die entsetzlichste Art. Er stürzte zu Boden und schlug mit dem Kopf gegen das Kamingitter. Aber sein Leben war schon vorher entflohen. Der Tod stand ihm deutlich im Gesicht geschrieben. Mein bloßer Anblick ist ihm wie ein giftiger Pfeil mitten durch das schuldbeladene Herz gegangen.«

»Und dann?«

»Dann fiel Nancy in Ohnmacht, und ich nahm ihr den Zimmerschlüssel aus der Hand, um die Tür zu öffnen und Hilfe zu holen. Aber nach kurzer Überlegung schien es mir besser, mich davonzumachen; der Schein sprach zu sehr gegen mich, und jedenfalls wurde mein Geheimnis verraten, wenn man mich gefangen nahm. Hastig steckte ich den Schlüssel in die Tasche und ließ meinen Stock fallen, während ich auf Teddy Jagd machte, der am Vorhang in die Höhe lief. Sobald ich ihn wieder im Kasten hatte, aus dem er entschlüpft war, machte ich mich, so rasch ich konnte, aus dem Staube.«

»Wer ist Teddy?« fragte Holmes.

Der Mann lehnte sich vor und öffnete den Schiebedeckel von einem Behälter, welcher im Winkel stand. Sofort schlüpfte ein schönes, rotbraunes Tier heraus; es war geschmeidig und schlank von Gestalt, hatte eine lange, dünne Nase, kurze Beine wie ein Wiesel und die prächtigsten roten Augen, die mir je vorgekommen sind.

»Es ist eine indische Manguste,« rief ich.

»So sagen manche, andere nennen es Ichneumon,« meinte der Mann. »Bei mir heißt Teddy nur der Schlangenfänger, und er hascht eine Kobra im Umsehen. Ich habe hier eine ohne Giftzähne, die Teddy jeden Abend fangen muß zur Belustigung der Soldaten in der Kantine. – Haben Sie sonst noch eine Frage, Herr?«

»Vielleicht werde ich mich nochmals an Sie wenden müssen, falls Frau Barclay ernstlich in Gefahr kommt.«

»Dann würde ich natürlich Zeugnis ablegen.«

»Außerdem hätte es keinen Zweck, das alte Verbrechen des Toten ans Licht zu ziehen, wie schändlich er auch gehandelt hat. Sie haben wenigstens die Genugtuung, daß seine Gewissensbisse über die verruchte Tat ihn dreißig Jahre lang nicht zur Ruhe kommen ließen. – Doch da drüben geht eben Major Murphy vorbei. Leben Sie wohl, Wood; ich muß mich erkundigen, was seit gestern geschehen ist.«

Wir holten den Major noch ein, bevor er um die Ecke bog.

»Ah, Sie sind es, Holmes. Haben Sie schon gehört, daß der ganze Lärm unnötig gewesen ist?«

»Wieso denn?«

»Die Totenschau ist gerade zu Ende. Die ärztliche Untersuchung hat klar bewiesen, daß Barclay am Schlagfluß gestorben ist. Also war die Lösung schließlich sehr einfach, wie Sie sehen.«

»Jawohl, merkwürdig leicht zu finden,« sagte Holmes lächelnd. »Komm, Watson, ich glaube, man bedarf unser nicht weiter in Aldershot.«

»Eins begreife ich noch immer nicht,« sagte ich auf dem Wege zum Bahnhof; »wenn der Oberst James hieß und der andere Henry, wie kam da der Name David mit ins Spiel?«

»Dies einzige Wort hätte mir die Geschichte offenbaren müssen, mein lieber Watson, wenn ich der scharfe Verstandesmensch wäre, als den du mich so gern hinstellst. Es enthielt augenscheinlich einen schweren Vorwurf.«

»Einen Vorwurf?«

»Jawohl. Auch König David ist dann und wann auf Abwege geraten, und zwar bei einer gewissen Gelegenheit auf ganz ähnliche Weise wie der Sergeant James Barclay. Du erinnerst dich wohl der kleinen Begebenheit mit Urias und Bathseba. Ich bin nicht mehr ganz fest in der Bibelkunde, aber du wirst die Geschichte, wenn ich nicht irre, im ersten oder zweiten Buche Samuelis finden.«

Der Doktor und sein Patient.

Bei meiner Auswahl der Fälle, welche dazu dienen sollen, dem Leser ein Bild von den eigentümlichen Geistesgaben meines Freundes Holmes zu geben, bin ich auf mancherlei Schwierigkeiten gestoßen. Seine merkwürdigsten Schlußfolgerungen und scharfsinnigsten Untersuchungen bezogen sich meist auf Begebenheiten, die an sich so geringfügig und alltäglich waren, daß sie kein allgemeines Interesse beanspruchen konnten. Andererseits kam es auch wieder häufig vor, daß er bei hochwichtigen Angelegenheiten, die einen besonders dramatischen Verlauf nahmen, zu Rate gezogen wurde, ohne daß er doch an der Erforschung ihrer Ursachen einen so hervorragenden Anteil hatte, wie es mir als seinem Biographen wünschenswert erscheinen mußte. Auch bei der hier folgenden Geschichte hat er keine entscheidende Rolle gespielt, und doch möchte ich sie, der seltsamen Umstände wegen, die damit verknüpft sind, nicht in dieser Sammlung missen.

Es war an einem schwülen Regentag im September. Wir hatten unsere Läden halb geschlossen, und Holmes lag auf dem Sofa, beschäftigt, einen Brief, den er am Morgen erhalten, immer von neuem durchzulesen. Ich selbst litt zwar seit meiner Dienstzeit in Indien stets weniger unter der Hitze als der Kälte, doch fühlte ich mich auch zu nichts recht aufgelegt. Selbst die Zeitung langweilte mich. Die Parlamentssitzungen waren zu Ende, alle Welt hatte die Stadt verlassen, und ich sehnte mich nach Berg und Wald oder dem Seestrande. Meinen Freund quälte kein solches Verlangen; mich veranlaßt nur die Ebbe in meiner Kasse, den beabsichtigten Ferienausflug zu verschieben, aber für ihn hatten Naturgenüsse überhaupt keinen Reiz. Er blieb am liebsten mitten in der Millionenstadt London, der er mit allen Fasern seines Wesens angehörte, und es brauchte nur irgend ein Gerücht oder der leiseste Verdacht eines noch unaufgeklärten Verbrechens zu entstehen, so war er gleich Feuer und Flamme. Zur Abwechslung pflegte er wohl dann und wann einmal, statt dem Übeltäter in der Stadt nachzuspüren, einer geheimnisvollen Fährte auf dem Lande zu folgen, aber der Sinn für Naturschönheit fehlte ihm gänzlich, wie groß auch seine Begabung im übrigen war.

Als ich sah, daß Holmes sich zu sehr in seinen Brief vertieft hatte, um mit mir zu plaudern, ließ ich das uninteressante Zeitungsblatt zur Erde gleiten, lehnte mich in den Armstuhl zurück und begann in wachem Zustand zu träumen. Plötzlich schreckte mich die Stimme meines Gefährten aus diesen Phantasien auf.

»Du hast ganz recht, Watson,« sagte er, »es ist vollkommen widersinnig, derartige Streitfragen auf solche Weise schlichten zu wollen.«

»Die reinste Torheit!« rief ich; – da ward mir auf einmal klar, daß er meinen innersten Gedanken Ausdruck gegeben hatte. Ich fuhr in die Höhe und starrte ihn in maßloser Verwunderung an.

»Aber Holmes,« rief ich, »wie ist das möglich? Das geht doch über alle Begriffe.«

Er lachte herzlich, als er mein erstauntes Gesicht sah.

»Du erinnerst dich wohl noch,« sagte er, »daß ich dir kürzlich eine Stelle aus Edgar Poes Schriften vorlas, wo erzählt wird, wie ein kluger Kopf den unausgesprochenen Gedanken seines

Gefährten folgt? Du warst geneigt, das nur für ein vom Verfasser erdachtes Kunststück zu halten, und wolltest mir nicht glauben, als ich behauptete, ich täte das auch ganz unwillkürlich und fast ohne Unterlaß.«

»Habe ich das gesagt?«

»Nicht mit Worten, mein lieber Watson, aber es stand dir auf der Stirn geschrieben. Als ich nun soeben sah, wie du die Zeitung hinwarfst, um in Nachdenken zu versinken, benutzte ich mit Freuden die Gelegenheit, deinem Gedankengang zu folgen, und erlaubte mir schließlich ihn zu unterbrechen, um dir einen Beweis unseres geistigen Zusammenhangs zu geben.«

Die Erklärung genügte mir keineswegs. »In dem Beispiel, das du erwähntest, hat der kluge Kopf seine Schlüsse aus den Handlungen des Mannes abgeleitet, den er beobachtete. Wenn ich mich recht entsinne, stolperte er über einen Steinhaufen, sah nach den Sternen empor und dergleichen. Ich dagegen habe hier ruhig auf dem Stuhl gesessen und dir keinerlei Anhaltspunkte für dein Gedankenlesen gegeben.«

»Da tust du dir unrecht. Die Gemütsbewegungen des Menschen spiegeln sich in seinen Gesichtszügen, und auch die deinigen sind ihr treues Abbild.«

»Du willst doch nicht etwa behaupten, daß du mir die Gedanken vom Gesicht abgelesen hast?«

»Jawohl; besonders am Ausdruck deiner Augen. Vielleicht erinnerst du dich selbst gar nicht mehr, wie du in die Träumerei geraten bist.«

»Nein, ich weiß es nicht.«

»Ich will es dir sagen: Daß du die Zeitung hinwarfst, erregte meine Aufmerksamkeit. Du saßest eine Minute lang gedankenlos da, dann schweiften deine Augen nach dem Bilde des Generals Gordon hinüber, das du dir neu hast einrahmen lassen, und ich sah an der Veränderung deines Ausdrucks, daß deine Gedanken eine bestimmte Richtung annahmen, die du jedoch nicht lange verfolgtest. Dein Blick flog zu Henry Ward Beechers Portrait hinüber, das ohne Rahmen auf deinem Büchergestell steht; dann schautest du wieder nach der Wand. Es war leicht zu erkennen, daß du dachtest, Beecher würde ein gutes Seitenstück zu Gordon abgeben, wenn er auch eingerahmt wäre.«

»Das hast du merkwürdig gut erraten.«

»So weit war kaum ein Irrtum möglich. Aber nun kehrtest du zu Beecher zurück und schienst ganz in seinen Anblick vertieft. Du zogst die Augenbrauen nicht mehr zusammen, sahst aber immer noch sinnend zu ihm hin – du überdachtest seinen Lebenslauf. Dabei konntest du nicht umhin, dich zu erinnern, welche Aufgabe er während des amerikanischen Bürgerkrieges für die Sache des Nordens übernommen hatte; ich entsinne mich noch, wie entrüstet du dich darüber aussprachst, daß ein großer Teil des englischen Volkes ihm damals einen so schlechten Empfang bereitete. Als du gleich darauf von dem Bilde fortsahst, vermutete ich, daß dir nun der Bürgerkrieg selbst in den Sinn kam; du preßtest die Lippen zusammen, dein Auge blitzte, unwillkürlich balltest du die Hände, und ich zweifelte nicht, daß du der tapfern Taten gedachtest, die in dem grimmigen Kampf auf beiden Seiten vollbracht worden waren. Aber dann sprach tiefe Trauer aus deinen Zügen, und du schütteltest den Kopf. Deine Gedanken weilten bei den Schmerzen, dem Grauen, dem nutzlosen Blutvergießen. Du preßtest die Hand auf deine alte Wunde, und ein Lächeln spielte um deine Lippen. Dir war plötzlich aufgegangen, wie lächerlich es doch im Grunde sei, internationale Fragen auf solche Art entscheiden zu wollen. In diesem Augenblick sprach ich dir meine Zustimmung aus und freute mich zu sehen, daß alle meine Schlußfolgerungen richtig gewesen waren.«

»Vollkommen richtig,« fügte ich, »aber nachdem du mir alles erklärt hast, ist mir die Sache durchaus nicht verständlicher geworden.«

»Es war nur ein kleiner Zeitvertreib, mein lieber Watson, von dem ich dir gar nichts verraten haben würde, hättest du nicht neulich etwas ungläubig dreingeschaut. – Aber mir scheint, draußen erhebt sich ein frischer Luftzug. Wollen wir nicht noch einen Abendspaziergang in den Londoner Straßen machen?«

Ich hatte es herzlich satt, in unserem engen Wohnzimmer zu sitzen, und folgte bereitwillig seiner Aufforderung. Drei Stunden lang streiften wir in Fleet Street und dem Strand umher und betrachteten das vielgestaltige Menschengetriebe, das dort fortwährend auf- und niederwogt. Holmes ließ seiner Beobachtungsgabe freien Lauf; seine anziehenden Gespräche und scharfsinnigen Bemerkungen fesselten und belustigten mich in hohem Grade.

Erst gegen zehn Uhr kehrten wir in die Bakerstraße zurück. Ein Einspänner wartete vor unserer Tür.

»Hm! Ein Doktorwagen, wie ich sehe,« sagte Holmes. »Offenbar ein praktischer Arzt – erst kurze Zeit im Beruf, hat aber schon viel zu tun. Er will sich vermutlich Rat bei uns holen. Ein Glück, daß wir rechtzeitig nach Hause gekommen sind.«

Ich kannte meinen Freund genugsam, um mich über seine Schlüsse nicht sonderlich zu verwundern. Ein Korb mit chirurgischen Instrumenten, der im Innern des Wagens hing und von den Laternen beschienen wurde, hatte ihm alle diese Einzelheiten verraten. Oben in unserm Fenster sahen wir Licht, ein Zeichen, daß der späte Besuch wirklich uns galt. Nicht ohne Neugier, was mein Herr Kollege um diese Stunde noch hier zu suchen kam, folgte ich Holmes in unsere Behausung.

Ein bleicher Mann mit hagerem Gesicht und blondem Backenbart stand vom Stuhle auf, als wir eintraten. Er mochte etwa vierunddreißig Jahre alt sein, aber seine ungesunde Farbe und die eingefallenen Wangen erzählten von einer Lebensweise, die seine Kraft verzehrt und ihn früh alt gemacht hatte. Sein Wesen war schüchtern und unsicher, und seine schmale weiße Hand, die er beim Aufstehen auf das Kaminsims legte, hätte besser für einen Künstler als für einen Chirurgen gepaßt.

Er trug einen schwarzen Überrock und dunkle Beinkleider, nur seine Krawatte hatte ein wenig Farbe.

»Guten Abend, Herr Doktor,« redete ihn Holmes freundlich an; »es ist gut, daß Sie nicht länger als ein paar Minuten auf uns zu warten brauchten.«

»Sie haben wohl mit meinem Kutscher gesprochen?«

»Nein, ich sehe es an dem Licht hier auf dem Nebentisch. Bitte, nehmen Sie wieder Platz und sagen Sie mir, was zu Ihren Diensten steht.«

»Erlauben Sie, daß ich mich Ihnen vorstelle. Ich bin Doktor Percy Trevelyan und wohne in der Brookstraße 403.«

»Sind Sie vielleicht der Verfasser einer Abhandlung über ›unsichtbare krankhafte Veränderungen im Nervensystem‹?« fragte ich.

Seine bleichen Wangen färbten sich vor Vergnügen, als er hörte, daß mir sein Werk bekannt sei.

»Es kommt so selten vor, daß jemand meine Arbeit erwähnt,« sagte er, »ich glaubte schon, sie wäre ganz verschollen. Mein Verleger spricht sich äußerst entmutigend über den Absatz aus. Vermutlich sind Sie selbst Mediziner?«

»Ich war früher Regimentsarzt.«

»Nervenkrankheiten sind mir schon von jeher interessant gewesen; am liebsten würde ich sie zu meiner Spezialität machen, aber man muß natürlich nehmen, was gerade kommt. – Doch dies gehört nicht zur Sache, Herr Holmes, und ich kann mir denken, wie wertvoll Ihre Zeit ist. Bei mir in der Brookstraße haben sich merkwürdige Dinge zugetragen, und die ganze Angelegenheit hat sich heute abend so sehr zugespitzt, daß ich auch keine Stunde länger warten wollte, ohne Sie um Rat und Beistand zu bitten.«

Sherlock Holmes setzte sich und zündete seine Pfeife an. »Ich stehe ganz zu Ihrer Verfügung,« sagte er, »bitte, teilen Sie mir so ausführlich wie möglich mit, was Sie beunruhigt hat.«

»Es kommen verschiedene sehr geringfügige Umstände dabei

mit ins Spiel, – fast schäme ich mich, davon zu sprechen. Doch ist mir die Sache vollkommen unerklärlich, und sie hat zuletzt noch eine so außergewöhnliche Wendung genommen, daß ich Ihnen den genauen Sachverhalt darlegen muß, damit Sie selbst urteilen, was wesentlich oder nebensächlich ist.

»Ich muß auf meine Studienzeit zurückgreifen. Die Professoren an der Londoner Universität, die ich besuchte, hielten große Stücke auf mich; das kann ich sagen, ohne mich zu überheben. Nach abgelegtem Examen setzte ich meine wissenschaftlichen Untersuchungen fort und erhielt eine Assistentenstelle im Kings-College-Hospital. Meine Beobachtungen der Krankheitserscheinungen bei der Starrsucht erregten einiges Aufsehen, und zugleich wurde mir auch der Pinkerton-Preis und die große Medaille für meine Abhandlung über die Veränderungen im Nervensystem zuerteilt, die Ihr Freund soeben erwähnte. Es ist keine Übertreibung, wenn ich sage, daß man mir damals eine glänzende Laufbahn prophezeite.

»Das größte Hindernis, das mir im Wege stand, war mein Geldmangel. Ein Spezialist, der sich einen Namen machen will, ist genötigt, in einer der vornehmsten Straßen des Cavendish-Square sich niederzulassen, wo die Mieten fast unerschwinglich sind und die Einrichtung große Summen kostet. Auch muß er sich Wagen und Pferde halten und ein paar Jahre nur von seinen Zinsen leben können. An dies alles war bei mir nicht zu denken; ich konnte nur hoffen, in etwa zehn Jahren so viel zusammengespart zu haben, um eine selbständige Praxis anzufangen. Plötzlich aber eröffnete sich mir eine ganz neue, unerwartete Aussicht.

»Ein Herr, Namens Blessington, der mir völlig fremd war, trat eines Morgens zu mir ins Zimmer und begann ohne alle Einleitung:

»›Sind Sie nicht derselbe Percy Trevelyan, der ein so vorzügliches Examen gemacht und kürzlich einen großen Preis erhalten hat?‹

»Ich verbeugte mich.

»›Antworten Sie mir frei und offen‹ fuhr er fort, ›denn das wird Ihnen nur zum Vorteil gereichen: Sie haben genügende Begabung, um Ihr Glück zu machen, aber besitzen Sie auch den erforderlichen Takt?‹

»Das war eine sonderbare Frage. ›Ich hoffe, es fehlt mir nicht daran,‹ erwiderte ich lächelnd.

»›Sie haben keine schlechten Gewohnheiten? Neigen Sie nicht etwa zum Trunke, was?‹

»›Aber, mein Herr!‹ rief ich.

»›Nichts für ungut. Sie haben ganz recht, aber ich muß danach fragen. – Sagen Sie einmal, warum fangen Sie denn bei Ihren Anlagen keine eigene Praxis an?‹

Ich zuckte die Achseln.

»›Nur heraus mit der Sprache‹ fuhr er in seiner polternden Art fort. ›Es ist wohl die alte Geschichte. Sie haben mehr im Kopf als im Beutel, wie? – Was würden Sie dazu sagen, wenn ich Sie instand setzte, sich in der Brookstraße als Arzt niederzulassen?‹

»Ich sah ihn starr vor Verwunderung an.

»›Wissen Sie, ich tue es nicht Ihnen zuliebe, sondern um meinetwillen,‹ rief er. ›Ich will Ihnen ganz offen sagen, wie ich mir's denke, und wenn es Ihnen paßt, bin ich's zufrieden. Ich suche nämlich mein kleines Kapital unterzubringen und habe Lust, es bei Ihnen anzulegen.‹

»›Aber weshalb? –‹ stieß ich hervor.

»›Nun, es ist so gut wie jede andere Spekulation und obendrein sicherer als die meisten.‹

»Was verlangen Sie denn von mir?‹

»›Das will ich Ihnen erklären. Ich miete das Haus, besorge die Einrichtung, bezahle die Dienerschaft und alle Ausgaben des Haushalts. Sie brauchen nichts weiter zu tun, als im Sprechzimmer auf dem Lehnstuhl zu sitzen. Auch Taschengeld bekommen Sie von mir und alles übrige. Dafür händigen Sie mir dreiviertel von Ihren Einkünften aus und behalten den Rest für sich.‹

»So lautete der merkwürdige Vorschlag, den mir Herr Blessington machte; wieviel noch darüber hin und her geredet wurde, und wie wir uns endlich verständigten, brauche ich nicht zu erwähnen. Kurz und gut – ich bezog fast unter den gleichen Bedingungen, wie er sie gestellt hatte, zu Lichtmeß das Haus. Er selbst wohnte bei mir als ständiger Patient und benutzte die zwei besten Zimmer im ersten Stock für sich zum Schlaf- und Wohnraum. Da er an Herzschwäche litt, glaubte er einer fortwährenden ärztlichen Aufsicht zu bedürfen. Es war ein wunderlicher Mensch, der alle Geselligkeit haßte und nur selten ausging. In betreff seiner täglichen Gewohnheiten band er sich an keinerlei Regel, nur in einer Sache war er die Pünktlichkeit selbst. Er pflegte nämlich jeden Abend um dieselbe Stunde in meinem Sprechzimmer zu erscheinen, die Bücher durchzusehen, mir fünf Schilling und drei Pence für jede verdiente Guinee auszuzahlen und den Rest einzustreichen, um ihn in dem eisernen Geldkasten zu verwahren, den er in seinem Zimmer stehen hatte.

»Ich kann mit aller Bestimmtheit sagen, daß er niemals Ursache gehabt hat, seine Spekulation zu bereuen. Sie glückte von Anfang an. Der gute Ruf, den ich mir schon im Hospital erworben, sowie ein paar gelungene Kuren brachten mich rasch vorwärts, und während der letzten zwei Jahre habe ich ihn zum reichen Manne gemacht.

»So viel mußte ich Ihnen von meiner Vergangenheit und meinen Beziehungen zu Blessington berichten, Herr Holmes. Nunmehr komme ich zu den Ereignissen, die mich veranlaßt haben, Sie heute abend aufzusuchen.

»Vor einigen Wochen trat Blessington einmal in großer Aufregung bei mir ein und erzählte von einem Einbruchsdiebstahl, der im Westend verübt worden sei. Meiner Meinung nach ereiferte er sich ganz unnötig darüber, auch fand ich es höchst überflüssig, daß er sogleich an sämtlichen Fenstern und Türen die Schlösser und Riegel untersuchen und verstärken ließ. Acht Tage lang kam er nicht aus der Unruhe heraus; er schaute fortwährend verstohlen auf die Straße hinunter, auch gab er seinen kurzen Spaziergang vor Tische auf und verließ das Haus nicht mehr. Sein Benehmen machte den Eindruck, als schwebe er beständig in Todesangst vor einem Menschen oder irgend einer Gefahr. Auf alle meine Fragen antwortete er aber mit solchen persönlichen Beleidigungen, daß mir die Lust verging, das Thema noch weiter zu berühren. Mit der Zeit schwand seine Furcht allmählich, und er hatte fast die frühere Lebensweise wieder aufgenommen, als ein Ereignis eintrat, das ihn gänzlich darniederwarf und ihn in den kläglichen Zustand versetzte, in dem er sich jetzt befindet.

»Der Anlaß war folgender: Vor zwei Tagen erhielt ich dies Schreiben ohne Adresse und Datum, das ich Ihnen jetzt vorlesen will:

Ein russischer Edelmann, der gegenwärtig in England wohnt, leidet seit mehreren Jahren an Anfällen von Starrsucht. Er wünscht Dr. Trevelyan, der, wie allgemein bekannt, eine Autorität für dies Übel ist, um seinen ärztlichen Beistand zu bitten. Morgen abend wird er sich um ein viertel auf sieben im Sprechzimmer einfinden und bittet den Herrn Doktor, sich so einzurichten, daß er ihn zu Hause trifft.

»Der Brief war für mich um so bedeutsamer, weil das Studium der Starrsucht besonders durch die Seltenheit der Krankheit erschwert wird. Als daher der Diener zur bestimmten Stunde meinen ausländischen Patienten hereinließ, erwartete ich ihn bereits mit Spannung.

»Es war ein ältlicher hagerer Mann von ehrbarem, etwas gewöhnlichem Aussehen – durchaus nicht, was man sich unter einem russischen Edelmann vorstellt. Sein Gefährte, ein auffallend hübscher, hochgewachsener, junger Herr mit dunkeln, finstern Gesichtszügen und wahrhaft herkulischem Gliederbau, machte mir einen weit größeren Eindruck. Als sie eintraten, stützte er den Alten und geleitete ihn bis zu einem Stuhl. Man hätte ihm eine so zärtliche Sorgfalt nach seinem Äußeren gar nicht zugetraut.

»›Sie entschuldigen wohl, Herr Doktor, daß ich mitkomme,‹ sagte er auf Englisch mit etwas fremdländischer Aussprache. ›Dies ist mein Vater, um dessen Gesundheit ich im höchsten Grade besorgt bin.‹

»Von so viel kindlicher Liebe gerührt, fragte ich: ›Vielleicht wünschen Sie bei der Konsultation zugegen zu sein?‹

»›Um nichts in der Welt,‹ rief er mit entsetzter Gebärde. ›Wenn mein Vater einen seiner schrecklichen Anfälle bekäme und ich es mit ansehen müßte – ich glaube, das überlebte ich nicht. Mein eigenes Nervensystem gehört durchaus nicht zu den stärksten. Mit Ihrer Erlaubnis will ich mich in das Wartezimmer zurückziehen, wahrend Sie meines Vaters Fall untersuchen.‹

»Ich hatte natürlich nichts dagegen, und der junge Mann entfernte sich. Dann sprach ich mit dem Patienten ausführlich über seine Krankheit und notierte mir alles genau. Der alte Herr hatte keinen besonders scharfen Verstand und gab meist ziemlich undeutliche Antworten, was ich seiner mangelhaften Kenntnis der englischen Sprache zuschrieb. Plötzlich aber, während ich noch mit Schreiben beschäftigt war, antwortete er gar nicht mehr auf meine Fragen, und als ich mich nach ihm umwandte, sah ich ihn zu meinem Schrecken kerzengerade auf dem Stuhle sitzen; sein Gesicht, das er mir zuwandte, war völlig starr und leblos. Das rätselhafte Übel hatte ihn abermals befallen.

»Mein erstes Gefühl war, wie gesagt, Mitleid und Grauen. Dann aber ergriff mich, ich will es nicht leugnen, die Befriedigung des Fachmannes. Ich notierte Puls und Temperatur meines Patienten, prüfte die Starrheit seiner Muskeln und ihre Reflexbewegungen. Alle Ergebnisse stimmten fast genau mit meinen Beobachtungen in früheren Fällen überein; es war keinerlei Abweichung bemerkbar. Das Einatmen von Amylnitrit hatte bei ähnlicher Gelegenheit schon gute Dienste getan, und ich wollte seine Wirkung auch jetzt wieder erproben. Da die Flasche unten im Laboratorium war, ließ ich meinen Patienten auf dem Stuhl sitzen und lief hinunter, sie zu holen. Ich mußte ein Weilchen nach dem Mittel suchen und kehrte erst nach etwa fünf Minuten zurück. Nun stellen Sie sich mein Erstaunen vor, als ich das Zimmer leer fand – der Kranke war verschwunden.

»Natürlich stürzte ich gleich ins Wartezimmer. Der Sohn war auch fort. Die Haustür wurde tagsüber nicht verschlossen. Mein Diener, der die Patienten einzulassen pflegt, ist noch neu und nicht sehr aufgeweckt. Gewöhnlich wartet er unten und kommt erst heraufgesprungen, um die Herrschaften hinauszubegleiten, wenn ich im Sprechzimmer klingle. Er hatte nichts gehört, und die Sache blieb völlig rätselhaft.

»Bald nachher kam Blessington von seinem Spaziergang zurück, aber ich erwähnte ihm gegenüber nichts von dem Vorfall. Offen gestanden habe ich in letzter Zeit den Verkehr mit ihm überhaupt so viel wie möglich gemieden.

»Eigentlich war ich überzeugt, daß ich weder den Russen noch seinen Sohn je wieder zu Gesicht bekommen würde; aber heute abend erschienen beide zu meiner Überraschung ganz wie das erstemal und zur nämlichen Stunde bei mir im Sprechzimmer.

»›Ich muß Sie sehr um Entschuldigung bitten, Herr Doktor,‹ sagte mein Patient, ›daß ich gestern so ohne Abschied fortgegangen bin.‹

»›Allerdings war ich nicht wenig verwundert darüber,‹ erwiderte ich.

»›Sie müssen wissen‹ fuhr er fort, ›daß mir, wenn ich nach solchem Anfall aufwache, meist jede Erinnerung an das Vorhergegangene geschwunden ist. Ich muß wohl während Ihrer Abwesenheit in noch halb bewußtlosem Zustand zum Hause hinaus und auf die Straße gegangen sein.‹

»›Und ich,‹ sagte der Sohn, ›sah meinen Vater an der Tür

des Wartezimmers vorbeikommen und dachte natürlich nichts anderes, als daß die Konsultation zu Ende sei. Erst nachdem wir daheim angekommen waren, wurde mir der wahre Stand der Dinge klar.‹

»›Nun, es ist ja kein Unglück daraus entstanden,‹ versetzte ich lachend. ›Sie haben mir nur viel Kopfzerbrechen verursacht. Wenn Sie, mein Herr, sich gefälligst wieder ins Wartezimmer verfügen wollen. können wir die so plötzlich abgebrochene Konsultation gleich wieder aufnehmen.‹

»Etwa eine halbe Stunde lang sprach ich mit dem alten Herrn über seine Symptome, verschrieb ihm eine Arznei und sah ihn dann sich am Arm seines Sohnes entfernen.

»Ich sagte Ihnen schon, daß Blessington um diese Zeit seinen täglichen Spaziergang zu machen pflegte. Er kam bald nachher zurück, und ich hörte ihn die Treppe hinaufgehen. Im nächsten Augenblick stürmte er aber wieder herunter und in mein Sprechzimmer, wie wahnsinnig vor Angst und Schrecken.

»Wer ist bei mir im Zimmer gewesen?« rief er.

»Kein Mensch,« entgegnete ich.

»Das ist eine freche Lüge!« kreischte er. »Kommen Sie und überzeugen Sie sich selbst.«

Ich hielt ihm die beleidigende Rede zu gute, da er vor Furcht ganz von Sinnen schien. Als ich mit ihm hinaufging, zeigte er mir verschiedene Fußspuren auf dem hellen Teppich.

»Sollen die etwa von mir herrühren?« rief er.

Die Abdrücke waren viel zu groß dazu und offenbar ganz frisch. Es hat heute nachmittag stark geregnet, wie Sie wissen, und außer den beiden Russen waren keine Patienten bei mir gewesen. – Es ließ sich nicht anders erklären, als daß der Mann im Wartezimmer aus irgend einem mir unbekannten Grunde in Blessingtons Wohnung hinaufgegangen war, während ich mich mit seinem Vater besprach. Nichts war von der Stelle gerückt oder entwendet worden, die Fußspuren bildeten den einzigen Beweis, daß wirklich jemand im Zimmer gewesen war.

Blessington regte sich ganz maßlos über den Vorfall auf, der natürlich keinem gleichgültig gewesen wäre. Er sank laut schluchzend in seinen Stuhl und war kaum imstande, einen zusammenhängenden Satz herauszubringen. Auf seinen Wunsch beschloß ich, mir bei Ihnen Rat zu holen, Herr Holmes; die Sache ist auch wirklich höchst seltsam, obgleich er ihr entschieden eine viel zu große Wichtigkeit beilegt. Wenn Sie die Güte hätten, mit mir im Wagen zurückzukommen, würde sich Blessington vielleicht einigermaßen beruhigen. Daß es Ihnen gelingen könnte, eine Erklärung für den merkwürdigen Vorfall zu finden, wage ich kaum zu hoffen.«

Sherlock Holmes hatte dem langen Bericht so gespannt zugehört, daß ich wohl sah, wie sehr ihn die Angelegenheit interessierte. Zwar seine Gesichtszüge blieben regungslos wie immer, aber mehr und mehr senkten sich die Lider über seine Augen, und immer dichter qualmte der Rauch seiner Pfeife bei jeder überraschenden Wendung in der Geschichte. Kaum hatte der Arzt geendet, als Holmes ohne ein Wort zu sagen aufsprang, mir meinen Hut in die Hand drückte, den seinigen vom Tische nahm und Doktor Trevelyan zur Tür hinaus folgte. Eine Viertelstunde später hielten wir vor seinem Wohnhause in der Brookstraße, das düster und schmucklos dalag, wie die meisten Geschäftshäuser im Westend. Der Diener ließ uns ein, und wir stiegen die teppichbelegte Treppe hinauf.

Da geschah etwas völlig Unerwartetes. Die Lampe im oberen Stock erlosch plötzlich, und wir hörten in der Dunkelheit eine schnarrende, bebende Stimme uns zurufen:

»Ich habe eine Pistole hier, und sobald ihr näher kommt, schieße ich.«

»Aber da hört denn doch alles auf, Herr Blessington,« rief Trevelyan erzürnt.

»Also Sie sind es, Doktor,« sagte die Stimme im Ton großer Erleichterung. »Aber die beiden anderen Herren – sind sie auch wirklich das, wofür sie sich ausgeben?«

Sein scharfer Blick suchte die Finsternis zu durchdringen, so gut es anging.

»Es ist richtig, Sie können heraufkommen,« sagte er endlich; »ich bedauere, daß ich Sie mit meinen Vorsichtsmaßregeln belästigen mußte.«

Er zündete die Gaslampe wieder an, und wir sahen einen sonderbaren Menschen vor uns, dessen Äußeres noch deutlicher verriet, als es seine Stimme vorhin getan hatte, wie zerrüttet seine Nerven waren. Das dünne, sandfarbene Haar stand ihm vor innerer Erregung zu Berge, er hatte eine kränkliche Gesichtsfarbe und mußte wohl in letzter Zeit sehr abgemagert sein, denn die Haut war um Hals und Wangen ganz schlaff, obgleich er noch immer für einen sehr dicken Mann gelten konnte. In der Hand hielt er eine Pistole, die er in die Tasche gleiten ließ, als er auf uns zutrat.

»Guten Abend, Herr Holmes,« sagte er, »besten Dank für Ihren Besuch. Kein Mensch braucht Ihren Rat wohl so nötig wie ich. Vermutlich hat Ihnen Doktor Trevelyan schon von dem frechen Hausfriedensbruch erzählt, der an mir verübt worden ist.«

»Jawohl,« versetzte Holmes. »Wer sind denn die beiden Männer, Herr Blessington, und was treibt sie dazu, Ihre Ruhe zu stören?«

»Ja, sehen Sie,« erwiderte der Angeredete mit nervöser Hast, »das ist eine Frage, die sich nicht so leicht beantworten läßt. Das werden Sie sich wohl selber sagen können.«

»Soll das etwa heißen, daß Sie es nicht wissen?«

»Bitte, wollen Sie nicht eintreten? Haben Sie die Güte, sich einmal hierher zu bemühen.«

Er führte uns in sein geräumiges und bequem ausgestattetes Schlafzimmer und deutete auf einen schwarzen Koffer, der zu Häupten des Bettes stand. »Ich bin nie ein reicher Mann gewesen, Herr Holmes,« sagte er; »nur eine einzige Kapitalanlage habe ich in meinem Leben gemacht, wie Doktor Trevelyan Ihnen mitteilen kann. Ich habe nun einmal kein Vertrauen zu den Bankiers und würde mich nie auf solche Geldmenschen verlassen. Unter uns gesagt, alles, was ich besitze, liegt dort im Koffer; Sie können sich daher vorstellen, wie mir zu Mute ist, wenn unbekannte Leute heimlich in mein Zimmer eindringen.«

Holmes sah Blessington mit forschendem Blicke an und schüttelte den Kopf.

»Wenn Sie versuchen wollen, mich zu täuschen, kann ich Ihnen keinen Rat geben.«

»Aber ich habe Ihnen doch alles offen kundgetan.«

Holmes wandte sich mit ärgerlicher Miene zum Gehen. »Guten Abend, Doktor Trevelyan,« sagte er.

»Und für mich haben Sie keinen Rat?« stöhnte Blessington mit brechender Stimme.

»Ich kann Ihnen nur raten, die Wahrheit zu sprechen.«

In der nächsten Minute waren wir draußen und auf dem Heimweg begriffen. Wir hatten schon die Oxfordstraße hinter uns, ehe mein Gefährte die kleinste Äußerung tat.

»Es tut mir leid, Watson, daß ich dich so vergeblich bemüht habe,« sagte er endlich. »Freilich, im Grunde ist der Fall ganz interessant.«

»Ich kann nicht recht klug daraus werden,« gestand ich.

»Es liegt doch auf der Hand, daß zwei Männer – vielleicht auch mehr, aber zwei jedenfalls – Herrn Blessington zu Leibe gehen möchten. Ich bin fest überzeugt, daß der jüngere sowohl das erste als das zweite Mal in Blessingtons Zimmer war, während sein Helfershelfer durch schlaue Vorspiegelungen die Aufmerksamkeit des Doktors zu fesseln wußte.«

»Aber die Starrsucht?«

»Ein geschickter Betrug, Watson, obgleich ich dem Herrn Spezialisten gegenüber das nicht auszusprechen wage. Gerade diese Krankheit läßt sich sehr leicht vortäuschen. Ich habe es selbst schon getan.«

»Nun, und was weiter?«

»Es traf sich bei beiden Gelegenheiten ganz zufällig, daß Blessington gerade abwesend war. Sie wählten die ungewöhnliche Stunde für ihre Besuche offenbar, damit kein anderer Patient im Wartezimmer wäre. Daß dies gerade mit Blessingtons täglichem Ausgang zusammentraf, wußten sie nicht; sie scheinen demnach mit seinen Gewohnheiten wenig vertraut. Wäre es ihnen nur um Beute zu tun gewesen, so hätten sie wenigstens den Versuch gemacht, sein Geld zu finden. Es läßt sich einem Menschen unfehlbar am Gesicht absehen, wenn ihm um seine eigene Haut bange ist. Unmöglich kann er sich Feinde gemacht haben, die ihn mit solcher Rachsucht verfolgen, ohne daß er selbst darum weiß. Ich nehme daher als gewiß an, daß er die Männer kennt und seine Gründe hat, es nicht einzugestehen. Indessen ist es möglich, daß wir ihn morgen in einer mitteilsameren Stimmung finden.«

»Noch eine andere Möglichkeit wäre vorhanden,« sagte ich. »Es ist zwar im höchsten Grade unwahrscheinlich, aber doch denkbar, daß die Begebenheit mit dem starrsüchtigen Russen und dessen Sohn auf bloßer Erfindung beruht und Trevelyan selbst zu irgend welchem Zweck in Blessingtons Zimmer gewesen ist.«

Beim Schein der Gaslaterne sah ich, wie belustigt Holmes über meinen glänzenden Einfall lächelte.

»Auch mir kam gleich zuerst diese Lösung der Angelegenheit in den Sinn, mein Junge,« sagte er. »Aber bald wurde mir die Richtigkeit von des Doktors Angaben klar. Der jüngere Mann hatte so deutliche Fußspuren auf der Treppe zurückgelassen, daß ich gar nicht erst ins Zimmer zu gehen brauchte, um sie dort zu sehen. Seine Schuhe sind vorne breit und nicht spitz wie Blessingtons, auch fast anderthalb Zoll länger als des Doktors Stiefel. Darüber, daß er der Eindringling war, besteht also nicht der leiseste Zweifel, wie du mir zugeben wirst. Wir wollen jetzt die Sache beschlafen; mich würde es sehr wundern, wenn wir nicht morgen früh neue Nachricht aus der Brookstraße erhielten.«

Sherlock Holmes' Prophezeiung sollte sich bald auf tragische Weise erfüllen. Am nächsten Morgen, gegen halb acht Uhr, als kaum der Tag graute, sah ich ihn im Schlafrock neben meinem Bette stehen.

»Draußen wartet eine Droschke auf uns, Watson,« sagte er.

»Was gibt es denn?«

»Es handelt sich um die Geschichte in der Brookstraße.«

»Ist etwas Neues geschehen?«

»Allem Anschein nach.« Holmes öffnete den Fensterladen. »Sieh her – ein Blatt aus dem Notizbuch und mit Bleistift darauf gekritzelt: ›Um Gottes willen kommen Sie schnell! – P. T.‹ Unser Freund, der Doktor, hat das in schrecklicher Aufregung geschrieben. Mach' dich fertig, alter Junge, es ist ein dringender Hilferuf.«

Etwa eine Viertelstunde später waren wir wieder in der Wohnung des Arztes. Er kam uns mit entsetzter Miene entgegen gestürzt.

»Ist das eine Geschichte!« rief er, sich mit beiden Händen den Kopf haltend.

»Was gibt's denn?«

»Blessington hat sich umgebracht.«

»Wahrhaftig?«

»Ja, er hat sich heute nacht erhängt.«

Der Doktor ging voran, und wir betraten sein Wartezimmer.

»Der Schreck ist mir in alle Glieder gefahren; ich weiß kaum mehr, was ich tue,« rief er. »Die Polizei ist schon oben.«

»Wann haben Sie es entdeckt?«

»Man bringt ihm jeden Morgen eine Tasse Tee hinauf. Als das Mädchen gegen sieben Uhr ins Zimmer trat, sah sie das Unglück. Er hatte den Strick an den Haken in der Decke gebunden, wo gewöhnlich die große Lampe hängt, und war dann von demselben Koffer heruntergesprungen, den er uns gestern gezeigt hat.«

Holmes stand tief in Gedanken da.

»Wenn Sie erlauben,« sagte er endlich, »möchte ich oben den Tatbestand in Augenschein nehmen.«

Wir stiegen die Treppe hinauf, und der Doktor folgte.

Als wir ins Schlafzimmer traten, bot sich uns ein grauenhafter Anblick dar. Blessington, der dort am Stricke baumelte, sah kaum noch einem Menschen gleich. Sein Hals war stark in die Länge gezogen, wie der eines gerupften Huhnes, und im Gegensatz dazu nahm sich der übrige Körper um so aufgeschwemmter und formloser aus. Er war nur mit seinem langen Nachthemd bekleidet, aus dem die geschwollenen Füße und Fußgelenke starr und steif hervorsahen. Neben der Leiche stand ein schneidig aussehender Polizeibeamter, der sich Notizen in sein Taschenbuch machte.

»Ach, Sie sind's, Herr Holmes,« sagte er, als mein Freund eintrat, »das freut mich sehr.«

»Guten Morgen, Lanner,« versetzte Holmes. »Sie werden gewiß nicht glauben, daß ich mich hier unberufen eindrängen will. Wissen Sie schon etwas von dem, was vorausgegangen ist, ehe es zu diesem Ende kam?«

»Ja, man hat mir einiges mitgeteilt.«

»Haben Sie bereits eine Ansicht darüber?«

»Soweit ich sehen kann, ist der Mann aus Furcht von Sinnen gekommen. Er hat die Nacht über im Bett gelegen und geschlafen, man sieht noch den tiefen Eindruck in den Kissen. Gegen fünf Uhr morgens wird am häufigsten Selbstmord verübt. Diese Zeit scheint er auch gewählt zu haben, um sich zu erhängen. Er hat die Tat mit allem Bedacht ausgeführt.«

»Nach der Erstarrung der Muskeln zu urteilen, muß er seit etwa drei Stunden tot sein,« sagte ich.

»Ist Ihnen irgend etwas Besonderes im Zimmer aufgefallen?« erkundigte sich Holmes.

»Ein Schraubenzieher und mehrere Schrauben lagen auf dem Waschtisch. Auch hat er die Nacht über stark geraucht. Hier sind vier Zigarrenstummel, die ich im Kamin gefunden habe.«

»Hm,« meinte Holmes. »Liegt hier irgendwo seine Zigarrenspitze?«

»Nein, ich habe keine gesehen.«

»Oder seine Zigarrentasche?«

»Die steckte im Rock.«

Holmes öffnete sie und roch an der einzigen Zigarre, die sie noch enthielt.

»Das ist eine Havanna,« sagte er, »und die andern gehören zu der eigentümlichen Sorte, welche die Holländer aus Ostindien bei uns einführen. Sie sind im Verhältnis zur Länge ungewöhnlich dünn und meist in Stroh gewickelt.« Er untersuchte die vier Zigarrenenden mit seiner Taschenlupe.

»Zwei sind durch die Spitze geraucht worden, und zwei ohne,« sagte er. »Zwei hat man mit einem etwas stumpfen Messer abgeschnitten und die andern beiden mit sehr scharfen Zähnen abgebissen. Es handelt sich hier um keinen Selbstmord, Lanner. Der Mann ist nach einem wohlüberlegten Plan von ein paar Bösewichten mit kaltem Blut umgebracht worden.«

»Unmöglich!« rief der Polizeibeamte.

»Weshalb?«

»Wozu sollten die Verbrecher für ihr Opfer eine so unbequeme Todesart wählen?«

»Das müssen wir zu ergründen suchen.«

»Wie hätten sie hineinkommen können?«

»Durch die Haustür.«

»Die Eisenstange lag am Morgen noch vor.«

»Dann hat man sie angelegt, nachdem sie draußen waren.«

»Woher wissen Sie das alles?«

»Ich habe ihre Fußspuren gesehen. Entschuldigen Sie mich einen Augenblick, vielleicht kann ich Ihnen dann noch Näheres berichten.«

Er ging nach der Tür, untersuchte das Schloß auf seine methodische Art, zog den Schlüssel heraus, der auf der Innenseite steckte, und betrachtete ihn gleichfalls. Auch das Bett, den Teppich, die Stühle, den Kaminsims, den Leichnam und den Strick unterwarf er einer genauen Besichtigung. Hierauf schnitten wir mit Hilfe des Polizisten den Unglücklichen ab und breiteten schweigend ein Tuch über die Leiche.

»Wo kam der Strick her?« fragte Holmes.

Trevelyan zog ein zusammengerolltes Seil unter dem Bett hervor. »Es ist ein Stück hiervon,« sagte er. »Blessington schwebte in steter Furcht vor Feuersgefahr und hielt immer ein Rettungsseil in seiner Nähe bereit, damit er durchs Fenster entkommen könnte, falls die Treppe in Brand geriete.«

»Das hat ihnen viele Mühe erspart,« äußerte Holmes nachdenklich. »Jawohl, die Tatsachen liegen klar auf der Hand, und mich soll's nicht wundern, wenn ich Ihnen bis heute nachmittag auch alle Beweggründe mitteilen kann. Das Bild von Blessington dort auf dem Kaminsims will ich mitnehmen, vielleicht erleichtert es mir meine Nachforschung.«

»Aber Sie haben uns ja noch gar nichts erklärt,« rief der Doktor.

»Über die Reihenfolge der Ereignisse kann doch wohl kein Zweifel mehr bestehen. – Drei Leute waren an dem Verbrechen beteiligt, der junge Mensch, der Alte und ein dritter, über den ich noch im Dunkeln bin. Die ersten beiden stellten den russischen Edelmann und seinen Sohn vor, wir sind also imstande, sie genau zu beschreiben. Sie wurden von ihrem Helfershelfer ins Haus eingelassen. Wenn ich Ihnen einen Rat geben darf, Lanner, so wäre es der, den Diener zu verhaften, der, wie ich höre, erst kürzlich bei dem Herrn Doktor eingetreten ist.«

»Der Mensch ist nirgends zu finden,« sagte Trevelyan, »die Köchin und das Hausmädchen haben schon vergebens nach ihm gesucht.«

Holmes zuckte die Achseln. »Er hat eine ziemlich bedeutende Rolle in dem Trauerspiel gehabt. Die drei Leute sind auf den Fußspitzen die Treppe hinangeschlichen, der Alte voraus, dann der junge Mann und der Unbekannte zuletzt.«

»Aber bester Holmes!« rief ich.

»Die Fußspuren lassen sich nicht verwechseln; schon gestern abend habe ich gelernt, sie zu unterscheiden. – Als die drei an Blessingtons Stube kamen, fanden sie zwar die Tür verschlossen, doch gelang es ihnen mit Hilfe eines Drahtes den Schlüssel umzudrehen. Selbst ohne Lupe können Sie die Krätzer hier am Schlüsselbart erkennen. Vielleicht schlief er noch oder war so von Furcht gelähmt, daß er nicht nach Hilfe rufen konnte. Aber selbst wenn er noch Zeit dazu hatte, ist der Schrei wohl ungehört verhallt. Das Haus hat dicke Wände.

»Nachdem sie ihrer Beute sicher waren, haben sie vermutlich eine Beratung gehalten – eine Art Gerichtssitzung. Sie muß einige Zeit in Anspruch genommen haben, denn währenddem sind die Zigarren geraucht wurden. Der Alte saß im Lehnstuhl und rauchte aus der Zigarrenspitze, der jüngere hat dort drüben Platz genommen und die Zigarrenasche an der Kommode abgestrichen. Der dritte ist im Zimmer auf- und abgegangen. Blessington wird wohl aufrecht im Bett gesessen haben; das läßt sich aber nicht mit voller Gewißheit behaupten.

»Die Sache endete damit, daß sie Blessington packten und aufhängten. Es war schon alles so genau überlegt und vorbereitet, daß sie, wie ich glaube, eine Art Kloben und kleine Winde oder Rolle mitgebracht haben, die als Galgen dienen und mittels der Schrauben an der Wand befestigt werden sollten. Als sie aber den Haken sahen, sparten sie sich natürlich die Mühe. Sobald ihr Werk getan war, machten sie sich aus dem Staube, und der Helfershelfer sperrte die Tür wieder hinter ihnen zu.«

Wir hatten alle mit der größten Spannung auf den Bericht über die nächtlichen Ereignisse gehorcht, für welchen Holmes nur so kleine und geringfügige Anhaltspunkte besaß, daß wir seinen Schlüssen kaum zu folgen vermochten. Der Polizeibeamte eilte nun spornstreichs fort, um des Dieners habhaft zu werden, Holmes und ich aber kehrten in die Bakerstraße zurück.

Gleich nach dem Frühstück stand mein Freund vom Tische

auf. »Um drei Uhr bin ich wieder hier,« sagte er. »Ich habe für diese Stunde den Doktor und den Polizeibeamten zu einer Zusammenkunft hierher bestellt; dann werde ich hoffentlich alles aufklären können, was an der Sache jetzt noch dunkel ist.«

Die beiden Herren fanden sich zur bestimmten Zeit ein, aber es wurde drei viertel auf vier, bevor mein Freund erschien. Als er eintrat, sah ich sofort an seiner Miene, daß ihm sein Vorhaben geglückt sein müsse.

»Was gibt es Neues, Lanner?«

»Wir haben den Diener.«

»Vortrefflich, und ich habe die andern.«

»Was – gefangen!?« riefen wir alle drei.

»Das nicht, aber ich weiß, wer sie sind. Der Mann, der sich Blessington nannte, ist auf dem Polizeiamt genau bekannt und seine Mörder nicht minder. Sie heißen Biddle, Hayward und Moffat.«

»Die Räuberbande, die Worthingdons Bank geplündert hat,« rief Lanner erstaunt.

»Ganz recht,« versetzte Holmes.

»So war Blessington kein anderer als Sutton.«

»Jawohl.«

»Dann ist ja alles sonnenklar.«

Trevelyan und ich sahen einander ganz verwirrt an.

»Ihr werdet doch von dem großen Einbruchsdiebstahl in Worthingdons Bankhaus gehört haben,« sagte Holmes; »fünf Leute waren daran beteiligt, jene vier und ein fünfter, Namens Cartwright. Der Türhüter Tobin wurde ermordet, und die Diebe entkamen mit siebentausend Pfund. Das geschah im Jahre 1875. Sie wurden alle fünf festgenommen, aber die Beweise genügten nicht, sie zu überführen. Da wurde Blessington oder vielmehr Sutton, der Schlimmste der ganzen Bande, zum Verräter. Auf seine Aussage hin kam Cartwright an den Galgen, und die drei andern erhielten jeder fünfzehn Jahre Zuchthaus. Kürzlich wurden sie entlassen, einige Jahre, bevor ihre Strafzeit um war, und sie hatten nichts Eiligeres zu tun als den Verräter ausfindig zu machen und den Tod ihres Kameraden zu rächen. Ihre beiden ersten Versuche, ihm zu Leibe zu gehen, mißlangen, aber beim drittenmal erreichten sie ihren Zweck. – Verstehen Sie nun alles, Herr Doktor, oder kann ich Ihnen noch irgend eine Aufklärung geben?«

»Sie haben uns alles merkwürdig übersichtlich dargestellt,« sagte Trevelyan. »Wahrscheinlich hatte er an dem Tage, als er so aufgeregt war, ihre Entlassung aus dem Zuchthaus in der Zeitung gelesen.«

»Natürlich. Was er von dem Einbruch gefaselt hat, war die reinste Erfindung.«

»Aber warum vertraute er sich Ihnen nicht an?«

»Er wollte seine wahre Persönlichkeit so lange wie möglich vor aller Welt verbergen, denn die Rachsucht seiner früheren Kameraden war ihm wohlbekannt. Deshalb verschwieg er sein schmachvolles Geheimnis. Und doch hätte das Gesetz seinen Schutz selbst einem so erbärmlichen Menschen, wie er war, nicht vorenthalten. Ja, ja, Lanner, der Schild des Gesetzes deckt den Verfolgten nicht immer in der Stunde der Gefahr, aber das Schwert der Gerechtigkeit ist stets bereit, die Missetat zu rächen.«

*

Das ist die merkwürdige Geschichte des Doktors in der Brookstraße und seines Patienten. Von den Mördern hat die Polizei seit jener Nacht keine Spur entdeckt; man vermutet, daß sie sich unter den Passagieren des englischen Dampfers ›Nora Creina‹ befanden, der vor einigen Jahren an der portugiesischen Küste, wenige Meilen nördlich von Oporto, mit Mann und Maus untergegangen ist. Das Verfahren gegen den Diener mußte aus Mangel an vollgültigen Beweisen eingestellt werden, und der Mord in der Brookstraße blieb ein Geheimnis.

Der Marinevertrag.

Zu meinen besten Kameraden während der Schulzeit gehörte ein Knabe Namens Percy Phelps; wir standen im gleichen Alter, doch war er mir um zwei Klassen voraus. Wegen seiner großen Begabung fielen ihm alljährlich die Preise zu, welche die Schule zu vergeben hatte, und noch beim Abgang verschaffte ihm sein vorzügliches Examen ein Stipendium, in dessen Besitz er seine Studien auf der Universität Cambridge mit Glanz fortsetzen konnte.

Ich erinnere mich, daß er vornehme Verwandte hatte; sein Oheim mütterlicherseits war Lord Holdhurst, der berühmte Abgeordnete der konservativen Partei. Das wußten wir schon als ganz kleine Knaben, doch brachte es Phelps in der Schule keinerlei Vorteil; es war für uns nur ein Grund mehr, ihn tüchtig auf dem Spielplatz herumzuhetzen oder ihm, wenn sich die Gelegenheit bot, den großen Ball ans Schienbein zu werfen.

Bei seinem Eintritt in die Welt wurde das natürlich anders. Ich hörte noch gerüchtweise, er habe auf Verwendung einflußreicher Personen eine gute Anstellung im Auswärtigen Amt erhalten, für die ihn seine Begabung befähigte; dann verlor ich ihn jahrelang ganz aus dem Gesicht, bis er sich mir eines Morgens durch den folgenden Brief wieder ins Gedächtnis zurückrief:

Brierbrae, Woking.

Mein lieber Watson!

Ohne Zweifel erinnerst Du Dich noch von der Schulzeit her an Phelps, genannt ›Kaulquappe‹, der in der fünften Klasse war, als Du die dritte besuchtest. Möglicherweise hast Du auch erfahren, daß mir mein Onkel eine Stelle im Auswärtigen Amte verschafft hat. Diesen ehrenvollen Vertrauensposten habe ich seither bekleidet, aber ein entsetzliches Mißgeschick hat mit einem Schlage meine ganze Zukunft vernichtet.

Es würde zu weit führen, wollte ich Dir mein Unglück schriftlich auseinandersetzen; falls Du auf meine Bitte eingehst, wirst Du ohnehin alle Einzelheiten aus meinem Munde hören müssen. Ich bin eben erst von einem Nervenfieber genesen, das mich neun Wochen lang ans Bett gefesselt hat, und ich fühle mich noch recht schwach. Könntest Du mich wohl besuchen und Deinen Freund Holmes veranlassen Dich zu begleiten? Ich möchte gerne seine Ansicht über den Fall hören, trotz der Versicherung der Polizei, daß sich nichts mehr tun läßt. Bitte, bringe ihn so bald wie möglich hierher; jede Minute wird mir zur Ewigkeit, solange ich noch in dieser entsetzlichen Spannung lebe. Sage ihm, daß es nicht ein Beweis von mangelndem Vertrauen ist, wenn ich ihn erst jetzt um Rat frage; ich war seit jenem Schicksalsschlag wie von Sinnen. Jetzt bin ich zwar wieder zu mir selbst gekommen, doch wage ich kaum an die Geschichte zu denken, weil ich einen Rückfall fürchte. Noch fühle ich mich nicht einmal stark genug, um selber zu schreiben, und muß diese Zeilen diktieren.

Nicht wahr, Du kommst zu Deinem Freunde,
zu Deinem alten Schulkameraden
Percy Phelps.

Es lag etwas so Hilfloses und Rührendes in der Art, wie er mich wiederholt anflehte, Holmes zu ihm zu bringen, daß ich nichts unversucht gelassen hätte, um seinen Wunsch zu erfüllen. Doch kannte ich Holmes gut genug, um zu wissen, daß er jedem Klienten seine Dienste aufs bereitwilligste zur Verfügung stellte, wenn es galt, seine Kunst auszuüben. So beschloß ich denn, ihn ohne Zögern aufzusuchen, und betrat schon eine Stunde nach dem Frühstück meine frühere Wohnung in der Bakerstraße.

Sherlock Holmes saß im Schlafrock an einem Seitentisch und war eifrig mit einer chemischen Analyse beschäftigt. Über der bläulichen Flamme des Bunsenbrenners siedete und brodelte in der Retorte eine Flüssigkeit, deren destillierte Tropfen sich in einem Zweilitermaße sammelten. Als ich eintrat, hob mein Freund kaum den Blick; das Experiment, welches er vorhatte, mochte wohl sehr wichtig sein. Ich setzte mich in einen Lehnstuhl und wartete, während er seine Pipette bald in diese, bald in jene Flasche eintauchte. Endlich trat er mit der fertigen Lösung im Reagenzglas vor mich hin, in der Rechten einen Streifen Lackmuspapier haltend.

»Du kommst gerade in einem kritischen Moment, Watson,« sagte er. »Behält dies Papier seine blaue Farbe, so ist alles gut; wird es rot, so kostet es ein Menschenleben.« Er tauchte es in das Glas, und sofort nahm es eine schmutzige feuerrote Färbung an. »Hm, ich dachte es mir wohl,« sagte er. »In einem Augenblick stehe ich dir zu Diensten, Watson. Nimm dir Tabak aus dem persischen Pantoffel.« Er setzte sich an das Pult, schrieb mehrere Depeschen und übergab sie seinem kleinen Diener. Dann warf er sich in den Stuhl, der mir gegenüber stand, schlug seine langen, dünnen Beine übereinander und faltete die Hände über dem Knie.

»Ein sehr alltäglicher kleiner Mord,« sagte er. »Vermutlich bringst du mir etwas Besseres. Du bist der Sturmvogel, der ein Verbrechen ankündigt, Watson. Was gibt's denn?«

Ich reichte ihm den Brief, den er mit großer Aufmerksamkeit

durchlas. »Sehr viel läßt sich nicht daraus entnehmen, wie mir scheint,« sagte er.

»So gut wie nichts.«

»Doch interessiert mich die Handschrift.«

»Es ist nicht seine eigene.«

»Eben darum. Eine Frau hat den Brief geschrieben.«

»Bewahre, es ist eine Männerhand,« rief ich.

»Nein, die Schrift einer Frau von seltener Charakterstärke. Es ist beim Beginn einer Untersuchung von Wichtigkeit zu wissen, daß der betreffende Klient in naher Beziehung zu einer Person steht, welche hervorragende Gaben besitzt, im guten oder bösen Sinne. Ich fange schon an, mich für den Fall zu interessieren. Wenn du nichts anderes vorhast, wollen wir gleich nach Woking fahren, um den Herrn Diplomaten aufzusuchen, der in solcher Klemme steckt, und uns die Dame anzusehen, der er seine Briefe diktiert.«

Wir hatten gerade noch Zeit, den Vormittagszug auf der Waterloo-Station zu erreichen; eine etwa einstündige Fahrt brachte uns nach den Fichtenwäldern und dem Heideland von Woking. Brierbrae erwies sich als der Name eines Hauses, das inmitten weitläufiger Anlagen in geringer Entfernung vom Bahnhof dalag. Als wir unsere Karten abgegeben hatten, wurden wir in ein vornehm ausgestattetes Empfangszimmer geführt, wo uns schon nach kürzester Frist ein etwas wohlbeleibter Mann aufs gastfreundlichste begrüßte. Er mochte eher vierzig als dreißig Jahre alt sein, aber seine roten Pausbacken und munteren Augen gaben ihm das Aussehen eines dicken, durchtriebenen Jungen.

»Wie froh bin ich, daß Sie da sind,« sagte er, uns die Hände schüttelnd. »Percy hat den ganzen Morgen über nur immer nach Ihnen gefragt. Der Ärmste klammert sich an jeden Strohhalm. Ich soll Sie auch im Namen seiner Eltern willkommen heißen; schon die bloße Erwähnung der Angelegenheit ist ihnen äußerst peinlich.«

»Wir haben noch gar nichts Näheres darüber gehört,« versetzte Holmes. »Sie selbst sind offenbar kein Mitglied der Familie.«

Der Herr sah überrascht auf, dann erwiderte er lachend:

»Sie werden wohl das J.H. auf meinem Siegelring bemerkt haben. Ich wollte schon über Ihren Scharfsinn staunen. Mein Name ist Josef Harrison, und da Percy mit meiner Schwester Anna verlobt ist, zähle ich bald wenigstens zu den angeheirateten Verwandten. Sie werden meine Schwester bei ihm im Zimmer finden; sie pflegt ihn seit zwei Monaten ohne Rast und Ruhe. Gehen Sie lieber gleich zu ihm, ich weiß, mit welcher Ungeduld er auf Sie wartet.«

Das Gemach, in das man uns wies, lag im nämlichen Stockwerk und diente zugleich als Wohn- und Schlafzimmer; zierlich geordnete Blumen, die auf Gesimsen und hier und da in den Ecken standen, gaben ihm ein freundliches Aussehen. Auf einem Sofa am offenen Fenster, durch das die laue Sommerluft und die Wohlgerüche des Gartens hereinströmten, lag ein junger Mann mit bleichen, eingefallenen Wangen. Ein Mädchen, das neben ihm saß, stand auf, als wir eintraten.

»Soll ich fortgehen, Percy?« fragte sie.

Er hielt ihre Hand fest, so daß sie bleiben mußte, und begrüßte mich herzlich. »Wie geht's dir, Watson?« fragte er. »Du hast dich sehr verändert, das macht der Bart. Mich hattest du wohl auch kaum wiedererkannt. Der Herr ist vermutlich dein berühmter Freund Sherlock Holmes?«

Ich stellte ihn mit kurzen Worten vor, und wir setzten uns beide. Der dicke junge Mann hatte sich entfernt, aber seine Schwester nahm neben dem Kranken Platz, der ihre Hand nicht losließ. Sie war eine ungewöhnliche Erscheinung mit den großen, dunkeln, italienischen Augen, der schönen Olivenfarbe des Gesichts und der reichen Fülle tiefschwarzen Haares, nur die Gestalt war etwas zu kurz und gedrungen. Ihre blühenden Farben machten die Blässe und Magerkeit des armen Phelps nur noch auffallender.

»Um so wenig wie möglich von Ihrer Zeit in Anspruch zu nehmen, will ich Ihnen die Sache ohne alle Umschweife vortragen,« sagte er, sich auf dem Sofa in die Höhe richtend. »Ich war ein lebensfroher, vom Glück begünstigter Mann und stand im Begriff, mich zu verheiraten, als ein unerwartetes furchtbares Mißgeschick plötzlich meine ganze Zukunft zerstörte.

»Watson hat Ihnen vielleicht mitgeteilt, daß ich eine Stelle im Auswärtigen Amt bekleidete. Durch Lord Holdhursts, meines Onkels, Einfluß war ich rasch auf einen verantwortlichen Posten gestellt worden. Als mein Onkel Minister des Äußeren wurde, gab er mir verschiedene wichtige Aufträge, die ich stets so glücklich zum Abschluß brachte, daß er zuletzt ein unbegrenztes Vertrauen in meine Umsicht und Leistungsfähigkeit setzte.

»Vor etwa zehn Wochen – oder um ganz genau zu sein, am 23. Mai – rief er mich in sein Privatzimmer, lobte mich wegen der guten Dienste, die ich ihm bisher geleistet, und teilte mir mit, daß er mir wieder die Ausführung eines wichtigen Geschäfts anvertrauen wolle.

»›Dies hier,‹ sagte er und nahm eine graue Papierrolle aus seinem Schreibtisch, ›ist das Original eines geheimen Vertrages zwischen England und Italien. Zu meinem größten Bedauern sind schon Gerüchte über den Inhalt desselben durch die Presse an die Öffentlichkeit gedrungen, und es ist von ungeheurer Wichtigkeit, daß nichts Näheres bekannt wird. Die französische und russische Gesandtschaft würden gern große Summen bezahlen, um sich einen Einblick in diese Schrift zu verschaffen. Am liebsten behielte ich die Papiere ganz bei mir im Schreibtisch, wäre es nicht unumgänglich nötig, eine Kopie davon anfertigen zu lassen. Du hast doch ein Pult mit gutem Verschluß in deinem Bureau?‹

»›Jawohl.‹

»›Dann nimm den Vertrag und schließe ihn sorgfältig ein. Ich werde es einzurichten wissen, daß du nach Schluß der Geschäftsstunden allein zurückbleiben und die Abschrift ungestört machen kannst, ohne zu fürchten, daß man dich dabei beobachtet. Wenn du fertig bist, schließe Original und Kopie wieder in das Pult und händige mir beides morgen früh persönlich ein.‹

»Ich nahm die Papiere –«

»Bitte, einen Augenblick,« unterbrach ihn Holmes, »waren Sie beide allein während dieser Unterredung?«

»Ganz allein.«

»In einem großen Raum?«

»Das Zimmer mag etwa dreißig Fuß lang sein und ebenso breit.«

»Sie standen in der Mitte?«

»Ja, ungefähr.«

»Und sprachen nicht laut?«

»Mein Onkel spricht gewöhnlich mit sehr leiser Stimme, und ich habe fast nichts gesagt.«

»Danke sehr,« versetzte Holmes und schloß die Augen. »Bitte, fahren Sie fort.«

»Ich tat alles, wie er es mir vorgeschrieben hatte, und wartete, bis die andern Angestellten sich entfernten. Einer von ihnen, Charles Gorot, der mit mir im selben Zimmer arbeitete, hatte noch einige Rückstände zu erledigen; ich ließ ihn da und ging zum Essen. Als ich zurückkam, war er fort. Nun machte ich mich gleich ans Werk, denn ich wünschte so schnell wie möglich mit der Arbeit fertig zu werden. Josef Harrison, den Sie hier gesehen haben, war in der Stadt; ich wußte, daß er mit dem Elfuhr-Zug nach Woking fahren wollte, und hätte ihn gern begleitet.

»Als ich den Vertrag in Augenschein nahm, erkannte ich sofort, daß mein Onkel die Wichtigkeit des Dokuments keineswegs übertrieben hatte. Ohne mich auf Einzelheiten einzulassen, will ich nur erwähnen, daß darin die Stellung Großbritanniens zum Dreibund klar gelegt und auseinander gesetzt war, welchen politischen Standpunkt England einnehmen würde, falls die französische Flotte im Mittelländischen Meer ein vollkommenes

Übergewicht über die italienische Seemacht erringen sollte. Es handelte sich überhaupt ausschließlich um Fragen, welche die Marine betrafen. Rasch überflog ich noch die Namen der hohen Würdenträger, die den Vertrag unterzeichnet hatten, und machte mich dann an die Abschrift.

»Das umfangreiche Dokument enthielt sechsundzwanzig Artikel und war in französischer Sprache abgefaßt. Ich schrieb, so schnell ich konnte, doch hatte ich, als es neun Uhr schlug, nicht mehr als neun Artikel fertig; daß ich den Zug noch erreichen würde, schien aussichtslos. Von dem Abendessen war ich schläfrig geworden, auch hatte ich nach der langen Tagesarbeit ein dumpfes Gefühl im Kopf und glaubte, eine Tasse Kaffee würde mich auffrischen. Am Fuß der Treppe hat der Türhüter eine kleine Kammer, wo er die Nacht über bleibt; die Beamten, welche Überstunden haben, lassen sich häufig von ihm auf seiner Spirituslampe Kaffee kochen. Ich klingelte, damit er heraufkommen sollte.

»Zu meiner Verwunderung erschien statt seiner eine große ältliche Frau mit groben Gesichtszügen. Sie hatte eine Schürze vor und sagte mir, sie sei des Türhüters Frau und als Putzerin im Hause beschäftigt. So bestellte ich denn meinen Kaffee bei ihr.

»Ich schrieb noch zwei Artikel ab und wurde immer schläfriger, so daß ich, um mich wach zu erhalten, ein paarmal im Zimmer auf- und abging. Warum nur der Kaffee nicht kam? – Ich öffnete die Tür und trat hinaus, um die Ursache der Verzögerung zu ergründen. Aus meinem Arbeitszimmer, das keinen andern Ausgang hat, führte ein gerader, schwach erleuchteter Korridor bis zu einer gewundenen Treppe, welche unten im Hausflur mündete, an dessen Ende man zur Stube des Türhüters gelangt. Ist man die Treppe zur Hälfte hinuntergegangen, so kommt man an einen Absatz, von dem aus ein zweiter Korridor im rechten Winkel zur Hintertreppe und nach einer Seitentür führt. Dieser Eingang wird nicht nur von der Dienerschaft benützt, sondern auch von den Angestellten, wenn sie aus der Charlesstraße kommen und ihren Weg abkürzen wollen. Hier ist eine rohe Skizze der ganzen Örtlichkeit.«

»Danke sehr. Ich glaube Ihren Ausführungen gut folgen zu können,« sagte Sherlock Holmes.

»Ich empfehle diesen Punkt Ihrer besonderen Beachtung, er ist von größter Wichtigkeit. – Die Treppe hinuntergehend, kam ich in den Flur und fand den Türhüter in seiner Kammer fest eingeschlafen. Im Kessel neben ihm kochte das Wasser so stark, daß es bis auf die Diele spritzte. Eben streckte ich die Hand aus, um den Mann aus dem Schlaf zu wecken, als eine Glocke, die über meinem Haupte hing, zu läuten begann, und er erschrocken auffuhr.

»›Ach, Sie sind's, Herr Phelps,‹ sagte er, verwirrt um sich blickend.

»›Ich bin heruntergekommen, um zu sehen, ob mein Kaffee fertig ist.‹

»›Während das Wasser ins Kochen kam, bin ich eingeschlafen.‹ Er sah mich an und blickte dann mit wachsender Verwunderung nach der Glocke hinauf, die noch immer in zitternder Bewegung war.

»›Wer hat denn aber geläutet, wenn Sie hier waren, Herr Phelps?‹

»›Geläutet? – Was für eine Glocke ist das?‹ fragte ich.

»›Die Glocke von Ihrem Bureau.‹

»Mir stand das Herz still. – Also war jemand dort im Zimmer, wo das kostbare Schriftstück auf dem Tische lag. – Wie wahnsinnig stürzte ich die Treppe hinauf und durch den Gang. Kein Mensch war im Korridor, Herr Holmes – kein Mensch war im Bureau. Ich fand alles genau so, wie ich es verlassen – nur die mir anvertrauten Papiere waren von dem Schreibpult verschwunden, auf dem sie gelegen hatten. Die Abschrift war noch da, aber das Original war fort.«

Holmes saß aufrecht in seinem Stuhl und rieb sich die Hände.

Dies Rätsel war so recht nach seinem Herzen, das sah ich wohl. »Nun, und was taten Sie?« murmelte er.

»Ich wußte sofort, daß der Dieb die Hintertreppe heraufgekommen sein müsse. Auf dem Wege vom Haupteingang her wäre ich ihm natürlich begegnet.«

»Sie sind überzeugt, daß er nicht die ganze Zeit über im Zimmer verborgen war oder im Korridor, von dem Sie sagten, er sei nur schwach erleuchtet gewesen?«

»Das ist ein Ding der Unmöglichkeit. Weder das Zimmer noch der Korridor bietet das geringste Versteck.«

»Ich danke Ihnen. Bitte fahren Sie fort.«

»Der Türhüter hatte meine entsetzte Miene gesehen und kam hinter mir die Treppe hinauf. Wir liefen nun beide durch den Gang und die steile Stiege hinunter, die nach der Charlesstraße führt. Die Tür unten war nicht verschlossen; wir stießen sie auf und eilten hinaus. Im selben Augenblick hörte ich, wie die Uhr vom nahen Kirchturm drei Schläge tat. Es war dreiviertel auf zehn.«

»Das ist ein höchst wichtiger Umstand,« sagte Holmes, während er die Zahl auf seiner Manschette notierte.

»Draußen war dunkle Nacht, und es fiel ein feiner, warmer Regen. Auf der Charlesstraße ging kein Mensch, aber wo sie ganz am Ende mit Whitehall zusammenstößt, war wie gewöhnlich ein dichtes Gedränge. Barhäuptig liefen wir die Straße hinunter und trafen an der Ecke einen Polizisten.

»›Ein Diebstahl!‹ stieß ich keuchend heraus. ›Aus dem Ministerium des Äußeren ist ein Schriftstück von unermeßlichem Wert entwendet worden. – Ist hier irgend jemand vorbeigekommen?‹

»›Ich stehe seit einer Viertelstunde hier,‹ entgegnete er; ›während dieser Zeit ist nur eine Person hier vorübergegangen – ein großes, schon bejahrtes Frauenzimmer mit einem Umschlagetuch.‹

»›Ach, das ist gewiß nur meine Frau gewesen,‹ meinte der Türhüter, ›sonst haben Sie niemand gesehen?‹

»›Keinen Menschen.‹

»›Dann muß der Dieb nach der andern Seite entkommen sein,‹ rief der Türhüter, mich am Ärmel fassend.

»Doch ich gab mich nicht so leicht zufrieden, und je mehr er versuchte, mich mit sich fortzuziehen, um so argwöhnischer wurde ich.

»›Welche Richtung hat die Frau eingeschlagen?‹ fragte ich.

»›Das weiß ich nicht,‹ antwortete der Polizist. ›Ich sah sie vorbeigehen, hatte aber keinen besonderen Grund, ihr nachzuspüren. Sie schien es sehr eilig zu haben.‹

»›Wie lange ist es her?‹

»›Höchstens ein paar Minuten.‹

»›Wie viele denn – etwa fünf?›

»›Sicherlich nicht mehr.‹

»›Sie verlieren nur unnütz Zeit, Herr Phelps‹ rief der Türhüter. Meine Alte hat nichts mit der Sache zu tun, verlassen Sie sich darauf. Sie ist nach unserer Wohnung gegangen, wo Sie sie finden werden.‹

»›Wo wohnen Sie?‹ fragte ich.

»›In Brixton, Epheugasse Nr. 16; aber folgen Sie nicht der falschen Fährte, Herr Phelps; Sie verlieren nur unnütz Zeit.‹

»Wir kehrten nun in das Ministerium zurück und durchsuchten die Treppen und Gänge, jedoch ohne Erfolg. Der Korridor, der zu meinem Arbeitszimmer führt, war mit einem hellfarbenen Linoleum belegt, auf dem jeder Tritt zu sehen ist. Obwohl wir es sorgfältig besichtigten, fanden sich keine Fußspuren.«

»Hatte es den ganzen Abend geregnet?«

»Etwa von sieben Uhr an.«

»Wie kam es dann, daß die Frau, die gegen neun Uhr bei Ihnen im Zimmer war, dort keine Spur ihrer schmutzigen Stiefel zurückließ?«

»Es ist mir lieb, daß Sie den Umstand erwähnen; auch mir fiel das damals auf. Die Putzfrauen pflegen in der Stube des Türhüters die Stiefel zu wechseln und Salbandschuhe anzuziehen.«

»Das erklärt die Sache. Also Sie fanden keinen Abdruck auf dem Fußboden, trotz der Nässe draußen? Der Tatbestand ist wirklich höchst merkwürdig. Bitte, erzählen Sie weiter.«

»Nun untersuchten wir das Zimmer. An eine geheime Tür war nicht zu denken, und die Fenster sind wohl dreißig Fuß hoch über der Straße; beide waren geschlossen und verriegelt. Eine etwaige Falltür ließe sich schon des Teppichs wegen nicht öffnen, und die Decke ist weißgetüncht. Ich möchte meinen Kopf wetten, daß der Dieb, der das Schriftstück gestohlen hat, nur zur Stubentür hereingekommen sein kann.«

»Wie steht's mit dem Kamin?«

»Es ist keiner vorhanden, nur ein Ofen ist da. Die Klingelschnur hängt am Draht, rechter Hand von meinem Schreibpult. Wer geläutet hat, muß dicht am Pult gestanden haben. Aber warum sollte ein Dieb die Glocke ziehen? Es ist ein ganz unergründliches Geheimnis.«

»Freilich, der Umstand ist verwunderlich. – Was taten Sie nun für Schritte? Hatte der Eindringling nichts im Zimmer zurückgelassen – sahen Sie keinen Zigarrenstumpf, keine Haarnadel oder sonst eine Kleinigkeit herumliegen?«

»Nicht das geringste.«

»Sie bemerkten auch keinen Geruch?«

»Darauf haben wir nicht geachtet.«

»Bei solcher Untersuchung wäre es von Wichtigkeit, wenn das Zimmer zum Beispiel nach Tabak gerochen hatte.«

»Ich bin selbst kein Raucher, und ein Tabakgeruch wäre mir gewiß aufgefallen. Wir fanden nicht den geringsten Aufschluß. Die einzig greifbare Tatsache war, daß des Türhüters Weib – Frau Tangey ist ihr Name – sich eilig davon gemacht hatte. Trotzdem ihr Mann erklärte, seine Frau gehe um diese Zeit gewöhnlich nach Hause, kam ich mit dem Polizisten überein, daß wir suchen müßten, der Frau habhaft zu werden, ehe sie Zeit hätte, sich der Papiere zu entledigen – vorausgesetzt, daß diese überhaupt in ihrem Besitz waren.

»Inzwischen hatte man das Polizeiamt benachrichtigt, und Forbes, der Geheimpolizist, fand sich sofort ein, übernahm den Fall und entwickelte die größte Tatkraft. Wir bestiegen eine Droschke, sagten dem Kutscher die Adresse, und eine halbe Stunde später hielten wir vor Frau Tangeys Wohnung. Ein junges Mädchen, ihre älteste Tochter, wie wir später erfuhren, öffnete uns. Die Mutter war noch nicht zurück, und wir mußten im Wohnzimmer warten.

»Etwa zehn Minuten später klopfte es an der Haustür, und nun begingen wir einen unverzeihlichen Mißgriff. Statt selbst zu öffnen, überließen wir dies dem Mädchen. ›Mutter,‹ hörten wir sie sagen, ›drinnen sind zwei Männer, die auf dich warten.‹ Sogleich vernahmen wir eilige Fußtritte im Gang; Forbes stieß die Tür auf, und wir stürzten beide nach dem Hinterzimmer, das als Küche diente; aber die Frau war schon vor uns da. Sie sah uns mit herausfordernden Blicken an, plötzlich aber erkannte sie mich, und ihr Gesicht verriet maßloses Erstaunen.

»›Aber, das ist ja Herr Phelps aus dem Bureau,‹ rief sie.

»›Vor wem sind Sie denn so davongelaufen – wer glaubten Sie, daß wir waren?‹ fragte mein Gefährte.

»›Die Gerichtsdiener,‹ sagte sie. ›Wir haben mit einem Händler Streit gehabt.‹

»›Das machen Sie einem andern weiß,‹ versetzte Forbes. ›Wir haben allen Grund zu glauben, daß Sie ein wichtiges, Schriftstück aus dem Bureau mitgenommen haben und es jetzt hier beiseite bringen wollten. Es hilft nichts, Sie müssen mit uns zur Polizei, um sich durchsuchen zu lassen.‹

»All ihr Bitten und Widerstreben war umsonst. Wir besichtigten noch die ganze Küche und besonders den Herd genau, um zu sehen, ob sie den Augenblick, als sie allein war, nicht benutzt hatte, um die Papiere zu verbrennen; aber wir konnten weder Asche noch Papierfetzen entdecken. Dann fuhren wir beide mit ihr in der Droschke nach dem Polizeiamt, wo sie sogleich einer dazu angestellten Frau übergeben wurde. Ich wartete in wahrer Todesangst, bis diese kam, um Bericht zu erstatten. Von den Papieren hatte sich keine Spur gefunden.

»Da überkam mich zum erstenmal das Bewußtsein meiner entsetzlichen Lage mit voller Gewalt. Bisher hatte ich handeln können, und mir war keine Zeit zum Überlegen geblieben. Ich hatte fest darauf gerechnet, den Vertrag auf der Stelle wiederzufinden; was aus mir werden sollte, wenn unsere Bemühungen fehlschlugen, daran wagte ich nicht zu denken. Doch jetzt ließ sich nichts mehr tun, und ich hatte Muße, mir meine Lage klar zu machen. Sie war fürchterlich. – Watson kann Ihnen sagen, daß ich schon in der Schule ein nervöser, leicht erregbarer Knabe war; das liegt in meiner Natur. Ich dachte an meinen Onkel und die anderen Minister, an die Schande, die ich ihm, mir und allen meinen Angehörigen bereitet hatte. Freilich war ich das Opfer eines außergewöhnlichen Mißgeschicks; aber wer fragt danach, wo diplomatische Interessen auf dem Spiele stehen? Kein Zweifel – ich war hoffnungslos zu Grunde gerichtet und mit Schmach bedeckt. – Was ich damals tat, weiß ich nicht mehr, meine Aufregung war zu groß. Ich erinnere mich noch dunkel, daß die Beamten sich um mich versammelten und mich zu beruhigen suchten. Einer von ihnen fuhr mit mir bis zur Waterloo-Station und brachte mich in den Zug nach Woking. Wahrscheinlich hätte er mich bis hierher begleitet, wäre nicht Doktor Ferrier, der in unserer Nachbarschaft wohnt, zufällig auf der Bahn gewesen. Der Doktor hatte die Güte, mich in seine Obhut zu nehmen, und das war mein Glück, denn kurz nach der Abfahrt verfiel ich in Krämpfe, und bevor wir daheim ankamen, raste ich im Fieberwahn.

»Sie können sich den Schrecken meiner Angehörigen vorstellen, als sie, durch das Klingeln des Doktors aus dem Schlaf geweckt, mich in diesem Zustand sahen. Der armen Annie hier und meiner Mutter brach es fast das Herz. Doktor Ferrier hatte von dem Polizisten auf der Bahn gerade genug erfahren, um einigermaßen erklären zu können, was vorgefallen sei, und sein Bericht war wenig geeignet, die Gemüter zu beruhigen. Jedenfalls war eine lange Krankheit bei mir im Anzuge; Josef mußte daher rasch aus seinem freundlichen Schlafzimmer im Erdgeschoß ausziehen, das in ein Krankenzimmer umgewandelt wurde. Mehr als neun Wochen habe ich hier bewußtlos und in Fieberraserei an einer Gehirnentzündung darniedergelegen. Nur dem Doktor und Fräulein Harrison verdanke ich es, wenn ich noch am Leben bin. Sie hat mich den Tag über gepflegt, und eine gemietete Wärterin wachte des Nachts bei mir; ich war gänzlich unzurechnungsfähig, man konnte mir alles zutrauen. Nur langsam wich meine Geistesumnachtung, und erst in den letzten drei Tagen ist mein Gedächtnis wieder ganz zurückgekehrt. Ach, ich wünsche manchmal, daß ich überhaupt nicht wieder zum Bewußtsein erwacht wäre!

Gleich zuerst telegraphierte ich an Forbes, der den Fall in Händen hat. Er kam und versicherte mir, es sei alles Mögliche geschehen, doch habe man nicht die geringste Spur entdeckt. Der Türhüter und seine Frau waren wiederholt ins Verhör genommen worden, ohne daß dadurch Licht in das Dunkel kam. Auch der Verdacht der Polizei gegen den jungen Gorot erwies sich als hinfällig. Daß er nach den Geschäftsstunden im Bureau geblieben war und einen französischen Namen trug, hatte den Argwohn auf ihn gelenkt. Doch ist er, obgleich aus einer Hugenottenfamilie stammend, mit Leib und Seele Engländer, auch hatte ich ja die Arbeit erst begonnen, als er fort war. – Auf Ihnen, Herr Holmes, ruht jetzt meine letzte Hoffnung; versagt auch diese, dann habe ich mein Ansehen und meine Stellung in der Welt auf immer verloren.«

Erschöpft von dem langen Bericht, sank der Kranke wieder in die Kissen, und seine Pflegerin beeilte sich, ihm eine Stärkung zu reichen. Holmes saß mit geschlossenen Augen und zurückgelehntem Kopf still da; einem Fremden wäre er vielleicht teilnahmslos erschienen, aber ich erkannte an seiner ganzen Haltung, daß er vollständig in den Fall vertieft war.

»Ihre Angaben sind so ausführlich gewesen,« sagte er endlich, »daß ich nur noch wenige Fragen zu stellen habe. Ein Umstand erscheint mir jedoch besonders wichtig: Haben Sie irgend jemand mitgeteilt, daß Ihnen diese geheime Arbeit anvertraut war?«

»Keinem Menschen.«

»Zum Beispiel, auch nicht Fräulein Harrison hier?«

»Nein; nachdem mir der Auftrag erteilt wurde, bin ich bis zu seiner Ausführung nicht in Woking gewesen.«

»Und es hat Sie auch keiner Ihrer Angehörigen zufällig besucht?«

»Niemand.«

»Aber Ihre Verwandten hätten sich in dem Gebäude zurecht finden können?«

»O ja, sie haben es alle gelegentlich besichtigt.«

»Wenn Sie niemand etwas von dem Vertrag gesagt haben, so sind das natürlich ganz müßige Fragen.«

»Ich habe nicht davon gesprochen.«

»Wissen Sie etwas Näheres über den Türhüter?«

»Nur, daß er ein alter Soldat ist.«

»Von welchem Regiment?«

»Ich glaube, er stand bei der Garde.«

»Gut – darüber kann mir Forbes gewiß noch genauer berichten. Die Polizei versteht sich trefflich darauf, Tatsachen zu ermitteln, nur weiß sie nicht immer Nutzen daraus zu ziehen. – O, was für eine schöne Rose!« Mit diesem Ausrufe ging er an dem Lager des Kranken vorbei und trat ans Fenster, um eine abgeschnittene Moosrose zu betrachten, deren zartes Rot reizend von dem Grün der Blätter abstach. Daß er sich für Blumen interessierte, war mir ganz neu; jedenfalls hatte er mir seine Freude daran noch nie gezeigt.

»Mir scheint, die Deduktion ist nirgends so sehr am Platze,« sagte er, sich an das Fensterkreuz lehnend, »als in der Religion. Diese läßt sich durch Vernunftschlüsse entwickeln, wie eine exakte Wissenschaft. Als unsere sicherste Bürgschaft für die Güte der Vorsehung gelten mir die Blumen. Alles andere – unsere Kräfte, unsere Triebe, unsere Nahrung – ist zum Leben absolut notwendig. Doch diese Rose ist etwas Apartes. Ihr Duft, ihre Farbe, dient nicht zur Erhaltung, sondern zum Schmuck des Daseins. Nun wissen wir aber, daß es nur die Güte ist, welche Extrafreuden gewährt, und deshalb sage ich, daß die Blumen ein verheißungsvolles Unterpfand für uns sind.«

Während Holmes diese Betrachtungen anstellte, malte sich in Percy Phelps' Gesicht und in den Mienen seiner Pflegerin große Verwunderung und Enttäuschung. Er hielt noch immer die Rose in der Hand und schien in Sinnen versunken. Endlich weckte ihn das Fräulein aus seiner Träumerei. »Haben Sie irgend welche Aussicht, dem Geheimnis auf den Grund zu kommen, Herr Holmes?« fragte sie mit etwas scharfem Ton.

»Ja so – das Geheimnis!« Er war plötzlich wieder in die Wirklichkeit zurückgekehrt. »Es läßt sich keineswegs leugnen, daß der Fall höchst sonderbar und verwickelt ist, doch verspreche ich Ihnen, daß ich die Sache untersuchen und Sie davon in Kenntnis setzen will, wenn ich etwas Wesentliches entdecke.«

»Haben Sie irgend welche Anhaltspunkte gefunden?«

»Sie haben mir deren sieben geliefert, aber ich muß sie natürlich erst prüfen, ehe ich sagen kann, ob sie etwas taugen.«

»Haben Sie Argwohn gegen jemand?«

»Ja, gegen mich selbst –«

»Was! –«

»Ich fürchte vorschnelle Schlüsse zu ziehen.«

»Dann gehen Sie nach London, um Ihre Anhaltspunkte zu prüfen.«

»Ein sehr guter Rat, mein Fräulein,« sagte Holmes und stand auf. »Ich glaube, wir können nichts Besseres tun, Watson. Schmeicheln Sie sich mit keinen falschen Hoffnungen, Herr Phelps; die Angelegenheit ist sehr verwickelt.«

»Ich werde in fieberhafter Unruhe sein, bis ich Sie wiedersehe,« sagte der junge Diplomat seufzend.

»Erwarten Sie mich morgen mit demselben Zuge; ich will kommen, auch wenn ich nur negative Ergebnisse zu melden habe.«

»Gott segne Sie für Ihr Versprechen,« rief unser Klient. »Schon der Gedanke, daß etwas in der Sache geschieht, gibt mir neues Leben. – Was ich noch sagen wollte: Lord Holdhurst hat mir geschrieben!«

»So? Und wie äußerte er sich?«

»Sein Brief ist kühl, aber nicht unfreundlich. Wahrscheinlich hat ihn meine lange Krankheit milde gestimmt. Er wiederholt, daß die Sache von größter Wichtigkeit ist, doch werde man keine Schritte in betreff meiner Zukunft tun – er meint natürlich die Entlassung aus dem Staatsdienst – bis meine Gesundheit wiederhergestellt ist und ich Gelegenheit gehabt habe, die Scharte auszuwetzen.«

»Nun, das nenne ich vernünftig und rücksichtsvoll,« sagte Holmes. »Komm jetzt, Watson, wir haben heute in der Stadt noch viele Arbeit vor uns.«

Josef Harrison fuhr uns selbst auf den Bahnhof, und bald sausten wir mit dem Portsmouth-Zuge davon. Holmes saß ganz in Gedanken vertieft da und öffnete erst den Mund, als wir über Clapham hinaus waren.

»Es wirkt sehr erheiternd, wenn man auf solcher Hochbahn nach London hineinfährt, wie wir jetzt, und auf die Häuser hinabsieht.«

Ich glaubte, er spräche im Scherz, denn die Aussicht war ganz abscheulich, aber er fuhr unbeirrt fort:

»Sieh nur die großen ziegelroten Häuservierecke, die über die Schieferdächer emporragen, wie Inseln aus einer bleifarbenen See.«

»Das sind die Volksschulen.«

»Die wahren Leuchttürme der Zukunft, mein Junge! Es sind Samenkapseln, von denen jede viele Hunderte von kleinen, lebendigen Körnern enthält, aus denen das bessere, weisere England der Zukunft entsprießen wird. – Was meinst du – ob Herr Phelps wohl trinkt?«

»Das glaube ich kaum.«

»Ich auch nicht. Aber man muß eben jede Möglichkeit in Betracht ziehen. Der arme Teufel ist in eine tiefe Grube gefallen, und ob wir ihn herausholen können, ist sehr fraglich. – Was hältst du von Fräulein Harrison?«

»Sie ist ein sehr starker Charakter.«

»Aber auch gut, wenn mich nicht alles täuscht. Sie und ihr Bruder sind die einzigen Kinder eines Hüttenbesitzers irgendwo oben in Northumberland. Phelps hat sich letzten Winter auf der Reise mit ihr verlobt, und sie ist in Begleitung ihres Bruders auf Besuch hergekommen, um die Verwandten des Bräutigams kennen zu lernen. Als dann der Krach kam, ist sie zur Pflege dageblieben, und Bruder Josef, der sich sehr behaglich fühlte, wollte auch nicht fort. Du siehst, ich habe schon unter der Hand verschiedene Erkundigungen eingezogen. Aber heute müssen wir noch viel zu erfahren suchen.«

»Meine Praxis –« begann ich.

»O, wenn dir deine Fälle mehr am Herzen liegen als meiner –« unterbrach mich Holmes etwas hitzig.

»Ich wollte nur sagen, daß mich meine Praxis einen oder zwei Tage entbehren kann, da es gerade die flauste Zeit im Jahre ist.«

»Vortrefflich,« sagte er mit wiedergewonnener guter Laune. »Dann wollen wir die Sache zusammen ergründen. Ich denke, wir suchen zuerst Forbes auf. Er kann uns wahrscheinlich über alle Einzelheiten unterrichten, die wir brauchen, bis sich herausstellt, von welcher Seite der Geschichte eigentlich beizukommen ist.«

»Hattest du nicht schon einen Anhaltspunkt?«

»Sogar mehrere. Aber erst bei genauerer Erkundigung wird sich finden, was sie wert sind. Zwecklose Verbrechen lassen sich am schwersten aufspüren. Doch dieses ist nicht zwecklos. Wer könnte Nutzen daraus ziehen? – Der französische Gesandte, der russische Gesandte und jeder, der einem von beiden den Vertrag verkauft, ferner Lord Holdhurst.«

»Lord Holdhurst!«

»Unmöglich ist es nicht, daß ein Staatsmann einmal in eine Lage gerät, die es ihm wünschenswert erscheinen läßt, wenn ein solches Schriftstück durch Zufall vernichtet wird.«

»Aber kein Ehrenmann wie Lord Holdhurst.«

»Ich spreche nur von einer Möglichkeit, die wir nicht aus den Augen lassen dürfen. Wir werden den edlen Lord noch heute sehen und erfahren, ob er uns etwas mitzuteilen hat. Inzwischen habe ich schon allerlei Schritte getan.«

»Schon jetzt?«

»Ja, ich habe auf dem Bahnhof in Woking an die Zeitungsredaktionen in London telegraphiert. Diese Anzeige hier wird in den Abendblättern erscheinen.«

Er reichte mir ein Blatt, das aus einem Notizbuch gerissen war und folgende, mit Bleistift gekritzelte Worte enthielt:

> *»Zehn Pfund Belohnung* – Für Angabe der Nummer derjenigen Droschke, welche einen Fahrgast an der Tür des Ministeriums des Äußeren in der Charlesstraße oder nicht weit davon um dreiviertel auf zehn Uhr am Abend des 23. Mai abgesetzt hat. Näheres Bakerstraße 221 b.«

»Du glaubst also, daß der Dieb in einer Droschke vorgefahren ist?«

»Ich kann mich irren, doch das schadet nichts. Wenn, wie Phelps versichert, weder im Zimmer noch auf dem Gang ein Versteck ist, so kann der Dieb nur von außen gekommen sein. Kam er aber bei so nassem Wetter von der Straße, ohne auf dem Linoleum, das bald nachher besichtigt wurde, Fußspuren zu hinterlassen, so hat er höchst wahrscheinlich eine Droschke benutzt. Ja, mir scheint, man kann mit Sicherheit auf eine Droschke schließen.«

»Du wirst wohl recht haben.«

»Das ist einer der Punkte, von denen ich sprach; vielleicht erfolgt etwas auf die Anzeige. Ferner die Glocke – sie spielt die bedeutsamste Rolle bei der Sache. Warum ist sie geläutet worden? Hat es der Dieb in frechem Übermut getan? Oder war jemand bei ihm, der dadurch das Verbrechen vereiteln wollte? Geschah es aus Zufall? Oder könnte es –?« Er versank wieder ganz in Nachdenken wie zuvor; mir aber, der ich jede seiner Stimmungen so genau kenne, wollte es fast scheinen, als sei ihm plötzlich eine neue Möglichkeit aufgegangen.

Gegen halb vier Uhr erreichten wir die Endstation, speisten rasch im Bahnhofrestaurant und fuhren sofort aufs Polizeiamt. Holmes hatte schon dorthin telegraphiert, und Forbes erwartete uns. Der kleine Mann bereitete uns einen sehr frostigen Empfang, sobald er hörte, was wir von ihm wollten; sein scharfes Fuchsgesicht nahm einen wenig liebenswürdigen Ausdruck an.

»Ich habe schon von Ihrer Methode gehört, Herr Holmes,« sagte er mit spitzem Ton. »Erst lassen Sie sich von der Polizei alle Auskunft geben, über die sie verfügt, und führen dann die Angelegenheit auf eigene Hand weiter, um die Beamten in Mißkredit zu bringen.«

»Im Gegenteil,« versetzte Holmes, »nur in vier Fällen von den letzten dreiundfünfzig, bei denen ich beteiligt war, ist mein Name überhaupt genannt worden; bei den übrigen neunundvierzig Fällen hatte man alles Verdienst der Polizei zugeschrieben. Sie können das nicht wissen, denn Sie sind noch jung und unerfahren; wollen Sie aber vorwärts kommen in Ihrem neuen Beruf, so werden Sie gut tun, gemeinsame Sache mit mir zu machen, anstatt mir entgegen zu handeln.«

»Einige Winke wären mir sehr willkommen,« sagte der Geheimpolizist in verändertem Ton. »Bis jetzt habe ich allerdings keine Lorbeeren bei dem Fall geerntet.«

»Was für Schritte haben Sie getan?«

»Wir haben den Türhüter Tangey überwacht. Bei der Garde hat er sich nichts zu Schulden kommen lassen, und es liegt nichts gegen ihn vor. Seine Frau ist aber eine schlechte Person. Vermutlich weiß sie mehr von der Sache, als es den Anschein hat.«

»Ist sie beobachtet worden?«

»Eine Polizistin hat ein Auge auf sie. Frau Tangey ist dem Trunk ergeben, und unsere Angestellte hat ihr zweimal Gesellschaft geleistet, bis ihr der Branntwein die Zunge löste, doch bekam sie nichts aus ihr heraus.«

»Ich hörte, daß der Gerichtsvollzieher bei den Leuten im Hause war.«

»Ja, aber sie haben Zahlung geleistet.«

»Woher kam das Geld?«

»Das ging ganz mit rechten Dingen zu. Er hatte seine Pension zu fordern. Nichts deutet darauf hin, daß sie andere Mittel besitzen.«

»Weshalb ist *sie* heraufgekommen, als Phelps nach dem Kaffee klingelte? Welchen Grund gibt sie dafür an?«

»Sie sagt, ihr Mann wäre sehr müde gewesen; sie hätte ihm helfen wollen.«

»Das stimmt zu dem Umstand, daß er bald darauf im Stuhl eingeschlafen ist.«

»Es liegt also nichts gegen die Leute vor, außer, daß die Frau in schlechtem Rufe steht.«

»Warum ist sie an jenem Abend in so großer Eile davongegangen, daß es dem Schutzmann aufgefallen ist?«

»Sie hatte sich verspätet und wollte rasch nach Hause kommen.«

»Herr Phelps und Sie sind wenigstens zwanzig Minuten nach ihr fortgefahren, und doch waren Sie vor ihr dort; wie erklärt sie das?«

»Ein Omnibus fährt um so viel langsamer als die Droschke.«

»Weshalb ist sie aber gleich so eilig in die Küche gelaufen?«

»Weil sie dort das Geld für den Gerichtsvollzieher verwahrt hatte.«

»Sie ist wenigstens um keine Antwort verlegen. Haben Sie sie gefragt, ob ihr nicht, als sie das Haus verließ, irgend jemand in der Charlesstraße begegnet ist?«

»Niemand, außer dem Schutzmann.«

»Sie haben ja ein recht gründliches Kreuzverhör mit ihr angestellt. Ist sonst noch etwas seitens der Polizei geschehen?«

»Der Schreiber Gorot ist seit neun Wochen genau beobachtet worden, aber ohne Erfolg. Wir können ihm nichts nachweisen.«

»Ist das alles?«

»Ja – es hat sich kein neuer Anhaltspunkt gefunden – keine Verdachtsgründe irgend welcher Art.«

»Was ist Ihre Ansicht über das Läuten der Glocke?«

»Ich gestehe, das geht über mein Verständnis. Der Täter muß ein bodenlos frecher Mensch sein, auch noch Lärm zu schlagen.«

»Ja, das ist und bleibt sonderbar. Besten Dank für Ihre Mitteilungen, Herr Forbes. Wenn ich Ihnen den Mann ausliefern kann, sollen Sie von mir hören. – Aber nun vorwärts, Watson!«

»Wohin jetzt?« fragte ich, als wir das Polizeibureau verließen.

»Zu Lord Holdhurst, dem großen Staatsmann und künftigen Premierminister von England.«

Es traf sich günstig, daß der edle Lord noch im Ministerium anwesend war; Holmes gab seine Karte ab, und wir wurden sogleich vorgelassen. Lord Holdhurst empfing uns mit der ihm eigenen altmodischen Verbindlichkeit und bat uns, auf den kostbaren Lehnstühlen Platz zu nehmen, die an beiden Seiten des Kamins standen. Er selbst blieb zwischen uns auf dem Teppich stehen.

»Ein echter Edelmann!« mußte ich denken, als ich seine hohe, schlanke Gestalt, das kluge Gesicht mit den scharfen Zügen, das frühzeitig ergraute lockige Haupthaar – mit einem Wort, seine ganze vornehme Erscheinung sah.

»Ihr Name ist mir sehr wohlbekannt, Herr Holmes,« sagte er lächelnd. »Und auch über den Zweck Ihres Besuchs bin ich nicht im Zweifel. Außer einem einzigen Vorfall hat sich hier im Ministerium nichts ereignet, was Ihr Interesse in Anspruch nehmen könnte. Darf ich fragen, wer Sie mit der Sache betraut hat?«

»Herr Percy Phelps,« erwiderte Holmes.

»Ach, mein unglücklicher Neffe! Sie begreifen, daß ich schon wegen unseres Verwandtschaftsverhältnisses ganz außer stande bin, ihn in Schutz zu nehmen. Der Vorfall wird ihm in seiner Laufbahn sehr hinderlich sein, fürchte ich.«

»Aber wenn sich das Schriftstück wiederfände?«

»Das würde die Sache freilich ändern.«

»Ich möchte mir erlauben, ein paar Fragen an Sie zu richten, Lord Holdhurst.«

»Wenn ich Ihnen irgendwie behilflich sein kann, werde ich mich glücklich schätzen.«

»War dies das Zimmer, in dem Sie Ihre Anordnungen betreffs der Abschrift des Dokuments gaben?«

»Jawohl.«

»Dann könnten Sie kaum belauscht worden sein.«

»Daran ist nicht zu denken.«

»Haben Sie Ihr Vorhaben, den Vertrag abschreiben zu lassen, gegen irgend jemand erwähnt?«

»Mit keiner Silbe.«

»Sie wissen das ganz bestimmt?«

»Es unterliegt keinem Zweifel.«

»Wenn also weder Herr Phelps noch Sie sich darüber irgendwie geäußert haben und sonst kein Mensch um die Sache wußte, dann ist der Dieb rein zufällig in das Zimmer gekommen. Die Gelegenheit war ihm günstig und er benutzte sie.«

Der Staatsmann lächelte. »Das liegt außerhalb meines Bereichs; Sie können recht haben.«

Holmes überlegte einen Augenblick. »Noch einen andern wichtigen Punkt möchte ich mit Ihnen besprechen,« sagte er. »Ich höre, Sie fürchteten, das Bekanntwerden dieses Vertrags möchte sehr ernste Folgen nach sich ziehen.«

Ein Schatten flog über Lord Holdhursts ausdrucksvolles Gesicht. »Die allerernstesten Folgen.«

»Und sie sind eingetreten?«

»Noch nicht.«

»Wenn der Vertrag zum Beispiel in das französische oder russische Ministerium des Äußeren gelangt wäre, so würde es Ihnen vermutlich zu Ohren gekommen sein.«

»Das steht zu erwarten,« sagte der Lord mit finsterer Miene.

»Da nun fast zehn Wochen vergangen sind und keine Aussprache erfolgt ist, so dürfen wir mit Fug und Recht annehmen, daß der Vertrag nicht ausgeliefert worden ist.«

Holdhurst zuckte die Achseln. »Es läßt sich doch kaum denken, Herr Holmes, daß der Dieb den Vertrag gestohlen hat, um ihn bei sich unter Glas und Rahmen aufzuhängen.«

»Vielleicht wartet er noch, um einen besseren Preis zu erzielen.«

»Wenn er noch lange wartet, wird er nur das leere Nachsehen haben. In wenigen Monaten ist der Vertrag kein Geheimnis mehr.«

»Ein höchst wichtiger Umstand,« sagte Holmes. »Der Dieb könnte ja plötzlich von einer Krankheit befallen worden sein –«

»Zum Beispiel von einer Gehirnentzündung?« fragte der Staatsmann, ihn mit raschem Blicke musternd.

»Das habe ich nicht gesagt,« erwiderte Holmes voll unerschütterlicher Ruhe. »Aber wir dürfen Ihre kostbare Zeit nicht allzu lange in Anspruch nehmen, Lord Holdhurst; erlauben Sie, daß wir uns empfehlen.«

»Ich wünsche Ihrer Untersuchung den besten Erfolg, mag der Verbrecher sein, wer er will,« sagte der Edelmann noch beim Abschied, während er uns bis zur Tür begleitete.

»Ein wackerer Herr,« meinte Holmes, als wir wieder auf der Straße standen; »aber es wird ihm nicht leicht, seine Stellung zu behaupten. Er ist nicht reich, und es werden viele Ansprüche an ihn gemacht. Du hast wohl auch bemerkt, daß er neubesohlte Stiefel trägt. – Nun will ich dich aber nicht länger von deiner eigenen Berufsarbeit abwendig machen, Watson. Heute unternehme ich so wie so nichts mehr, außer wenn ich Antwort auf meine Droschken-Anzeige erhalte. Einen großen Gefallen könntest du mir aber tun, wenn du mich morgen um dieselbe Zeit nach Woking begleiten wolltest.«

*

So fuhren wir denn am nächsten Morgen wieder zusammen nach Woking. Es war keinerlei Licht in das Dunkel gekommen, und Holmes hatte keine Nachricht auf seine Anzeige. Seine Gesichtszüge konnten so unbeweglich sein, wie die einer indianischen Rothaut, wenn es ihm gut dünkte; auch jetzt war ich außer stande, in seinen Mienen zu lesen, ob ihn die Lage der Angelegenheit befriedigte oder nicht. Unsere Unterhaltung drehte sich, soviel ich mich erinnere, um Bertillons treffliches Messungssystem, und er rühmte das Verdienst dieses französischen Gelehrten in begeisterten Worten.

Wir fanden unsern Klienten noch in der Pflege seiner getreuen Wärterin; er sah jedoch weit besser aus als tags zuvor. Bei unserem Eintritt stand er vom Sofa auf und begrüßte uns lebhaft.

»Was bringen Sie mir?« fragte er begierig.

»Nur Negatives, wie sich voraussehen ließ,« erwiderte Holmes. »Ich habe Forbes gesprochen, Ihren Oheim besucht und verschiedene Erkundigungen eingezogen, die zu etwas führen könnten.«

»Sie haben also nicht den Mut verloren?«

»Durchaus nicht.«

»Gottlob, daß Sie das sagen,« rief Fräulein Harrison. »Wenn wir nur Geduld behalten und die Hoffnung nicht aufgeben, muß die Wahrheit ja doch zuletzt an den Tag kommen.«

»Wir können Ihnen mehr mitteilen als Sie uns,« meinte Phelps, der wieder auf seinem Lager Platz genommen hatte.

»So – das ist mir lieb.«

»Ich habe heute nacht ein Abenteuer erlebt, das recht schlimm hätte ausfallen können.« Seine Miene wurde sehr ernst, und in seinen Augen war förmliche Angst zu lesen. »Wissen Sie,« fuhr er fort, »ich fange wirklich an zu glauben, daß ich der Zielpunkt einer gefährlichen Verschwörung bin. Nicht genug, daß man mir die Ehre abgeschnitten hat, jetzt trachtet man mir auch nach dem Leben.«

»Wahrhaftig?!« rief Holmes.

»Es klingt unglaublich; meines Wissens habe ich auf der Welt keinen Feind. Aber nach der Erfahrung der letzten Nacht muß ich es wirklich annehmen.«

»O bitte, erzählen Sie!«

»Das will ich, doch müssen Sie vor allem wissen, daß ich letzte Nacht zum erstenmal keine Wärterin bei mir im Zimmer hatte. Ich fühlte mich so viel wohler, daß ich glaubte, sie nicht mehr zu brauchen; doch ließ ich mein Nachtlicht brennen. Gegen zwei Uhr morgens lag ich eben in leichtem Schlummer, als ein schwaches Geräusch mich weckte. Es klang, als ob eine Maus am Holzwerk nage. Eine Weile lag ich da und horchte, dann wurde der Ton lauter, und vom Fenster her kam ein scharfes, metallisches Klirren. Entsetzt fuhr ich empor. Was das Geräusch zu bedeuten hatte, war jetzt klar. Die schwächeren Töne rührten von einem Werkzeug her, das in den Schlitz zwischen die Fensterläden hineingepreßt wurde, und dann hatte sich der Riegel in die Höhe geschoben.

»Nun blieb etwa zehn Minuten alles still, als warte der Draußenstehende, ob der Lärm mich aufgeweckt habe. Dann vernahm ich ein leises Knarren und das Fenster ward vorsichtig geöffnet. Länger ertrug ich die Spannung nicht; meine Nerven sind noch nicht so stark wie früher. Ich sprang aus dem Bett und stieß den Laden auf. Ein Mann kauerte vor dem Fenster. Ich konnte nur wenig von ihm sehen, denn er floh davon wie der Blitz. Er war ganz in einen Mantel gewickelt, der den unteren Teil seines Gesichts verhüllte. Eins nur weiß ich mit Bestimmtheit, nämlich, daß er eine Waffe in der Hand trug; wahrscheinlich ein langes Messer, ich sah deutlich die funkelnde Klinge, als er sich zur Flucht wandte.«

»Das ist ja höchst interessant,« sagte Holmes; »und was taten Sie dann?«

»Wäre ich stärker gewesen, so würde ich ihm durch das offene Fenster nachgesprungen sein. So aber mußte ich mich begnügen, das Haus wach zu klingeln. Das dauerte einige Zeit, da die Glocke in der Küche hängt und die Dienerschaft im oberen Stock schläft. Auf mein Schreien nach Hilfe kam jedoch Josef herbei und weckte die übrigen. Josef und der Stallknecht fanden Fußtritte in dem Blumenbeet unter dem Fenster, aber auf dem Rasen ließ sich die Spur nicht verfolgen, die Witterung ist in letzter Zeit zu trocken gewesen. An dem hölzernen Zaun nach der Straße zu fand sich aber eine Stelle, die aussieht, als sei man dort übergestiegen; das Staket ist oben abgebrochen. Noch habe ich der Ortspolizei keine Anzeige gemacht, da ich es für besser hielt, erst Ihre Ansicht zu hören.«

Die Erzählung unseres Klienten schien auf Sherlock Holmes einen großen Eindruck zu machen. Er stand von seinem Sitz auf und ging in starker Erregung im Zimmer hin und her.

»Ein Unglück kommt selten allein,« sagte Phelps lächelnd, obgleich man ihm wohl ansehen konnte, daß der nächtliche Überfall ihn stark mitgenommen hatte.

»Das trifft bei Ihnen wirklich zu,« meinte Holmes. »Wären Sie wohl imstande, mit mir um das Haus herumzugehen?«

»O ja, etwas Sonnenschein würde mir gut tun. Josef wird uns begleiten.«

»Auch ich will mitgehen,« sagte Fräulein Harrison.

»Ich fürchte, das kann ich nicht gestatten,« versetzte Holmes kopfschüttelnd. »Bitte, bleiben Sie hier sitzen, gerade wo Sie sind.«

Die junge Dame nahm mit etwas unzufriedener Miene ihren Platz wieder ein. Ihr Bruder gesellte sich jedoch zu uns, und wir vier gingen miteinander um den Rasenplatz vor dem Fenster des jungen Diplomaten. Die Fußspuren auf dem Blumenbeet waren ganz undeutlich und verwischt. Holmes beugte sich einen Augenblick nieder, um sie zu betrachten, richtete sich aber gleich wieder achselzuckend empor.

»Daraus könnte wohl niemand klug werden,« sagte er. »Lassen Sie uns um das Haus herum gehen und überlegen, warum der Einbrecher gerade dieses Zimmer gewählt hat. Die größeren Fenster im Wohnzimmer und Speisezimmer wären doch besser für seinen Zweck gewesen.«

»Aber sie sind sichtbarer von der Straße aus,« warf Josef Harrison ein.

»Ja so, natürlich. Die Tür dort hätte er aber aufbrechen können. Wohin führt sie?«

»Es ist die Hintertür für Lieferanten und Dienerschaft. Nachts wird sie regelmäßig verschlossen.«

»Ist schon früher hier einmal eingebrochen worden?«

»Nein, nie,« antwortete Phelps.

»Haben Sie viel Silberzeug im Hause, oder andere Kostbarkeiten, von denen die Diebe angelockt werden?«

»Keine Wertgegenstände.«

Holmes schlenderte mit den Händen in den Taschen um das Haus herum; er trug ein nachlässiges Wesen zur Schau, das ihm sonst fremd war.

»Sie sollen ja den Platz gefunden haben, wo der Kerl über den Zaun gestiegen ist,« wandte er sich an Josef Harrison. »Wir wollen uns das doch einmal ansehen.«

Der junge Mann führte uns an eine Stelle, wo der obere

Teil des Stakets abgebrochen war. Ein Stück davon hing noch herunter. Holmes brach es ab und untersuchte es prüfend

»Glauben Sie, daß das vergangene Nacht geschehen ist? Mir scheint, es ist ein alter Schaden.«

»Das kann wohl sein.«

»Auch sieht man drüben keine Spur, daß jemand über den Zaun gesprungen ist. Nein, das wird uns wenig helfen. Lassen Sie uns jetzt in das Haus zurückgehen und die Angelegenheit miteinander besprechen.«

Percy Phelps ging sehr langsam, auf den Arm seines künftigen Schwagers gelehnt, während ich mit Holmes rasch über den Rasen schritt, so daß wir vor dem offenen Fenster des Schlafzimmers standen, ehe noch die andern in unsere Nähe kamen.

»Fräulein Harrison,« sagte Holmes sehr eindringlich und mit großem Nachdruck, »Sie müssen den ganzen Tag über bleiben, wo Sie sind. Lassen Sie sich durch nichts von der Stelle vertreiben. Es ist von der allerhöchsten Wichtigkeit.«

»Gewiß, wenn Sie es wünschen, Herr Holmes,« erwiderte das Fräulein verwundert.

»Wenn Sie zu Bette gehen, bitte ich Sie, die Tür von außen zu verschließen und den Schlüssel mitzunehmen. Geben Sie mir Ihr Wort darauf?«

»Aber Percy –?«

»Er fährt mit uns nach London.^

»Und ich soll hier bleiben?«

»Ja, um seinetwillen. Sie leisten ihm einen Dienst. Rasch! Versprechen Sie es mir!«

Sie nickte zustimmend, gerade als die beiden andern herankamen.

»Warum sitzest du hier und fängst Grillen, Annie? Komm heraus in den Sonnenschein!« rief ihr Bruder.

»Nein, danke Josef. Ich habe etwas Kopfweh, und die Kühle und Ruhe hier im Zimmer ist mir eine Wohltat.«

»Was würden Sie jetzt vorschlagen, Herr Holmes?« fragte unser Klient.

»Wir dürfen über diesen untergeordneten Fall die Hauptsache nicht aus den Augen lassen. Es wäre mir eine große Hilfe, wenn Sie mit uns nach London kommen könnten.«

»Sofort?«

»Ja, das heißt, so rasch es sich einrichten läßt. Etwa in einer Stunde.«

»Ich fühle mich stark genug dazu, wenn ich Ihnen wirklich nützen kann.«

»Ohne allen Zweifel.«

»Vielleicht möchten Sie, daß ich über Nacht dort bleibe?«

»Das wollte ich Ihnen gerade vorschlagen.«

»Wenn dann mein Freund seinen nächtlichen Besuch wiederholen will, findet er den Vogel ausgeflogen. – Wir geben uns ganz in Ihre Hände, Herr Holmes. Sie brauchen nur zu sagen, was geschehen soll. Wünschen Sie vielleicht, daß Josef mitkommt, um für mich zu sorgen?«

»O nein; mein Freund Watson ist Arzt, wie Sie wissen, und wird sich Ihrer annehmen. Wenn es Ihnen recht ist, frühstücken wir erst hier und fahren dann alle drei zusammen nach der Stadt.«

Alles wurde eingerichtet, wie er es wollte. Fräulein Harrison erschien nicht bei der Mahlzeit. Sie durfte ja nach Holmes' Anordnung das Zimmer nicht verlassen. Was der Zweck von allen diesen Veranstaltungen war, begriff ich nicht; ich konnte mir nur denken, daß mein Freund die junge Dame von Phelps trennen wollte, der voll Freude über seine wiederkehrende Gesundheit und Tatkraft mit uns im Eßzimmer frühstückte. Die größte Überraschung erwartete uns indessen noch, als Holmes mit auf den Bahnhof ging, uns beim Einsteigen in den Zug behilflich war und dann ruhig erklärte, er habe nicht die Absicht, Woking zu verlassen.

»Ehe ich fortgehe, muß ich erst noch über einige Kleinigkeiten ins reine kommen,« sagte er. »In gewisser Hinsicht wird mir das durch Ihre Abwesenheit erleichtert, Herr Phelps. – Du tust mir wohl den Gefallen, Watson, sobald ihr in London angekommen seid, mit unserem Freunde nach der Bakerstraße zu fahren und bei ihm zu bleiben, bis ich zu euch komme. Es trifft sich gut, daß ihr alte Schulkameraden seid und mancherlei Erinnerungen zu besprechen haben werdet. Herr Phelps kann in deinem ehemaligen Zimmer schlafen, und morgen werde ich mich rechtzeitig zum Frühstück einstellen; um acht Uhr ist der Zug auf der Waterloo-Station.«

»Aber was wird denn aus unserer Nachforschung in London?« fragte Phelps betrübt.

»Die können wir morgen vornehmen. Ich glaube, daß ich im Augenblick hier von größerem Nutzen bin.«

»Sagen Sie, bitte, in Brierbrae, daß ich hoffe, morgen abend wieder daheim zu sein,« rief Phelps, als sich der Zug schon in Bewegung setzte.

»Ich werde schwerlich in Brierbrae vorsprechen,« gab Holmes zurück und winkte uns noch ein Lebewohl zu, als wir zum Bahnhof hinausfuhren.

Wir besprachen diese neue Wendung der Dinge miteinander, Phelps und ich, kamen aber zu keinem befriedigenden Ergebnis.

»Er wird wohl dem nächtlichen Einbrecher nachspüren wollen,« meinte Phelps; »ich meinerseits glaube nicht, daß es ein gewöhnlicher Dieb war.«

»Wie denkst du dir denn den Zusammenhang?«

»Meiner Treu – schreib' es meinen schwachen Nerven zu, wenn du willst, aber ich bin überzeugt, daß eine tief angelegte, politische Intrigue im Werke ist, und daß die Verschwörer mir, aus irgend einem Grunde, der über mein Verständnis geht, nach dem Leben trachten. Die Behauptung klingt anmaßend und abgeschmackt, aber betrachte einmal die Tatsachen: Weshalb sollte der Dieb versuchen, in ein Schlafzimmer einzusteigen, wo er auf keine Beute hoffen darf – und wozu trug er das Dolchmesser in der Hand?«

»War es denn nicht etwa ein Stemmeisen, um damit einzubrechen?«

»Nein, nein – ich habe die Klinge blitzen sehen.«

»Wer sollte dich aber mit solcher Feindseligkeit verfolgen?«

»Ja, das ist mir ein Rätsel.«

»Möglich, daß Holmes deine Ansicht teilt; es würde sein Verfahren erklären. Wenn diese Annahme richtig ist und er des Menschen habhaft wird, der dich letzte Nacht bedrohte, so wäre damit schon ein großer Schritt geschehen, um ausfindig zu machen, wer den Marine-Vertrag gestohlen hat. Daß du zwei Feinde haben solltest, von denen dich der eine bestiehlt, während der andere dir nach dem Leben trachtet, läßt sich schwerlich annehmen.«

»Aber Herr Holmes versicherte ja, er ginge nicht nach Brierbrae.«

»Ich kenne ihn schon seit geraumer Zeit,« sagte ich, »und weiß, daß er nichts ohne guten Grund tut.«

Unsere Unterhaltung drehte sich nun um andere Dinge. Phelps fühlte sich noch recht schwach nach der langen Krankheit, und sein Mißgeschick machte ihn reizbar und ungeduldig. Vergebens bemühte ich mich, ihn für meine Erlebnisse in Afghanistan und Indien zu interessieren oder allerlei soziale Fragen mit ihm zu besprechen. Er ließ sich nicht zerstreuen und auf andere Gedanken bringen, sondern kam immer wieder auf den gestohlenen Vertrag zurück. Was wohl Holmes jetzt täte, welche Maßregeln Lord Holdhurst ergreifen werde, was uns der nächste Morgen bringen könne – diese und ähnliche Fragen beschäftigten ihn ohne Unterlaß. Im weiteren Verlauf des Abends nahm seine Erregung in peinlichem Grade zu.

»Du meinst also, man kann sich fest auf Holmes verlassen?« fragte er.

»Ich habe schon merkwürdige Dinge mit ihm erlebt.«

»Aber er hat doch wohl noch nie ein so dunkles Geheimnis enträtselt?«

»O ja; er hat schon Fälle aufgeklart, die noch weniger Anhaltspunkte boten als der deinige.«

»Aber so wichtige Interessen standen wohl nicht auf dem Spiel?«

»Vielleicht doch. Ich weiß, daß er für drei regierende europäische Herrscherhäuser in sehr verwickelten Sachen tätig war.«

»Also du kennst ihn genau, Watson? Er hat ein so unergründliches Wesen, daß man nie weiß, wie man mit ihm daran ist. Glaubst du, daß er die Aussichten für gut hält? Hofft er wohl auf Erfolg?«

»Er hat nichts darüber gesagt.«

»Das ist ein schlechtes Zeichen.«

»Im Gegenteil, meistens gesteht er es offen ein, falls er die Spur verliert. Am schweigsamsten ist er, wenn er eine Fährte gefunden hat und noch zweifelt, ob es auch die rechte sein wird. Aber glaube mir, alter Junge, es nützt nichts, sich über die Sache aufzuregen, ich bitte dich dringend, jetzt zu Bett zu gehen, damit du ganz bei Kräften bist für alles, was morgen kommen kann.«

Es gelang mir endlich, ihn zu überreden, daß er meinem Rate folgte, obgleich ich wußte, er würde bei seinen erregten Nerven kaum Schlaf finden können. Sein Zustand war sogar ansteckend, denn auch ich wälzte mich die halbe Nacht ruhelos umher und brütete über dem seltsamen Problem. Wozu war Holmes in Woking geblieben? Warum hatte er Fräulein Harrison gebeten, den ganzen Tag über das Krankenzimmer nicht zu verlassen? Weshalb war ihm so viel daran gelegen, daß man in Brierbrae nichts von seiner Anwesenheit wußte? – Ich zermarterte mein Hirn, bis ich endlich über dem Bemühen eine Erklärung zu finden, welche Antwort auf alle diese Fragen gab, in Schlaf versank.

Es war sieben Uhr, als ich erwachte, und ich eilte sofort zu Phelps, den ich sehr matt und angegriffen fand nach der durchwachten Nacht. Seine erste Frage war, ob Holmes schon da sei.

»Er wird zu der versprochenen Zeit kommen,« sagte ich »keinen Augenblick früher oder später.«

Was ich behauptete, ging in Erfüllung, denn kurz nach acht Uhr kam eine Droschke rasch vorgefahren und mein Freund stieg aus. Am Fenster stehend bemerkten wir, daß seine linke Hand verbunden war, auch sah er sehr bleich und ernsthaft aus. Er trat ins Haus, doch dauerte es eine Weile, bis er die Treppe heraufkam.

»Ganz wie ein Besiegter,« klagte Phelps.

Ich mußte ihm recht geben. »Wahrscheinlich werden wir doch noch suchen müssen, die Sache hier in der Stadt zu erforschen,« äußerte ich. Phelps seufzte schwer.

»Ich weiß nicht, weshalb,« sagte er, »aber ich hatte so große Hoffnungen auf seine Rückkehr gebaut. Übrigens trug er gestern die Hand noch nicht in der Binde. Es muß also etwas geschehen sein.«

»Du bist doch nicht verwundet, Holmes?« fragte ich, als mein Freund eintrat.

»Unsinn – nur eine Schramme; meine eigene Ungeschicklichkeit ist schuld daran,« versetzte er und nickte uns seinen Morgengruß zu. »Das muß ich sagen, Herr Phelps, Ihre Sache ist eine der dunkelsten, die ich je unter den Händen gehabt habe.«

»Ich fürchtete gleich, sie würde über Ihre Kräfte gehen.«

»Jedenfalls ein merkwürdiges Erlebnis.«

»Deine Binde läßt auf ein Abenteuer schließen. Willst du uns nicht sagen, was dir zugestoßen ist?«

»Nach dem Frühstück, mein lieber Watson. Vergiß nicht, daß ich heute früh schon dreißig Meilen weit in der frischen Luft von Surrey gefahren bin. Ist etwa eine Antwort auf meine Droschken-Anzeige gekommen? – Nein? – Nun man kann auch nicht immer den Nagel auf den Kopf treffen.«

Der Tisch war schon gedeckt, und eben wollte ich klingeln, als Frau Hudson mit Tee und Kaffee hereinkam. Einige Minuten später brachte sie ein paar zugedeckte Schüsseln, und wir nahmen am Tische Platz, Holmes hungrig wie ein Rabe, ich sehr gespannt und Phelps in der düstersten Stimmung.

»Frau Hudson hat sich selbst übertroffen,« sagte Holmes, den Deckel von einem Hühnerfricassé abhebend. »Ihre Küche ist zwar beschränkt, aber sie weiß doch, was zu einem guten Frühstück gehört. – Was hast du da, Watson?«

»Schinken und Eier,« antwortete ich.

»So? Soll ich Ihnen vorlegen, Herr Phelps, oder wollen Sie selbst zulangen?«

»Danke, ich kann nichts essen,« erwiderte er.

»Ach was! Versuchen Sie es einmal mit der Schüssel, die vor Ihnen steht.«

»Nein, ich muß wirklich danken.«

»Nun,« sagte Holmes mit listigem Augenblinzeln, »dann darf ich Sie wohl bitten, mir etwas davon zu geben.«

Phelps hob den Deckel in dic Höhe, stieß einen Schrei aus und starrte mit kreideweißem Gesicht die Schüssel an. Mitten darauf lag eine Rolle von blaugrauem Papier. Er griff danach, verschlang sie mit den Augen, drückte sie an sein Herz, tanzte damit im Zimmer herum und jubelte laut vor Entzücken. Dann sank er in den Lehnstuhl zurück und war so erschöpft und matt vor Gemütsbewegung, daß wir ihm ein paar Löffel Branntwein einflößen mußten, damit er nur nicht in Ohnmacht fiele.

»Nur ruhig, ruhig,« sagte Holmes, ihm auf die Schulter klopfend. »Es war recht schlecht von mir, Sie so damit zu überraschen. Aber Watson wird Ihnen sagen, daß ich nie widerstehen kann, wenn es sich um eine dramatische Wirkung handelt.«

Phelps ergriff seine Hand, die er gerührt an die Lippen führte. »Gottes Segen über Sie,« rief er, »Sie haben meine Ehre gerettet.«

»Meine eigene Ehre stand ja auch auf dem Spiel,« erwiderte

Holmes; »mir ist ein Mißerfolg gerade so empfindlich, wie Ihnen eine Pflichtversäumnis.«

Phelps barg das kostbare Schriftstück in seiner inneren Rocktasche.

»Ich finde es grausam, Sie noch länger beim Frühstück zu stören,« sagte er, »und doch vergehe ich fast vor Ungeduld zu erfahren, wo das Papier war und wie Sie es entdeckt haben.«

Mein Freund goß rasch eine Tasse Kaffee hinunter und machte sich über die Eier und den Schinken her. Dann stand er auf, zündete seine Pfeife an und nahm im Lehnstuhl Platz.

»Ich will euch sagen, was ich zuerst tat, und wie alles nachher ausgefallen ist,« begann er. »Nachdem euer Zug fort war, machte ich einen wunderhübschen Spaziergang in der reizenden Umgegend, bis zu dem Dörfchen Ripley, wo ich im Wirtshaus Tee trank und mir in weiser Vorsicht die Weinflasche füllen und ein paar belegte Brötchen einwickeln ließ. Bis zum Abend blieb ich dort und ging dann nach Woking zurück; bald nach Sonnenuntergang befand ich mich auf der Landstraße bei Brierbrae. Die Straße ist wohl nie sehr besucht, doch wartete ich, bis sie ganz menschenleer war, und kletterte dann über den Zaun in den Garten.«

»War denn das Tor nicht offen?« fragte Phelps verwundert.

»Freilich; aber ich habe in diesen Dingen meinen eigenen Geschmack. Ich wählte die Stelle, wo die drei Tannen stehen, und in ihrem Schutz gelangte ich hinüber, ohne daß mich jemand vom Hause her sehen konnte. Ich kauerte mich drinnen unter die Büsche und kroch von einem zum andern – die Kniee meiner Beinkleider können davon Zeugnis geben – bis ich das Rhododendrongebüsch Ihrem Schlafzimmerfenster gegenüber erreicht hatte. Da legte ich mich auf die Erde und wartete der Dinge, die da kommen sollten.

»Der Vorhang in Ihrem Zimmer war nicht geschlossen, und ich konnte Fräulein Harrison sehen, die lesend am Tische saß.

Um ein viertel auf elf klappte sie ihr Buch zu und zog sich zurück. Ich hörte sie die Tür zumachen und war überzeugt, daß sie den Schlüssel im Schloß umgedreht und zu sich gesteckt hatte.«

»Den Schlüssel?« fragte Phelps.

»Ja; ich hatte das Fräulein gebeten, die Tür von außen zu verschließen und den Schlüssel mitzunehmen, wenn sie zu Bett ginge. Sie hatte alle meine Anordnungen aufs pünktlichste ausgeführt; ohne ihre Hilfe würden Sie jetzt schwerlich das Schriftstück in der Rocktasche haben. – Sie entfernte sich, die Lichter im Hause erloschen, und ich blieb in dem Gebüsch auf der Erde liegen. Die Luft war warm, aber die Nachtwache doch recht ermüdend. Natürlich empfand ich auch eine Art Aufregung dabei, wie sie der Jäger fühlt, der am Waldbach liegt und auf das Hochwild lauert. Die Kirchenuhr in Woking schlug die Viertelstunden an, und ich glaubte mehr als einmal, sie müsse stehen geblieben sein. Endlich, gegen zwei Uhr morgens hörte ich plötzlich, daß ein Riegel leise fortgezogen wurde und ein Schlüssel im Schloß klirrte. Gleich darauf öffnete sich die Hintertür, und Herr Josef Harrison trat in den Mondschein heraus.«

»Was – Josef!« rief Phelps.

»Er war barhäuptig, hatte aber einen schwarzen Mantel übergeworfen, mit dem er sein Gesicht augenblicklich verhüllen konnte, wenn Lärm entstand. Er schlich auf den Fußspitzen an der Mauer hin, und als er das Fenster erreichte, steckte er ein Messer mit langer Klinge unter den Fensterrahmen, schob den Riegel zurück und stieß das Fenster in die Höhe. Dann bohrte er das Messer durch einen langen Spalt im inneren Laden, hob die Querstange ab und öffnete ihn.

»Von der Stelle aus, wo ich lag, konnte ich allen seinen Bewegungen folgen und das ganze Zimmer übersehen. Er zündete drinnen die beiden Lichter auf dem Kaminsims an und begann die Ecke des Teppichs neben der Tür aufzuheben. Dann bückte er sich und nahm ein viereckiges Stück der Diele heraus, das wohl beim Legen der Gasröhren nicht befestigt worden war, um etwaige Ausbesserungen zu erleichtern; der Anschluß des Rohrs nach der Küche zu mußte dort sein. Aus der Vertiefung holte er die Papierrolle hervor, paßte das Brett wieder ein, deckte den Teppich darüber, blies die Lichter aus und lief mir dann geradeswegs in die Arme, denn ich stand draußen vor dem Fenster und wartete auf ihn.

»Herr Josef hat übrigens mehr Bosheit im Leibe, als ich ihm zugetraut hätte. Er stieß mit dem Messer nach mir; ich mußte ihn erst zweimal zu Boden werfen und erhielt einen Schnitt quer über das Handgelenk, ehe ich die Oberhand bekam. Das eine Auge, mit dem er noch sehen konnte, als wir zwei miteinander fertig waren, funkelte zwar vor Mordlust, aber er nahm doch Vernunft an und lieferte mir das Schriftstück aus. Sobald ich es hatte, ließ ich den Mann laufen; doch versäumte ich es nicht, die Geschichte gleich heute früh ausführlich an Forbes zu telegraphieren. Wenn er sich sehr beeilt, kann er den Vogel noch fangen. Findet er aber, wie ich vermute, das Nest bereits leer, so ist das um so besser für die Regierung. Lord Holdhurst und Percy Phelps werden es wahrscheinlich lieber sehen, wenn die ganze Sache niemals vor das Polizeigericht kommt.«

»Großer Gott!« stieß unser Klient keuchend hervor, »ist es denn möglich, daß während der langen entsetzlichen zehn Wochen voll namenloser Angst die gestohlenen Papiere bei mir im Zimmer gelegen haben?«

»Ganz recht – so war es.«

»Und Josef – ein Dieb und ein Bösewicht!«

»Josef ist allerdings ein versteckterer und gefährlicherer Charakter, als man nach seinem Äußeren denken sollte. Er hat mit großem Verlust an der Börse gespielt, wie ich heute morgen von ihm erfuhr, und schreckte nun vor nichts zurück, um wieder zu Gelde zu kommen. Als sich ihm die Gelegenheit bot, machte der durch und durch selbstsüchtige Mensch sich kein Gewissen daraus, Ihren guten Namen zu zerstören und seiner Schwester Glück zu opfern.«

Percy Phelps sank in den Stuhl zurück. »Ich bin wie betäubt,« sagte er, »es schwirrt mir alles im Kopfe herum.«

»Die größte Schwierigkeit bei Ihrem Fall,« fuhr Holmes in seiner lehrhaften Art fort, »war der Überfluß an Beweismaterial. Alles ging durcheinander – Wichtiges und ganz Unerhebliches; wir mußten aus sämtlichen Tatsachen, die man uns vorlegte, erst das Brauchbare heraussuchen und zusammensetzen, um die merkwürdige Kette der Begebenheiten in ihrer ursprünglichen Reihenfolge wieder herzustellen. – Mein Verdacht war auf Josef gefallen, sobald ich erfuhr, daß Sie an jenem Abend mit ihm hatten nach Hause fahren wollen. Was war wohl natürlicher, als daß er auf seinem Wege nach dem Bahnhof im Ministerium – wo er gut Bescheid wußte – vorsprach, um Sie abzuholen? Als Sie mir dann von dem beabsichtigten Einbruch in Ihr Schlafzimmer erzählten, wo doch niemand etwas hatte verstecken können, außer Josef, der bei Ihrer plötzlichen Erkrankung ganz unerwartet ausquartiert worden war, um Ihnen Platz zu machen, da wurde mein Argwohn zur Gewißheit. Der saubere Herr hatte zu seinem Versuch die erste Nacht gewählt, als keine Wärterin im Krankenzimmer war; er wußte also genau, was im Hause vorging.«

»O, ich war wie mit Blindheit geschlagen!«

»Ich habe nun über den Gang der Ereignisse bis jetzt etwa folgendes festgestellt: Josef Harrison kam von der Charlesstraße her durch die Hintertür; er kannte den Weg nach Ihrem Arbeitszimmer und trat ein, als Sie es soeben verlassen hatten. Da niemand da war, ging er an den Klingelzug und läutete, wobei er zugleich das Schriftstück zu Gesicht bekam, welches auf dem Tische lag. Ein Blick überzeugte ihn, daß der Zufall ihm eine Staatsurkunde von größter Wichtigkeit in die Hand gespielt hatte; mit Blitzesschnelle steckte er sie in die Tasche und verschwand damit. Wie Sie wissen, vergingen einige Minuten, bis der schlaftrunkene Türhüter Ihre Aufmerksamkeit auf die Glocke lenkte, aber diese kurze Zeit genügte, um dem Dieb die Flucht zu ermöglichen.

»Er fuhr mit dem ersten Zug nach Woking, besichtigte seine Beute, erkannte, wie wertvoll sie sei, und verbarg sie an einem Platz, den er für ganz sicher hielt. Seine Absicht war wohl, das Dokument nach einigen Tagen wieder aus dem Versteck herauszunehmen und es der französischen oder russischen Gesandtschaft um hohen Preis zu verkaufen. Da brachte der Doktor Sie plötzlich nach Hause, und er wurde ohne alle Vorbereitung aus seinem Zimmer entfernt. Seitdem waren dort stets mindestens zwei Menschen anwesend, so daß er unmöglich seines Schatzes habhaft werden konnte. Es muß für ihn eine verzweifelte Lage gewesen sein. Als er endlich hoffte, die günstige Gelegenheit sei da, machte ihm Ihre Schlaflosigkeit einen Strich durch die Rechnung.«

»Ich hatte an dem Abend meinen gewöhnlichen Schlaftrunk nicht genommen.«

»Er mag wohl dafür gesorgt haben, den Trank recht wirksam zu machen, damit er sicher sein konnte, Sie würden nicht aufwachen. Daß er den Versuch so bald wie möglich wiederholen würde, war mir außer Zweifel. Ihre Fahrt nach London verschaffte ihm die Gelegenheit. Ich bat Fräulein Harrison, den Tag über im Zimmer zu bleiben, weil mir der Dieb sonst zuvor gekommen wäre. Als ich ihn in dem Glauben wußte, er habe nun freie Hand, hielt ich an Ort und Stelle Wache, wie Sie bereits wissen. Obwohl ich fest überzeugt war, der Vertrag müsse in dem Zimmer versteckt sein, wollte ich doch nicht erst alle Dielen aufbrechen und das Getäfel durchsuchen. Ich ließ ihn daher den Schatz selber heben und ersparte mir damit viel Mühe und Arbeit. – Ist nun noch ein Punkt vorhanden, über den ich Auskunft geben soll?«

»Weshalb hat er denn bei dem ersten Versuch durchs Fenster

steigen wollen, während er doch nur zur Tür hereinzugehen brauchte?« erkundigte ich mich.

»Um die Haustür zu erreichen, hätte er an sieben Schlafzimmern vorbei gemußt. Zum Fenster hinaus konnte er aber leicht auf den Grasplatz springen.«

»Sie glauben aber doch nicht,« fragte Phelps, »daß er mörderische Absichten hatte? – Nicht wahr, das Dolchmesser sollte ihm nur als Werkzeug dienen?«

»Wohl möglich,« erwiderte Holmes, die Achseln zuckend. »So viel aber steht fest, daß Josef Harrison kein Mensch ist, auf dessen Gnade und Barmherzigkeit ich mich verlassen möchte.«

Das letzte Problem.

Mit schwerem Herzen greife ich zur Feder, um den hervorragenden Geistesgaben meines Freundes Holmes für alle Zeiten das letzte Denkmal zu setzen. Was meine frühere Darstellung der merkwürdigen Fälle betrifft, welche ich in Gemeinschaft mit ihm von Beginn unserer Bekanntschaft an bis in die neueste Zeit hinein erleben durfte, so bin ich mir lebhaft bewußt, wieviel dieselbe zu wünschen übrig läßt. Ich hatte mir deshalb vorgenommen, es dabei bewenden zu lassen und den Vorfall, der vor zwei Jahren eine Lücke in mein Leben gerissen hat, welche ich heute noch in fast ungeschwächtem Maße empfinde, nicht in den Kreis meiner Darstellung zu ziehen. Die jüngst erschienenen Briefe, worin Oberst James Mariarty das Andenken seines Bruders zu verteidigen sucht, haben mir jedoch die Feder in die Hand gedrückt und mir keine andere Wahl gelassen, als von dem Hergang der Sache eine streng der Wirklichkeit entsprechende öffentliche Darlegung zu geben. Ich bin der einzige, der den Verlauf der Sache in allen seinen Einzelheiten aufs genaueste kennt, und erfreulicherweise liegt jetzt keinerlei vernünftiger Grund mehr vor, solchen zu verschweigen. Die, soviel mir bekannt, über den Fall erschienenen Zeitungsberichte enthalten nur eine ganz gedrängte Darstellung desselben, während die vorerwähnten Briefe, wie sich aus dem folgenden ergeben wird, auf eine völlige Verdrehung der Wahrheit hinauslaufen. So kann ich mich der Aufgabe nicht entschlagen, die Vorgänge zwischen Professor Mariarty und Sherlock Holmes zum erstenmale genau der Wirklichkeit gemäß zu schildern.

Infolge meiner Verheiratung und des Beginns meiner ärztlichen Privatpraxis war, wie man sich vielleicht erinnern wird, mein Verkehr mit Holmes ein etwas beschränkterer geworden. Er suchte mich zwar noch immer von Zeit zu Zeit auf, wenn er einen Gefährten bei seinen Nachforschungen wünschte, allein diese Anlässe wurden immer seltener, so daß im Jahre 1890 meinen Aufzeichnungen zufolge ein derartiger Fall nur noch dreimal vorkam. Wie meine Aufzeichnungen weiter ergeben, war Holmes Ende 1890 und Anfang 1891 für die französische Regierung in einer hochwichtigen Angelegenheit tätig, und ich hatte zwei Mitteilungen von ihm erhalten, die eine aus Narbonne, die andere aus Nimes, aus denen ich entnehmen mußte, daß sein Aufenthalt in Frankreich vermutlich von längerer Dauer sein werde. Ich war daher einigermaßen überrascht, als ich ihn am 24. April abends in mein Arbeitszimmer treten sah. Dabei fand ich zu meiner weiteren Überraschung, daß sein Aussehen noch blasser und magerer war als sonst.

»Ja, ich habe etwas zu rücksichtslos auf mich hinein gehaust,« bemerkte er und beantwortete damit mehr die Blicke, mit denen ich ihn betrachtete, als die Worte, die ich an ihn gerichtet hatte, »ich war in letzter Zeit etwas sehr abgespannt. Hast du etwas dagegen, wenn ich deine Läden schließe?«

Das einzige Licht in meinem Zimmer kam von der Lampe auf dem Tisch, an dem ich gesessen hatte. Holmes ging dicht an der Wand hin und zog dann die Läden zu, die er sorgfältig verriegelte.

»Du hast, scheint es, Angst vor etwas?« fragte ich.

»Allerdings.«

»Wovor?«

»Vor Windbüchsen.«

»Was soll das heißen, mein lieber Holmes?«

»Ich glaube, du kennst mich hinreichend, Watson, um zu wissen, daß Ängstlichkeit durchaus nicht meine Schwäche ist. Trotzdem wäre es in meinen Augen vielmehr eine Torheit als ein Beweis von Mut, eine unmittelbar drohende Gefahr geflissentlich übersehen zu wollen. Darf ich dich um Feuer bitten?«

Damit steckte er sich eine Zigarette an, deren beruhigenden Duft er mit sichtlichem Behagen einsog.

»Ich muß mich entschuldigen, daß ich so spät bei dir vorspreche,« fuhr er fort, »und muß dich weiter um die eigentümliche Gunst bitten, mir zu gestatten, daß ich mich nachher über deine Gartenmauer empfehle.«

»Aber was hat das alles zu bedeuten?« fragte ich.

Er streckte seine Hand aus, und im Schein der Lampe sah ich, daß zwei seiner Knöchel geschürft waren und bluteten.

»Wie du siehst, handelt es sich um keine Hirngespinste,« bemerkte er lächelnd, »die Sache ist im Gegenteil so greifbarer Natur, daß dabei die Hand zu Schaden kommen kann. Ist deine Frau zu Hause?«

»Nein, sie ist auswärts zu Besuch.«

»Wirklich? Du bist allein?«

»Völlig allein.«

»Dann fällt es mir um so weniger schwer, dir den Vorschlag zu machen, mich für eine Woche nach dem Kontinent zu begleiten.«

»Wohin?«

»O, irgend wohin, das ist mir ganz gleichgültig.«

Das alles kam mir höchst auffallend vor. Daß Holmes sich einen zwecklosen Urlaub gönnen sollte, sah ihm schon an sich durchaus nicht ähnlich, und in seinem blassen, müden Gesicht lag etwas, das mir zeigte, daß seine Nerven im höchsten Grade überreizt waren. Als er meinem fragenden Blick begegnete, legte er die Fingerspitzen aneinander, stützte die Ellbogen auf die Kniee und schickte sich an, mir die Sachlage auseinanderzusetzen.

»Du hast vermutlich nie etwas von Professor Mariarty gehört?« begann er.

»Niemals.«

»Ja, ja, darin steckt eben das Geniale und das Wunderbare bei der Sache!« rief er aus. »Der Mann treibt sich in ganz London herum, und kein Mensch hat je von ihm gehört. Das weist ihm einen der hervorragendsten Plätze in den Annalen des Verbrechertums an. Ich sage dir, Watson, in allem Ernste, könnte ich über diesen Menschen triumphieren, könnte ich die Menschheit von ihm befreien, so hätte ich das Bewußtsein, das höchste Ziel in meiner Laufbahn erreicht zu haben, und wäre bereit, mich einer beschaulicheren Lebensaufgabe zuzuwenden. Unter uns gesagt, haben die Dienste, die ich in neuester Zeit dem schwedischen Königshause und der französischen Republik geleistet habe, mir so reichlichen Lohn eingebracht, daß ich sofort in der Lage wäre, mir eine ruhige Lebensweise, wie sie meinen Neigungen entspricht, zu erwählen und mich völlig meinen chemischen Untersuchungen zu widmen. Aber es ließe mir keine Ruhe, Watson, nicht einen Augenblick vermöchte ich still zu sitzen bei dem Gedanken, daß ein Mensch wie dieser Mariarty durch unsere Straßen wandelt, ohne daß jemand den Kampf mit ihm aufnimmt.«

»Was hat er denn begangen?«

»Er hat eine merkwürdige Laufbahn hinter sich. Er ist aus guter Familie, hat eine vortreffliche Bildung genossen und besitzt eine phänomenale Begabung für Mathematik. Mit einundzwanzig Jahren schrieb er eine Abhandlung über die Theorie der Binome, die in ganz Europa Aufsehen gemacht hat. Dadurch errang er sich einen mathematischen Lehrstuhl an einer unserer kleinen Hochschulen, so daß er allem Anschein nach am Anfang einer glänzenden Laufbahn stand. Allein der Mann war erblich belastet mit einem ihm tief im

Blute liegenden wahrhaft teuflischen Hang zum Verbrechen, der durch seine außerordentlichen Geistesgaben nicht nur nicht eingedämmt wurde, sondern im Gegenteil dadurch noch bedeutend an Stärke und selbstverständlich vor allem an Gefährlichkeit zunahm. Es bildete sich um seine Person am Ort seiner Tätigkeit ein Dunstkreis von allerlei dunklen Gerüchten, so daß er sich schließlich genötigt sah, sein Lehramt niederzulegen und sich in London als Einpauker für die Offizierprüfung niederzulassen. So viel ist überall von ihm bekannt, dagegen habe ich das, was ich dir jetzt sagen will, durch eigene Nachforschungen ermittelt.

»Du weißt ja wohl, Watson, daß niemand die höhere Verbrecherwelt so gut kennt als ich. Nun fiel mir schon seit Jahren fortwährend auf, daß hinter dem Verbrecher irgend eine Macht stehen müsse, eine geheimnisvolle Macht, die dem Gesetze überall planmäßig und systematisch in den Weg trat, dagegen den Übeltätern ihren Schutz lieh. Immer und immer wieder bei Fällen der verschiedensten Art, bei Einbrüchen, bei sonstigen Diebstählen, bei Mordtaten stieß ich auf die Spuren dieser Macht, und bei einer ganzen Reihe von unaufgeklärt gebliebenen Verbrechensfällen, in denen ich keinen persönlichen Rat erteilt hatte, mußte ich zu der Überzeugung gelangen, daß dieser Umstand nur dem Walten jener Macht zuzuschreiben sei. Jahrelang habe ich daran gearbeitet, den Schleier zu lüften, in den dieselbe sich hüllte, und endlich war ich so weit, daß ich meinen Faden aufnehmen und verfolgen konnte, bis er mich auf tausendfachen künstlichen Irrwegen zu dem berühmten Mathematiker, dem vormaligen Professor Mariarty, hinleitete.

»Er ist der Napoleon des Verbrechens, Watson. Die Hälfte aller Verbrechen in dieser Weltstadt überhaupt, und nahezu alle diejenigen, die unentdeckt bleiben, sind von ihm ins Werk gesetzt. Er ist ein Genie, ein Philosoph, ein Denker. Er besitzt ein Gehirn ersten Ranges. Regungslos sitzt er gleich einer Spinne im Mittelpunkt eines Netzes, allein dieses läuft in Tausende von Fäden aus, und er spürt das leiseste Zucken eines jeden derselben.

»Er selbst tut nur wenig, er entwirft nur den Plan. Aber er besitzt zahlreiche trefflich organisierte Hilfskräfte. Handelt es sich darum, ein Verbrechen auszuführen, wir wollen zum Beispiel sagen, eine Urkunde zu entwenden, ein Haus auszurauben, einen Menschen zu beseitigen – man gibt dem Professor die Losung, und sofort wird die Sache ins Werk gesetzt und zur Ausführung gebracht. Der Helfershelfer fällt vielleicht der Polizei in die Hände. In diesem Falle fehlt es niemals an Geld zur Sicherheitsleistung für seine Person oder zu seiner Verteidigung vor Gericht. Aber die leitende Macht, in deren Diensten der Betreffende steht, wird niemals gefaßt – nicht eine Spur von Verdacht fällt auf sie. Dies war das Ergebnis meiner Feststellungen, und ich habe meine volle Kraft daran gesetzt, um dieses ganze Gewebe klar zu legen und zu vernichten.

»Allein der Professor war rings von einem so schlau ausgedachten Schutzwall umgeben, daß alle meine Bemühungen, seine Überweisung vor Gericht zu ermöglichen, vergeblich schienen. Du weißt, was ich leisten kann, mein lieber Watson, trotzdem sah ich mich nach drei Monaten zu dem Bekenntnis genötigt, daß ich diesmal zum wenigsten einen mir geistig gleichstehenden Gegner gefunden habe.

»Ich war nicht mehr imstande, mich über sein verbrecherisches Treiben zu entsetzen, so groß war meine Bewunderung für seine Schlauheit. Allein endlich ließ er sich doch ein Versehen beikommen – nur ein einziges ganz kleines Versehen – aber das genügte, nachdem ich ihm bereits so dicht auf den Fersen saß. Jetzt hatte ich gewonnenes Spiel. Auf jenem Punkte fußend habe ich ihm ein Netz über den Kopf geworfen, und es ist alles so weit, um dasselbe nun vollends zuzuziehen. Binnen drei Tagen, d. h. also nächsten Montag, ist die Sache reif zum Eingreifen, und der Professor samt den Hauptmitgliedern seiner

Bande wird sich dann in den Händen der Polizei befinden. Das gibt den großartigsten Kriminalprozeß des Jahrhunderts, der über vierzig rätselhafte Fälle Licht verbreitet und die ganze Gesellschaft an den Galgen bringt – aber wohlverstanden nur, falls wir keine Stunde zu früh losschlagen, sonst entschlüpfen sie uns noch im letzten Augenblick unter den Händen.

»Hätte sich nun dies alles ausführen lassen ohne Wissen des Professors, so wäre die Sache ganz glatt abgegangen. Allein dazu war dieser viel zu schlau. Keiner meiner Schritte zu seiner Umgarnung blieb ihm verborgen. Immer und immer wieder suchte er den Kopf aus der Schlinge zu ziehen, und jedesmal fing ich ihn wieder ein. Ich sage dir, mein Lieber, ließe sich eine genaue Schilderung dieses stummen, in Angriff und Abwehr gleich großartigen Ringens geben – es würde ein Kabinettsstück in den Annalen der Geheimpolizei bilden. Noch nie hatte ich mich zu solcher Höhe aufgeschwungen, und noch nie hatte ein Gegner mir so heiß gemacht. Er ging fest ins Zeug, und doch war ich ihm noch ein wenig über. Heute morgen wurden die letzten Maßregeln getroffen, und in drei Tagen sollte vollends alles bereit sein. Während ich nun in meinem Zimmer saß und über die Angelegenheit nachsann, ging plötzlich meine Tür auf, und der Professor stand vor mir. Meine Nerven können einen ziemlichen Puff vertragen, Watson, aber ich muß gestehen, es fuhr mir doch in die Glieder, als ich diesen Mann, mit dem sich meine Gedanken so viel beschäftigt hatten, leibhaftig auf meiner Schwelle stehen sah. Seine Erscheinung selbst hatte gar nichts Überraschendes für mich. Er ist außerordentlich groß und mager, seine Stirn springt in weitem Bogen vor, und seine Augen liegen tief in ihren Höhlen. Er ist glatt rasiert, blaß und von asketischem Aussehen, dabei kann er in seinen Zügen den Gelehrten nicht ganz verleugnen. Seine Schultern sind von vieler geistiger Arbeit gewölbt und sein Gesicht stark nach vorwärts geneigt, was ihm zusammen mit einem fortwährenden Hin- und Herwiegen des Kopfes etwas eigentümlich

Schlangenartiges verleiht. Er heftete den Blick seiner von zahllosen Runzeln umzogenen Augen voll Neugier auf mich.

»›Die Entwickelung Ihrer oberen Schädelhälfte entspricht nicht ganz meinen Erwartungen,‹ begann er endlich. ›Eine gefährliche Gewohnheit, geladene Feuerwaffen in die Taschen seines Schlafrocks zu stecken.‹

»Ich hatte nämlich bei seinem Eintritt augenblicklich die große Gefahr erkannt, in der ich schwebte. Es gab für ihn *nur eine* Möglichkeit der Rettung: – mich stumm zu machen. Mit Blitzesschnelle hatte ich den Revolver aus der Schublade in meine Tasche geschoben, wo ich ihn von außen festhielt. Auf seine Bemerkung zog ich denselben nun heraus und legte ihn mit gespanntem Hahn vor mich auf den Tisch. Er lächelte und blinzelte zwar noch immer, aber in seinen Augen lag ein Ausdruck, der mir die Gewißheit, eine geladene Waffe zur Hand zu haben, sehr beruhigend erscheinen ließ.

»›Sie wissen offenbar nicht, wer ich bin,‹ fuhr er fort.

»›Im Gegenteil, ich meine, man könne deutlich sehen, daß Sie mir sehr wohl bekannt sind. Lassen Sie sich nieder. Fünf Minuten kann ich Ihnen schon widmen, falls Sie mir etwas mitzuteilen haben.‹

»›Was ich Ihnen sagen könnte, ist Ihnen bereits alles durch den Sinn gegangen.‹

»›Dann ist Ihnen auch bereits durch den Sinn gegangen, was ich darauf zu erwidern hätte,‹ versetzte ich.

»›Sie weichen also nicht?‹

»›Niemals.‹

»Jetzt griff er in die Tasche, worauf ich sofort die Waffe aufnahm. Er zog jedoch nur ein Notizbuch mit einigen Aufzeichnungen hervor.

»›Am 4. Januar haben Sie zum erstenmal meinen Weg gekreuzt,‹ fing er wieder an, ›am 23. wurden Sie mir unbequem; Mitte Februar bereiteten Sie mir ernstlich Schwierigkeiten, Ende März war ich in meinen Unternehmungen völlig lahm gelegt, – nun, Ende April, hat sich, durch Ihre unablässige Verfolgung meine Lage derart gestaltet, daß ich mich der ernstlichen Gefahr gegenübersehe, meine Freiheit einzubüßen. Die Lage wird nachgerade unhaltbar.‹

»›Haben Sie irgend einen Vorschlag zu machen?‹ fragte ich darauf.

»›Sie müssen zurückweichen,‹ erwiderte er, den Kopf hin und herwiegend. ›Es muß durchaus sein, hören Sie.‹

»›Ja, aber nicht vor kommendem Montag,‹ war meine Antwort.

»›Pah, Pah!‹ versetzte er wieder. ›Ein Mann von Ihrem Verstande muß meiner Überzeugung nach einsehen, daß es aus dieser Angelegenheit nur *einen* Ausweg gibt, und daß Sie sich ganz unfehlbar zurückziehen müssen. Sie selbst haben durch Ihre Tätigkeit die Sache in dieser Weise auf die Spitze getrieben. Die Art und Weise, wie Sie die Sache anfaßten, hat mir übrigens wirklichen geistigen Genuß verschafft, und ich versichere Ihnen aufrichtig, daß es mir leid tun würde, falls ich mich zum Äußersten genötigt sähe. Sie lächeln, aber ich versichere Ihnen, es ist mein voller Ernst.‹

»›Gefahr gehört zu meinem Handwerk,‹ versetzte ich.

»›Hier handelt es sich nicht bloß um Gefahr, sondern um unvermeidliche Vernichtung. Es ist nicht ein Einzelner, mit dem Sie es aufgenommen haben, sondern eine mächtige Organisation, die Sie mit all Ihrem Scharfsinn in ihrem vollen Umfang zu ergründen nicht imstande waren. Sie müssen Raum geben, oder Sie werden niedergetreten‹

»›Ich bedauere sehr,‹ erwiderte ich, indem ich mich erhob, »mich dieser angenehmen Unterhaltung nicht länger widmen zu können, da ich sonst anderweite dringende Geschäfte versäumen müßte.‹

»Er stand gleichfalls auf und sah mich mit traurigem Kopfschütteln stillschweigend an.

»›Ei, ei,‹ sagte er schließlich, ›es ist leider, scheint es, nichts zu machen; aber ich habe getan, was ich konnte. Ich kenne jeden Zug in Ihrem Spiel. Vor Montag können Sie nichts tun. Das Ganze ist ein Waffengang zwischen uns beiden. Sie hoffen, mich in den Korb legen zu können. Niemals wird das geschehen, sage ich Ihnen. Sie hoffen den Sieg über mich davonzutragen. Ich sage Ihnen, es wird Ihnen nicht gelingen. Reicht Ihr Scharfsinn hin, mir den Untergang zu bereiten, so seien Sie fest überzeugt, daß ich Ihnen Gleiches mit Gleichem vergelten werde.‹

»›Sie haben mir heute mehrfach Artigkeiten gesagt,‹ erwiderte ich. ›Ich will Ihnen gleichfalls ein Kompliment machen. Wäre ich sicher, die erste Alternative verwirklichen zu können, so würde ich die letztere mit Freuden auf mich nehmen.‹

»›Ich kann Ihnen nur diese eine in sichere Aussicht stellen, die andere nicht,‹ knurrte er – und damit wandte er mir seinen gekrümmten Rücken zu und verließ das Zimmer unter beständigem Blinzeln seiner stechenden Augen.

»Dies war mein merkwürdiges Zusammentreffen mit meinem Gegner. Ich muß gestehen, dasselbe hinterließ mir ein Gefühl des Unbehagens. Die sanfte und knappe Art seiner Äußerungen sprach mehr für seine Aufrichtigkeit, als wenn der Mann kurzweg großsprecherisch aufgetreten wäre. Du wirst nun natürlich sagen: Warum rufst du denn nicht polizeilichen Schutz gegen ihn an? Nun, weil ich fest überzeugt bin, daß der Schlag nicht von ihm, sondern von seinen Helfershelfern ausgehen würde. Ich habe dafür bereits die allerbesten Beweise.«

»Man hat schon Angriffe auf dich gemacht?«

»Mein lieber Watson, Mariarty ist nicht der Mann, der Gras unter seinen Füßen wachsen läßt. Gegen Mittag ging ich in Geschäften nach der Oxfordstraße. An einer Straßenkreuzung kam plötzlich ein zweispänniger Korbwagen in rasender Eile um die eine Ecke und war mir mit Blitzesschnelle dicht auf dem Leib; durch einen Sprung auf den Fußsteig konnte ich mich gerade noch mit knapper Not retten, der Wagen aber war in einem Augenblick um die nächste Ecke gesaust und verschwunden. Ich hielt mich von da an auf dem Fußsteig, allein ein paar Straßenlängen weiter fiel dicht vor meinen Füßen ein Ziegel vom Dach eines Hauses herunter und zerschellte auf dem Pflaster. Ich rief die Polizei und ließ eine Besichtigung der Örtlichkeit vornehmen. Es sollten Ausbesserungen auf dem Dache stattfinden, und zu diesem Zwecke waren Schieferplatten und Ziegelsteine dort aufgeschichtet. Man wollte mir einreden, einen von diesen habe der Wind herunter geweht. Natürlich wußte ich es besser, aber beweisen konnte ich nichts. Daraufhin nahm ich einen Wagen und fuhr zu meinem Bruder in Pall Mall, wo ich den Tag vollends verbrachte. Auf meinem Wege von dort zu dir hat mich nun vorhin ein Strolch mit einem Knüttel angefallen. Ich habe ihn zwar niedergeschlagen und der Polizei in sicheren Gewahrsam übergeben, aber ich kann dir mit größter Bestimmtheit voraussagen, daß man niemals auch nur die geringste Spur einer Verbindung zwischen dem sauberen Herrn, an dessen Vorderzähnen ich mir die Knöchel blutig geschlagen habe, und dem obskuren Mathematikus entdecken wird, der jedenfalls ein paar Stunden weit davon ruhig seine Aufgaben an der schwarzen Tafel ausrechnet. Du wirst jetzt begreifen, Watson, warum es mein Erstes nach meinem Eintreffen bei dir war, deine Läden zu schließen, und warum ich dich bitten mußte, dein Haus anstatt durch die vordere Tür auf einem minder auffälligen Wege verlassen zu dürfen.«

»Du bleibst die Nacht hier?«

»Nein, mein Lieber, diese Gastfreundschaft könnte dir gefährlich werden. Ich bin über mein Verhalten mit mir im reinen, und es wird alles gut ablaufen. Die Angelegenheit ist so weit gefördert, daß sie ohne meine Mitwirkung ihren Fortgang nehmen kann, soweit die Rechtswirkung des ergangenen Gerichtsbeschlusses reicht; erst zur Beweisaufnahme ist mein persönliches Erscheinen erforderlich. Ich kann also offenbar nichts Vernünftigeres tun, als für die paar Tage zu verreisen, bis die Polizei vollends freie Hand hat. Es wäre mir deshalb äußerst angenehm, wenn du mich nach dem Kontinent begleiten könntest.«

»Meine Praxis macht mir eben nicht viel zu tun,« versetzte ich, »und mein Nachbar ist gerne bereit, meine Stellvertretung zu übernehmen. Ich würde mit Vergnügen mitgehen.«

»Und gleich morgen früh abreisen?«

»Wenn es sein muß, auch das.«

»O ja, das ist durchaus notwendig. Und somit gebe ich dir deine Weisungen, die ich dich bitten muß, mein lieber Watson, ganz wortgetreu zu befolgen, denn du bist jetzt mein Partner in meinem Spiel gegen den abgefeimtesten Schurken und die mächtigste Verbrecherbande von ganz Europa. Also merke wohl auf! Dein sämtliches Reisegepäck schickst du noch heute abend ohne Adresse durch einen zuverlässigen Boten nach dem Viktoriabahnhof. Morgen früh verschaffst du dir eine Droschke, machst jedoch dem, der sie holt, strengstens zur Pflicht, weder die erste noch die zweite zu nehmen, die ihm begegnet. In dieser Droschke fährst du nach dem Strandende der Lowther-Arkaden. Das Ziel der Fahrt schreibst du auf ein Zettelchen und steckst dieses dem Kutscher mit dem gemessenen Befehl zu, solches unter keinen Umständen wegzuwerfen. Das Fahrgeld hältst du bereit, und sobald du an Ort und Stelle bist, begiebst du dich schleunigst nach der andern Seite der Arkaden, so daß du unfehlbar ein viertel nach neun dort bist. Dicht bei dem Zaun wirst du einen kleinen Brougham finden, dessen Kutscher einen schweren schwarzen Mantel mit rot ausgeschlagenem Kragen trägt. In diesen Wagen steigst du ein. Derselbe wird dich gerade noch recht zum Abgang des Kontinentexpreßzuges nach dem Viktoriabahnhof bringen.«

»Wo werde ich dich treffen?«

»Auf dem Bahnhof. Der zweite Wagen erster Klasse von vorne wird für uns belegt sein.«

»Im Wagen selbst geben wir uns also das Stelldichein?«

»Jawohl.«

Vergeblich bat ich Holmes nochmals, den Abend bei mir zu verbringen. Offenbar war er überzeugt, daß seine Anwesenheit dem Dach, unter dem er weilte, Gefahr bringen könnte, und deshalb ließ er sich um keinen Preis halten. Mit einigen eiligen Bemerkungen betreffs unserer Reisepläne für den nächsten Tag erhob er sich und ließ sich von mir in den Garten geleiten. Dort kletterte er über die Mauer nach der Mortimerstraße hinaus und pfiff augenblicklich eine Droschke herbei, in der ich ihn dann wegfahren hörte.

Mein Verhalten am nächsten Morgen richtete ich wortgetreu nach Holmes' Weisungen ein. Bei der Beschaffung einer Droschke wurde jede mögliche Vorsicht beobachtet, und sofort nach dem Frühstück fuhr ich nach den Lowther-Arkaden, wo ich in möglichster Eile dem andern Ausgang zustrebte. Dort stand in der Tat der Brougham mit dem sehr wohlbeleibten Kutscher in dunklem Mantel, der, sobald ich eingestiegen war, mit mir dem Viktoriabahnhofe zusauste. Nachdem ich dort ausgestiegen, drehte er sogleich um und verschwand eiligst, ohne auch nur nach mir umzuschauen. So weit war alles vortrefflich gegangen. Mein Gepäck harrte meiner, und den von Holmes bezeichneten Wagen fand ich um so leichter als sonst keiner den Vermerk ›Belegt‹ trug. Das einzige, was mir jetzt noch Sorgen machte, war, daß Holmes nicht erschien. Nach der Bahnuhr fehlten nur noch sieben Minuten bis zur Abfahrtszeit unseres Zuges. Umsonst suchte ich unter den Reisenden, die sich auf dem Bahnsteig und an den Schaltern drängten, nach der Gestalt meines Freundes. Nirgends war eine Spur von ihm zu sehen. Ein paar Minuten verbrachte ich damit, einem ehrwürdigen italienischen Priester meinen Beistand zu leihen, der in seinem gebrochenen Englisch sich bemühte, einem Gepäckträger klar zu machen, daß sein Gepäck direkt nach Paris eingeschrieben werden solle. Hierauf schaute ich mich noch einmal rings um und ging dann wieder zu meinem Wagen zurück, wo ich fand, daß der Schaffner im Widerspruch mit meiner Fahrkarte mir meinen gebrechlichen italienischen Freund zum Reisegefährten gegeben hatte. Vergebens suchte ich ihm verständlich zu machen, daß er nicht hier herein gehöre, denn mein Italienisch war noch weniger beisammen als sein Englisch; so fügte ich mich eben schließlich achselzuckend in die Sachlage und schaute aufs neue voll Unruhe nach meinem Freund aus. Es überlief mich kalt bei dem Gedanken, sein Ausbleiben könnte in einem während der Nacht gegen ihn geführten Streich seinen Grund haben. Schon waren sämtliche Türen geschlossen und das Zeichen zur Abfahrt gegeben, als ich plötzlich die Worte vernahm: »Mein lieber Watson, du hast ja noch nicht einmal geruht, mir Guten Morgen zu wünschen.« Vor Überraschung fuhr ich unwillkürlich herum. Der alte, gräßliche Herr hatte mir sein Gesicht zugewendet. Auf einen Augenblick glätteten sich die Runzeln, die Nase entfernte sich vom Kinn, die Unterlippe schob sich nicht mehr vor, und der Mund stellte seine murmelnde Bewegung ein; die trüben Augen gewannen ihr Feuer wieder, und die gebückte Gestalt richtete sich auf. Im nächsten Augenblick jedoch sank diese aufs neue in sich zusammen, und mein Freund war ebenso plötzlich wieder verschwunden, als er zuvor erschienen war.

»Guter Himmel,« rief ich, »hast du mich erschreckt!«

»Es bedarf noch immer der größten Vorsicht,« flüsterte er dagegen. »Ich habe Grund anzunehmen, daß sie uns scharf auf den Fersen sind. Ha, da ist Mariarty selber!« Der Zug hatte sich bei Holmes' letzten Worten bereits in Bewegung gesetzt. Ich blickte zurück und sah noch, wie ein hochgewachsener Mann wütend durch das Gedränge stürmte und mit der Hand winkte, als wollte er den Zug anhalten lassen. Es war jedoch bereits zu spät, denn wir kamen schon in vollen Lauf und hatten im nächsten Augenblick den Bahnhof hinter uns.

»Unsere Maßnahmen haben, wie du siehst, ihren Zweck doch ganz hübsch erreicht,« meinte Holmes nun lachend. Er stand auf, warf seine Verkleidung ab und steckte Talar und Hut in einen Reisesack. »Hast du schon ins Morgenblatt geblickt?« fuhr er dann fort.

»Nein.«

»Dann hast du also nichts von der Bakerstraße gelesen?«

»Bakerstraße?«

»Man hat heute nacht Feuer an meine Wohnung gelegt; es hat übrigens nicht viel Schaden angerichtet.«

»Um des Himmels willen, Holmes, das ist ja nicht mehr auszuhalten!«

»Nachdem ich den Kerl mit dem Knüttel habe festnehmen lassen, müssen Sie meine Spur völlig verloren haben. Sonst hätten sie sich unmöglich einbilden können, daß ich wieder in meine Wohnung zurückgegangen sei. Dagegen haben sie offenbar nicht versäumt, dich zu überwachen, sonst wäre Mariarty nicht auf den Viktoriabahnhof gekommen. Könnte dir nicht auf deinem Wege dahin irgend ein Versehen begegnet sein?«

»Ich habe mich strengstens an deine Weisungen gehalten.«

»Hast du an den Arkaden den Wagen gefunden?«

»Jawohl, er stand schon da, wie ich kam.«

»Hast du den Kutscher erkannt?«

»Nein.«

»Es war mein Bruder Mycroft. Es ist viel wert, wenn man in einem solchen Falle nicht nötig hat, einen Mietling ins Vertrauen zu ziehen. Aber wir müssen nun ausmachen, was wir wegen Mariarty tun wollen.«

»Wir haben ja einen Expreßzug mit Anschluß an das Dampfboot, damit werden wir ihn doch wohl endgültig losgeworden sein!«

»Mein lieber Watson, du hast offenbar die Tragweite meiner Bemerkung nicht erfaßt, daß man diesen Mann in geistiger Beziehung füglich auf eine Linie mit mir stellen dürfe. Du bildest dir doch nicht ein, daß ich mich bei der Verfolgung meines Gegners durch ein so geringfügiges Hindernis lahm legen lassen würde. Warum solltest du nun so gering von ihm denken?«

»Was wird er aber tun?«

»Was ich auch tun würde.«

»Und was wäre das?«

»Einen Sonderzug nehmen.«

»Der käme aber doch zu spät.«

»Keineswegs. Unser Zug hält in Canterbury, und am Dampfboot gibt es einen Aufenthalt von mindestens einer halben Stunde. Dort holt er uns ein.«

»Man sollte gerade glauben, wir wären die Verbrecher! – Wollen wir ihn nicht bei unserer Ankunft verhaften lassen?«

»Damit wäre die Arbeit von drei Monaten zu nichte gemacht. Den großen Fisch hätten wir dann allerdings gefangen, aber die kleinen würden uns rechts und links aus dem Netze schlüpfen, während wir sie am Montag alle miteinander bekommen. Nein, von Verhaftung kann keine Rede sein.«

»Was aber dann tun?«

»Wir steigen in Canterbury aus.«

»Und dann?«

»Nun, dann müssen wir eben eine Querfahrt über Land nach Newhaven machen und von dort nach Dieppe übersetzen. Mariarty wird dann wiederum genau so handeln, wie ich an seiner Stelle gehandelt haben würde. Er wird nach Paris weiterfahren, dort unser Gepäck abfangen und zwei Tage an der Abgabestelle auf uns warten. Mittlerweile leisten wir uns jeder einen neuen Reisesack, lassen die Geschäfte in den Gegenden, durch die wir kommen, auch etwas verdienen und fahren in aller Gemütlichkeit über Luxemburg und Basel nach der Schweiz.«

Ich bin des Reisens zu sehr gewohnt, als daß ich mir aus dem Verlust meines Gepäckes sonderlich viel machen sollte, dagegen verdroß mich, offen gestanden, der Gedanke nicht wenig, mich durch allerlei Kreuz- und Querfahrten vor einem Menschen verstecken zu müssen, der eine Unzahl der schwärzesten Schurkereien auf dem Kerbholz hatte.

Allein offenbar beurteilte Holmes die Lage richtiger als

ich. Wir stiegen daher in Canterbury aus – lediglich um zu entdecken, daß der nächste Zug nach Newhaven erst in einer Stunde abgehe.

Noch schaute ich recht betrübt meinem rasch entschwindenden Gepäcke nach, als mich Holmes anstieß und auf die Bahnlinie deutete.

»Da ist er schon, siehst du,« sagte er.

Ganz in weiter Ferne am Waldrand stieg ein Rauchstreifen empor. Nach einer Minute konnte man eine Maschine und einen Wagen unterscheiden, die mit Windeseile auf der offenen Kurve gegen den Bahnhof herjagten. Wir hatten kaum Zeit, uns hinter einen Haufen von Gepäckstücken zu stellen, als der Zug mit Donnergetöse an uns vorübersauste und uns eine ganze Wolke heißer Luft ins Gesicht blies.

»Da fährt er nun davon,« sagte Holmes, während wir dem Wagen nachblickten, wie er auf den Schienen hin und her schwankte. »Auch unseres Feindes Scharfsinn hat seine Grenzen, wie du siehst. Das wäre erst ein wahres Meisterstück von ihm gewesen, wenn er meine Gedanken völlig erraten und genau darnach gehandelt hätte.«

»Und hätte er uns eingeholt, was würde er getan haben?«

»Einen Mordanfall auf mich würde er gemacht haben, daran ist nicht der mindeste Zweifel. Allein dazu gehören zwei, wie man zu sagen pflegt. Die Frage ist jetzt, sollen wir hier vor der Zeit etwas zu uns nehmen, oder zusehen, ob wir es noch aushalten, bis wir in Newhaven etwas zu essen bekommen?«

Wir fuhren abends noch bis Brüssel, wo wir zwei Tage verbrachten, und am dritten Tage bis Straßburg. Am Montag früh hatte Holmes an die Londoner Polizeibehörde telegraphiert, und abends fanden wir die Antwort im Hotel vor. Kaum hatte Holmes die Depesche aufgerissen, so schleuderte er sie mit einem bitteren Fluche ins Kamin.

»Ich hätte mir's denken können!« brummte er. »Er ist richtig durchgekommen!«

»Mariarty?«

»Die ganze Bande haben sie dingfest gemacht, nur ihn nicht. Er hat ihnen eine Nase gedreht. Natürlich, da ich fort war, wo wäre jemand gewesen, um es mit ihm aufzunehmen? Aber ich hatte doch wirklich gedacht, ich habe ihnen alle Trümpfe in die Hände gegeben. Ich glaube, du tust jetzt am besten, wieder heim zu reisen, Watson.«

»Warum denn?«

»Weil dir meine Gesellschaft von nun an gefährlich werden kann. Der Mann ist um seine Existenz gebracht. Er ist verloren, sobald er sich wieder in London blicken läßt. Beurteile ich ihn richtig, so wird er seine ganze Kraft daran setzen, um dafür Rache an mir zu nehmen. Dahin hat er sich bei unserem kurzen Gespräche geäußert, und ich bin überzeugt, es war ihm Ernst damit. Ich würde dir wirklich raten, wieder an deinen Beruf zu gehen.«

Dieser Rat war selbstverständlich nicht eben dazu angetan, bei einem alten Freunde und treuen Begleiter, wie ich, geneigtes Gehör zu finden. Eine halbe Stunde lang erörterten wir die Frage während unseres Mittagsmahles in Straßburg, allein noch am selben Abend befanden wir uns bereits wieder auf der Weiterfahrt nach Genf.

Wir machten nun zunächst eine siebentägige herrliche Wanderung das Rhonetal aufwärts, bogen dann in Leuk ab und gingen nun über den noch tief verschneiten Gemmipaß nach Interlaken und weiter nach Meiringen. Es war allerliebst, unten das zarte Frühlingsgrün, oben das jungfräuliche Weiß des Winters, aber ich sah sehr wohl, daß Holmes trotzdem nicht einen Augenblick den Schatten vergaß, der über ihm schwebte. In den heimlichen Alpendörfern wie auf den lieblichen Gebirgspfaden verriet sein unruhiger Blick und die Genauigkeit, mit der er die Züge eines jeden uns Begegnenden prüfte, seine unerschütterliche Überzeugung, daß wir, wohin wir gingen, uns doch niemals der Gefahr zu entziehen vermochten, die sich an unsere Spuren heftete.

So erinnere ich mich, daß, während wir auf unserem Wege über den Gemmipaß am Ufer des düsteren Daubensees hinschritten, ein großes Felsstück, das sich von dem Abhang abgelöst hatte, mit lautem Krachen herab- und dröhnend hinter uns in den See stürzte. In einem Augenblick war Holmes den Abhang hinaufgestürmt, wo er auf einer luftigen Felszacke stehend, den Hals nach allen Seiten reckte. Vergebens versicherte ihm unser Führer, daß Felsstürze zur Frühlingszeit in dieser Gegend etwas ganz Gewöhnliches seien. Er sagte nichts, aber er lächelte mir zu, als wollte er mir damit andeuten, etwas dergleichen habe er längst erwartet.

Und doch war er trotz all seiner Wachsamkeit niemals niedergeschlagen, im Gegenteil, ich kann mich nicht erinnern, ihn jemals in solch überschäumender Laune gesehen zu haben. Immer und immer kam er wieder daraus zurück, wie gerne er seine Laufbahn zum Abschluß bringen würde, dürfte er sicher sein, die Menschheit von Mariarty befreit zu haben.

»Ich glaube, ich darf wohl sagen, Watson, ich habe nicht ganz umsonst gelebt,« bemerkte er dabei. »Fände meine Tätigkeit noch heute abend ihren Abschluß, ich hätte nichts dagegen. Mein Aufenthalt in London würde dadurch an Annehmlichkeit für mich nur gewinnen. In den mehr als tausend Fällen, die mich beschäftigt haben, bin ich mir nicht bewußt, auch nur ein einziges Mal meine Fähigkeit in den Dienst des Unrechtes gestellt zu haben. Seit einiger Zeit fühle ich mich mehr von den Problemen angezogen, die uns die Natur selbst aufgibt, als von den weit oberflächlicheren Aufgaben, die sich aus unseren unnatürlichen gesellschaftlichen Zuständen ergeben. An dem Tage, wo mir schließlich noch der Triumph zu teil wird, durch meine Tätigkeit die Gefangennahme oder die Vernichtung des gefährlichsten Verbrechergenies der ganzen gesitteten Welt erreicht zu haben, kannst du die Feder aus der Hand legen, Watson.«

Das Wenige, was mir noch zu sagen bleibt, will ich in Kürze und doch genau zu berichten suchen.

Am 3. Mai erreichten wir das Dorf Meiringen, wo wir im Englischen Hof abstiegen. Der Wirt, Peter Steiler der Ältere, war ein verständiger Mann, der auch vortrefflich englisch sprach. Auf seinen Rat brachen wir am 4. zusammen auf, um über die Höhen nach dem Weiler Rosenlaui zu gehen, wo wir übernachten wollten. Er hatte uns übrigens strengstens eingeschärft, hierbei den erforderlichen kleinen Umweg nicht zu scheuen, um die auf halber Höhe liegenden Reichenbachfälle zu besichtigen. Diese machen mit ihrer Umgebung einen wirklich grauenerregenden Eindruck. Der Bach, durch die schmelzenden Schneemassen geschwellt, stürzt in einen furchtbaren Abgrund, aus dem der Schaum emporwirbelt, wie der Rauch aus einem brennenden Hause. Die ungeheure, von glänzenden, kohlschwarzen Felsen umsäumte Kluft, in welche die Wasser hinabstürzen, verengt sich schließlich zu einem brodelnden Kessel von unberechenbarer Tiefe, über dessen gezackten Rand der Strom dann weiter zu Tale schießt. Man wird schwindelig von dem unablässigen Donnergetöse der riesigen weißen Wassersäule und von der ewigen Wirbelbewegung des aufspritzenden, flackernden Gischtes, der sich gleich einem dichten Vorhang aus der Tiefe emporzieht. Ganz außen am Rande schauten wir den Wassern zu, wie sie sich in sprühendem Glanze tief unten an den schwarzen Felsen brachen, und lauschten den Tönen, die – einem menschlichen Jauchzen vergleichbar – mit dem aufspritzenden Gischt aus der Schlucht herauf schallten.

Auf der einen Seite ist um den Fall herum ein Pfad gehauen, um eine vollständige Ansicht des ersteren zu ermöglichen, allein derselbe hört plötzlich auf, so daß man auf demselben Wege wieder umkehren muß. In dem Augenblicke, wo wir uns an dieser Stelle wieder zurückwandten, erblickten wir einen jungen Burschen aus der Gegend, der mit einem Brief in der Hand dahergerannt kam. Dieser trug den Stempel des Gasthofes, den wir soeben verlassen hatten, und war vom Wirt an mich gerichtet. Es schien wenige Minuten nach unserem Weggang eine Engländerin im letzten Stadium der Schwindsucht dort eingetroffen zu sein. Dieselbe hatte den Winter in Davos zugebracht und war nun, auf dem Wege nach Luzern, wo sie mit Bekannten zusammentreffen wollte, plötzlich von einem Blutsturz befallen worden. Sie habe zwar aller Wahrscheinlichkeit nach nur noch wenige Stunden zu leben, aber es würde ihr doch ein großer Trost sein, wenn sie einen englischen Arzt bei sich sehen könnte, ich möchte doch zurückkommen u.s.w. In einer Nachschrift versicherte mir der gute Mann noch besonders, wie er die Erfüllung seines Wunsches als eine sehr große persönliche Gefälligkeit ihm gegenüber ansehen würde, denn die Fremde wolle durchaus keinen Schweizer Arzt und er sehe sich infolgedessen in eine recht verantwortungsvolle Lage versetzt. Dieses Ansuchen ließ sich nicht abweisen; ich konnte doch einer Landsmännin, die in einem fremden Lande im Sterben lag, ihre Bitte nicht abschlagen, doch machte ich mir auch wieder darüber Gedanken, daß ich Holmes allein lassen sollte. Schließlich einigten wir uns doch dahin, daß er den Burschen als Führer bei sich behalten sollte, während ich nach Meiringen zurückkehrte. Holmes wollte, so sagte er, noch einige Zeit an dem Wasserfall verweilen und dann langsam über den Berg hinüber nach Rosenlaui wandern, wo ich ihn am Abend wieder treffen sollte. Im Weggehen sah ich noch, wie Holmes an die Felswand gelehnt mit gekreuzten Armen dastand und in den Wasserfall hinabschaute. Es war nach des Schicksals Willen das letztemal, daß ich ihn sah. Beinahe unten im Tal angekommen, wandte ich mich noch einmal zurück. Den Fall konnte ich von dieser Stelle aus nicht erblicken, wohl aber den Pfad, der sich über den Bergrücken zu demselben hinauf windet. Auf diesem Pfad sah ich, wie mir erst wieder einfällt, einen Mann rasch emporschreiten. Seine schwarze Gestalt hob sich deutlich von dem Grün hinter ihm ab. Seine Erscheinung ebenso wie sein eiliger Schritt war mir aufgefallen, allein bei der Hast, mit der ich meinem Ziele zustrebte, entschwanden mir diese Umstände aus der Erinnerung.

Ich mag etwas über eine Stunde bis Meiringen gebraucht haben. Der alte Steiler stand unter dem Torbogen seines Hauses.

»Es geht ihr hoffentlich nicht schlechter,« rief ich ihm, noch in eiligem Laufe, entgegen. Ein Ausdruck des Erstaunens überflog seine Züge, und schon beim ersten Zucken seiner Augenbrauen fiel es mir zentnerschwer aufs Herz.

»Ist das nicht von Ihrer Hand?« fragte ich ihn, indem ich den Brief aus der Tasche zog. »Liegt keine Engländerin krank hier im Hause?«

»Davon weiß ich nichts!« rief er aus. »Auf dem Brief ist freilich der Hotelstempel! Ha! Das muß der große Engländer geschrieben haben, der nach Ihrem Weggang eintraf. Er sagte –«

Doch ich wartete die weiteren Enthüllungen des Alten nicht ab. Bebend vor Angst rannte ich bereits wieder die Straße hinab und weiter auf dem Wege, den ich soeben erst zurückgelegt hatte. Herunter hatte ich eine Stunde gebraucht; so sehr ich mich anstrengte, es dauerte zwei gute Stunden, bis ich wieder an dem Wasserfall eintraf.

Da lehnte Holmes' Alpenstock noch an demselben Felsen, wo ich ihn verlassen hatte. Aber von ihm selbst nirgends eine Spur. Mein Rufen blieb vergeblich; nur von den Felswänden ringsum tönte mir in hundertfältigem Widerhall der Klang meiner eigenen Stimme zurück.

Beim Anblick des Alpenstockes überlief es mich eiskalt. Er war also nicht nach Rosenlaui gegangen. Er war auf dem drei Fuß breiten Pfade geblieben, links die himmelhohe Felswand, rechts den gähnenden Abgrund neben sich, bis sein Feind ihn eingeholt hatte. Der junge Schweizer war gleichfalls verschwunden. Dieser stand vermutlich in Mariartys Solde und hatte die beiden miteinander allein gelassen. Und was war dann geschehen? Wer sollte uns das sagen? Einige Augenblicke hielt ich an, denn ich war vor Schreck völlig betäubt. Dann kam mir allmählich die Erinnerung wieder an die Methode, nach der Holmes in solchen Fällen zu verfahren pflegte, und mit Hilfe derselben wollte ich nun den Versuch machen, mir über den erschütternden Vorfall Klarheit zu verschaffen. Es war – ach! – nur zu leicht. Holmes' Gebirgsstock lehnte noch an derselben Stelle, wo wir auf dem schmalen Pfade im Gespräch Halt gemacht hatten. Der unaufhörlich heraufsprühende Wasserstand erhält den schwärzlichen Grund des Pfades stets weich, so daß sich jede leiseste Spur darin abdrückt. Eine doppelte Reihe von Fußstapfen lief auf dem Pfade ganz deutlich wahrnehmbar in der Richtung gegen dessen hinteres Ende hin. Zurück führte keine Fußspur. Wenige Meter vor dem Ausgang des Pfades war dieser gänzlich aufgewühlt und in eine Schmutzlache verwandelt, und die Brombeersträucher und Farne am Saume des Abgrundes waren zertreten und beschmutzt. Auf dem Gesichte liegend, spähte ich hinab in den Wasserstaub, der mich von allen Seiten umsprühte. Es war seit meinem Aufbruch allmählich dunkel geworden, und so war ich jetzt nur noch imstande, den Schimmer der Feuchtigkeit auf den schwarzen Felswänden und weit unten am Ausgang der Schlucht das Aufspritzen der Sturzwellen zu unterscheiden. Abermals rief ich; aber nichts traf mein Ohr, als wiederum jener einem menschlichen Schrei ähnelnde Klang des Wasserfalles.

Allein es war mir doch vom Schicksal bestimmt, noch einen letzten Gruß von meinem Freund und Gefährten zu erhalten.

Wie schon erwähnt, lehnte Holmes' Alpenstock noch an einem der über den Pfad hereinragenden Felsen. Vom oberen Rande des letzteren schimmerte mir etwas Helles entgegen; ich griff danach und fand, daß es die silberne Zigarettendose war, die Holmes stets bei sich trug. Als ich dieselbe aufhob, flatterten einige Papierblättchen zu Boden. Es zeigte sich, daß es drei von Holmes beschriebene für mich bestimmte Blätter aus seinem Notizbuch waren. Ganz bezeichnenderweise waren die Züge so gerade, fest und deutlich, als hätte Holmes sie an seinem Schreibtisch niedergeschrieben.

»Mein lieber Watson,« lauteten die Worte, *»im Begriff, mit Professor Mariarty zu einer endgültigen Auseinandersetzung über die zwischen uns schwebenden Fragen zu kommen, benütze ich die mir von ihm freundlichst gewährte Erlaubnis, zuvor noch diese wenigen Zeilen an Dich zu richten.*

»Ich habe soeben von ihm kurzen Aufschluß darüber erhalten, wie er es angriff, um sich einerseits dem Auge der Polizei zu entziehen, andererseits sich über jede Bewegung von uns auf dem laufenden zu halten. Meine hohe Meinung von seinen Geistesfähigkeiten hat dadurch lediglich die weitgehendste Bestätigung gefunden. Ich darf mich der frohen Hoffnung hingeben, daß es mir gelingen werde, seinem ferneren Treiben ein Ziel zu setzen, nur leider um einen Preis, der allen, die mir nahe stehen, und besonders Dir, mein lieber Watson, schmerzlich sein wird. Wie ich Dir übrigens bereits erklärt habe, mußte es mit meiner Tätigkeit unter allen Umständen zu einer entscheidenden Wendung kommen, und der Abschluß, den dieselbe nunmehr findet, entspricht völlig meinen Wünschen. Ich gestehe Dir ganz offen, daß ich den Schwindel mit dem Briefe aus Meiringen sofort durchschaute und mich mit der festen Überzeugung von Dir verabschiedete, daß etwas der Art darauf erfolgen werde. Dem Inspektor Patterson lasse ich mitteilen, daß die Akten, deren er zur Überführung der Verbrecherbande bedarf, sich in dem Fach M in einem blauen Umschlag mit der Aufschrift ›Mariarty‹ befinden. Über mein Vermögen habe ich vor meiner Abreise von Hause umfassende Verfügung getroffen und solche meinem Bruder eingehändigt. Mit der Bitte, Deiner Gattin meine

Grüße zu bestellen, verbleibe ich, mein lieber Junge, in aufrichtigster Anhänglichkeit

Dein

Sherlock Holmes.«

Ich habe dem Erzählten nur noch wenige Worte beizufügen. Nach dem von sachgemäßer Seite eingenommenen Augenschein ist fast als sicher anzunehmen, daß die beiden bei ihrem Wortstreit schließlich handgemein wurden und - wie es unter den gegebenen Verhältnissen sich ja kaum anders denken läßt - in gegenseitiger Umschlingung zusammen in den Abgrund stürzten. Jeder Versuch, die Leichname auffinden zu wollen, hatte schlechterdings hoffnungslos bleiben müssen; und so ruhen denn tief unten in dem schauerlichen Kessel inmitten der tosenden Sturzwellen und des kochenden Gischtes für immerdar Seite an Seite der gefährlichste Verbrecher und der kühnste Vorkämpfer des Rechtes. Der Bauernbursche war auf keine Weise zu ermitteln; ganz zweifellos gehörte derselbe zu den zahlreichen Helfershelfern, die Mariarty in seinem Solde hatte. Was die Verbrecherbande betrifft, so wird es wohl noch in jedermanns Erinnerung sein, wie durch das von Holmes aufgehäufte Beweismaterial deren Organisation völlig aufgedeckt worden ist, und wie schwer die Hand meines Freundes noch nach seinem Tode auf den Schuldigen lastete. Über den Ruchlosen, der an ihrer Spitze stand, brachte die Gerichtsverhandlung nur wenige Einzelheiten ans Licht, und wenn ich mich genötigt gesehen habe, sein Treiben so genau als möglich darzulegen, so haben den Anlaß dazu nur seine unverständigen Verteidiger gegeben, welche zur Rettung der Ehre jenes Elenden ihre Angriffe gegen den richten zu sollen glaubten, der in meiner Erinnerung stets als der edelste und begabteste aller Menschen fortleben wird, mit dem mich das Leben jemals in Berührung gebracht hat.